新 潮 文 庫

アンデルセン傑作集

マッチ売りの少女／人魚姫

アンデルセン
天 沼 春 樹 訳

新 潮 社 版

10275

目次

アンデルセン傑作集

マッチ売りの少女／人魚姫

親指姫

　昔、あるところに、小さくてかわいい子どもがほしくてたまらない女がいた。けれども、そんな子どもがどこにいるかまったくわからない。そこで、女は魔法使いのおばあさんをたずねていった。

「わたしは、小さくてかわいい子どもがどうしてもほしいのです。どこへいったらさずかるでしょう?」

「それくらいなら、なんとでもなるよ!」と、魔法使いのおばあさんは、うなずいた。「この大麦の粒を一つおとり。これは、畑に蒔《ま》いたり、ニワトリがついばんだりするありきたりのもんじゃない。この種を植木鉢に蒔いてみなさい。そしたら、とくべつなことがおこるはずだよ」

「ありがとうございます」

　と、女は礼をいって、魔法使いのおばあさんに十二シリング渡した。家に帰って、もらった大麦の粒を鉢に蒔いてみた。すると、どうだ。たちまちにして美しい大輪の花がそだってきた。チューリップによく似た花だった。まだ、つぼみのままで、花びらがかたくとじていた。

「まあ、なんてきれいな花なの！」

女はためいきをつき、思わず赤と黄色の美しいつぼみにキスをした。すると、そのとたん、パチンと大きな音をたて、花びらがパッとひらいた。花が開いてみると、それはまさしくチューリップだった。けれども、開いた花のまん中の、緑色のめしべの上に、とても小さな女の子がひとり、ちょこなんとすわっているではないか。ほんとうに美しく、かわいらしい子で、大きさといったら親指ほど。そこで、この子は親指姫と名づけられた。

みがかれたクルミのカラが親指姫のゆりかごだった。敷布団《しきぶとん》は青いスミレの花びらで、掛け布団はバラの花びらというわけだ。

女の子は、夜はそのゆりかごで眠り、昼はテーブルの上で遊んでいた。テーブルの上に水のお皿が一枚置かれていて、そのまわりはグルリと花の輪で囲んである。花の茎はみなどれもお皿の水にひたしてあった。水の上には、大きなチューリップの花びらがうかんでいて、親指姫はその花びらにのって、お皿のはしから、むこうのはしへと、ボートのようにこいでいくのだった。ボートのオールはというと、白い馬の毛を二本使った。親指姫が花びらのボートを漕《こ》ぐさまは、たとえようもないほど愛らしかった。そのうえ、親指姫は歌もうたえた。その歌はほんとうに美しく、かわいらしくて、そんな歌はこれまで誰も聞いたことがないほどだった……。

ある夜のことだ。親指姫がかわいらしいベッドでスヤスヤ寝ていると、醜いヒキガエルのやつが一匹、窓からヒョコリととびこんできた。窓ガラスがわれていたからだ。そのヒキガエルときたら、ひどく醜くて、ずんぐりむっくり大きくて、おまけにベトベトだった。ヒキガエルはポーンとジャンプすると、まっすぐテーブルのうえにとびおりた。そこには、親指姫が、赤いバラの花びらをかけて眠っていた。

「この女の子はうちのせがれにぴったりだわ。かわいい嫁さんになるね！」

ヒキガエルはそうつぶやき、親指姫が寝ているクルミのカラをつかむと、それをかかえて、窓ガラスのすきまから庭にとびおりていった。

そとには、大きくて広い川が流れていた。川岸はぬかるんで、まるで泥沼みたいだった。そんな場所に、ヒキガエルは息子と住んでいたのだ。なんてことだろう！　その息子ときたら、醜くて、きたなくて、お袋さんにそっくりだった。ヒキガエルの息子は、クルミのカラの中にいる小さな女の子を見るや、「コアックス、コアックス、ブレッケケックス！」と鳴いた。ほかには気《き》の利いた声をだすことができなかったのだ。

「大きな声でわめきなさんな！　女の子が目をさましちまうよ！」と、母親のヒキガエルが小言をいった。「いいかい、そんなに騒ぎたてたら、この子はあたしらのとこから逃げちまうかもしれないよ。なにせ、白鳥の綿毛みたいに軽いんだからね。そうだ、この子は川に浮いているスイレンの大きい葉の上にのせておくといい。こんなに軽くて小さいのだもの。この子には、あの葉っぱだって島みたいなものだよ。あそこなら、逃げだそうにもできゃしないよ。そのあいだに、この泥の中に、ふたりが暮らしていける上等な新婚の部屋をつくればいい」

川の中には、大きな緑の葉をひろげたスイレンがたくさんしげっていた。水の上をただよっているようにも見える。そのなかで、いちばんとおくにある葉が、いちばん大きい葉だった。母親のヒキガエルは、そのスイレンの葉まで泳いでいき、親指姫がいるクルミのカラを葉の上においていった。

かわいそうな、小さな女の子は、翌朝、とても早くに目をさました。そして、自分がどこにいるかわかると、とても悲しくなって泣きだした。なにしろ、大きいスイレンの葉のまわりは、見渡すかぎり水ばかりで、とても岸にあがれそうになかったのだ。

年をとった母親のヒキガエルは、泥沼の中にもぐって、自分の部屋をアシと黄色いスイレンの花とで飾りたてた――これからくる息子の嫁さんのために、部屋はきちんと気持ちよくしておかなければならないから――それが終わると、醜い息子をつれて、親指姫がいるスイレンの葉に泳いでいった。親指姫のきれいなクルミの寝床をもってかえるつもりだった。まず、寝床を婚礼の部屋にはこんでから、花嫁をむかえようという腹だった。母親のヒキガエルは、水から顔をだして、親指姫にもったいぶっておじぎをすると、「これが、わたしの息子だよ。あんたのお婿《むこ》さんさ。そして、あんたらは、泥の中の部屋で、とても気持ちよく暮らせばいいよ」と、あいさつした。息子のほうは、「コアックス、コアックス、ブレッケケケックス！」としか鳴くことができなかった。

ヒキガエルの親子は、小さな寝床をもって岸に泳いでいった。親指姫のほうは、スイレンの緑の葉の上で、ひとりすわって泣くしかなかった。醜いヒキガエルと暮らしたり、ましてや、気持ちのわるいその息子をお婿さんにするなんて、ぞっとした。水の中にいる小魚たちは、ヒキガエル親子のようすを見ていて、そのいきさつも聞いていたから、嫁さんになるという小さい女の子を見てやろうと思い、頭を水の上にだしした。魚たちは、そのかわいらしい女の子を見たとたん、こんな子が醜いヒキガエルのところなんかにお嫁にいかなきゃならないとは、ほんとに気の毒だと思ったものだ。いや、そんなことにさせちゃならない！　魚たちは、親指姫がのせられているスイレンの緑の茎のまわりに集まってきて、みんなしてその茎をかみきってやった。すると、スイレンの葉は、親指姫をのせたまま、水に流されはじめ、川のずっとずっと遠くまで——ヒキガエルも追ってはこられぬほど遠くへ流れていった。

川を流れながされて、親指姫はいろいろな場所を通りすぎていった。藪《やぶ》の中の小鳥たちが親指姫を見て、「なんてかわいい、小さい娘さんだこと！」と、歌ったものだ。スイレンの葉は、親指姫をのせたまま、さらに流されていき、ついには、よその国にはいっていった。

可憐《かれん》な美しい白いチョウが一匹、さきほどから親指姫のまわりをヒラヒラ飛びまわっていたが、とうとう、スイレンの葉の上におりてきた。チョウは、親指姫をとても好きになってしまったようだった。親指姫はというと、今はとてもいい気分になっていた。もう、あのヒキガエル親子も追いついてこられないだろうし、なにより流されていくまわりの景色がとてもすばらしかったからだ。日の光が水の上でキラキラおどっていて、まるで美しい黄金のようだった。親指姫は、帯のひもをとき、そのはしをチョウにむすび、もう一方のはしをスイレンの葉にしっかりむすんだ。すると、スイレンの葉は、これまでよりずっと速く、水の上をすべりだした。親指姫もその上にいたのだから、ずっと速くすべっていけたわけだ。

　すると今度は、大きいコガネムシが飛んできた。コガネムシは親指姫の姿をみつけると、鈎《かぎ》みたいな足で、親指姫のきゃしゃな体をつかむと、あっというまに木の上へと飛び上がっていった。スイレンの緑の葉は、主をなくしたまま川を流れていってしまった。白いチョウも、いっしょに飛んでいくほかなかった。スイレンの葉にむすばれたまま、逃げられなかったのだから。

　コガネムシにつかまって、木の上まで連れてこられたとき、かわいそうな親指姫は、どれほどおそろしくて、おびえたろう。なにより、親指姫が悲しかったのは、自分が葉っぱにむすびつけた、あの美しい白いチョウのことだった。もし、あのスイレンの葉から離れられなかったら、チョウはうえ死にするしかなかったからだ。

　ところが、コガネムシときたら、そんなことには知らん顔だった——コガネムシは、親指姫をつれて、いちばん大きい緑の葉にとまると、いろんな花の蜜《みつ》をもってきて、親指姫にあたえた。そして、「この子は、コガネムシには似てないけど、かわいいったらありゃしない」と、つぶやいた。

　そうするうち、その木を住処《すみか》にしている、ほかのコガネムシたちが、ゾロゾロと集まってきた。みんなして、親指姫のことを上から下までながめていたが、やがて、コガネムシの娘たちは触角をひっこめ、そのうちのひとりがいうではないか……。

「まあ、この子ったら、足が二本しかないわね。とても、みすぼらしいこと」

「そのうえ、触角もありゃしない！」と、もうひとりがいった。

「からだもあんなに細くて、まあ、いやだ！　まるで人間みたい！　なんて、みっともないのかしらねえ！」

　コガネムシの娘たちゃ、おかみさんたちは、みな口々にそんな悪口をいいあったものだが、なんといおうと、親指姫のかわいさには文句のつけようがないのは確かなことだった。親指姫を連れてきたコガネムシも内心ではそう思っていたけれど、ほかの連中が口をそろえて、みっともないみっともないというものだから、しまいには、自分もそんな気がしてきた。親指姫など、そばにおいておきたくない、こんな子は、どこへでも、好きなところにいけばいいんだ、と思うようになってしまった。

　そうとなると、コガネムシたちは、また親指姫をつれて木から飛びおり、一本のヒナギクの上にのせて、おきざりにしてしまった。親指姫は泣きだした。コガネムシさえそばにおきたくないほど、わたしは醜いのかしらと思ったのだ。ほんとうは、親指姫はたとえようもないくらい美しくて、いちばん美しいバラの花のように品がよく、清らかだったのに。

夏のあいだ、かわいそうな親指姫はずっとひとりぼっちで、大きな森の中で暮らしていた。草の茎で寝床を編み、それを大きなフキの葉にさげた。そうしておけば、雨がふってもぬれずにすんだのだ。食べ物はといえば、花の蜜をあつめて食べ、毎朝、葉っぱにおりている露を飲んだ。そうするうちに、夏はすぎ、秋がすぎていった。そして、とうとう、冬がやってきた。長い寒い季節がきたのだ。

親指姫をなぐさめようと、美しく歌ってくれた小鳥たちもみんな、どこかに飛びさってしまった。木や花も枯れて、しぼんでいた。親指姫が寝床をつるした大きなフキの葉も、まるくちぢれて、黄色く、しおれた茎だけになってしまった。親指姫は寒くてたまらず、ふるえていた。服はやぶれ、体なんかとってもきゃしゃで、小さかったから、かわいそうに、凍え死ぬしかなさそうだった。

雪が降りはじめた。親指姫の頭のうえに降りかかる雪のひとひらは、ふつうの人間でいうならば、シャベルで山もりいっぱいの雪をぶつけられるようなものだった。親指姫は、ほんとに親指ほどの大きさしかなかったのだから。しかたなく枯葉にくるまってみたけれど、すこしもあたたかくならず、ガタガタとふるえるばかりだった。

ところで、親指姫がいた森のはずれには、大きな麦畑がひろがっていた。麦の刈り入れはとっくに終わり、ただ枯れた切り株が、凍った地面からつきでているだけだった。そんな切り株のあいだを歩いていくのは、親指姫にしてみれば、とほうもなく大きな森を通っていくようなものだった。おお、なんて、寒いのだろう！　寒くて寒くて体がふるえた。

やがて、親指姫は、野ネズミの家の戸口までやってきた。野ネズミの家は、麦の切り株の下にある小さい穴だった。その穴の中で、野ネズミは、あたたかく心地よさげに暮らしていた。麦をたっぷりためこんだ部屋や、りっぱな台所に食べ物の貯蔵部屋まであった。かわいそうな親指姫は、まるで物乞《ものご》いの女の子みたいに野ネズミの家の戸口に立った。大麦の粒をすこしめぐんでほしいとたのんでみたのだ。この二日間、なにも口にしていなかった。

「おやまあ、かわいそうに！」と、野ネズミはいった。この野ネズミは、お人よしのばあさんだった。「さあ、あたたかい部屋におはいり。わたしといっしょにお食べなさいな」

野ネズミのばあさんは、親指姫が気に入ったらしかった。

「あんたは、冬じゅうずっとうちにいていいよ。ただし、わたしの部屋をいつもきれいにそうじして、それから、わたしにお話を聞かせておくれ。わたしは、お話がなにより好きなのさ」

　そこで、親指姫は、気のいい野ネズミのばあさんの望みどおりにはたらいた。そして、とても気持ちよく暮らすことができた。

「ところで、もうすぐ、お客がくるんだよ」

　ある日のこと、野ネズミのばあさんがそういった。

「おとなりの男の方でね。毎週、たずねてくるんだよ。そのひとは、あたしなんかよりずっといい暮らしぶりなんだよ。大きな広間をいくつも持っていてさ。そのうえ、上等な黒いビロードの毛皮をきているのさ！　おまえが、あのひとのお嫁さんになったら、そりゃあぜいたくな生活ができるだろうよ。だけど、あのかた、目が見えなくてね。だから、おまえは、知ってるなかでも、いちばんすばらしいお話を、あのかたに話してやるとそりゃあよろこぶはずだよ！」

　けれど、親指姫は、そんなことうれしくなんかなかった。おとなりの男だなんて、とんでもない。なぜなら、そのおとなりときたらモグラなのだから。やがて、モグラは、黒いビロードの毛皮をまとったなりで、いそいそとおよばれにやってきた。野ネズミのばあさんがいうには、モグラはたいへんなお金持ちで、そのうえ物知りだということだ。そのうえ、住まいも野ネズミの家の二十倍はあったし、教養もあるということだった。けれども、モグラは、お日さまや美しい花なんか大きらいで、口をきわめてこきおろした。そういうものを一度も見たことがなかったからだ。

親指姫はお客のもてなしに、歌をうたえといわれた。しかたなく『飛べ、コガネムシ‼』と、『お坊さんが、野原にでかけたら』を二つ歌ってやった。すると、モグラは、その声の美しさにうっとりして、親指姫が大好きになってしまった。それでも、モグラというものは、ひかえめなたちだったので、なにも口にだしはしなかった。

モグラは自分の住処から野ネズミの家まで、土のなかに長いトンネルの廊下を掘りあげたばかりだった。野ネズミのばあさんと親指姫は、その長いトンネルをいつでも散歩してもよいといわれていた。だが、モグラがいうには、そのトンネルには鳥のなきがらがひとつころがっているから、おどろかないようにとのことだった。その鳥は、翼もクチバシもまだちゃんとしているそうだった。きっと、つい最近、この冬のはじめに死んで、モグラがトンネルを掘った土のなかにうずまっていたようだった。

モグラは腐った木ぎれをくわえていた。木は腐ると闇《やみ》の中で燐光《りんこう》をはなつからだ。モグラは先にたち、ついてくるふたりに道を照らしてやりながら、長くて暗い土の廊下を進んでいった。やがて、死んだ鳥のいる場所までくると、モグラは、平たい鼻さきを天井にむけて、土をぐいとつきあげた。すると、天井に大きい穴があき、光がさしこんだ。その光で、廊下のまん中に、一羽のツバメが横たわっているのが見えた。美しい翼を体の両がわにピタリとはりつけ、足と頭を翼の下につっこんでいた。かわいそうに、ツバメは凍え死んだにちがいなかった。

親指姫は、心から気の毒に思った。小鳥たちはみな大好きだった。小鳥たちは、夏のあいだじゅう、それは美しくさえずり、歌ってくれたのだから。けれども、モグラときたら、短い足でツバメをけとばして、いったものだ。「こいつは、もうピーチク鳴けやしないぞ！　小鳥になんぞ生まれるなんてほんとにみじめなもんさ！　ありがたや、わたしの子たちは、だれもこんなふうにはならないぞ。小鳥てやつは、ピーチク鳴くことしか能がなくて、冬ともなれば、飢えて死ぬしかないんだからな」

「そうですとも、かしこいおまえさまのいうとおりですよ」と、野ネズミのばあさんはうなずいてみせた。「小鳥が夏にどれだけピーチク鳴いていたって、冬になれば、そんなことがなんになる？　飢えて、凍えるほかないんだからねえ。それなのに、さもえらそうにしてるんだから」

親指姫はだまっていた。けれど、ふたりが小鳥に背をむけているとき、身をかがめ、小鳥の頭にかぶさった羽をそっとおしわけ、とじている小鳥のまぶたにキスをしてやった。「夏のあいだ、あんなに美しい歌をうたってくれたのは、この鳥さんかもしれない」と、親指姫は思ったのだ。「この愛らしくて、美しい鳥さんのおかげで、どんなに心がはずんだかしら！」

モグラは、日の光がさしこむ穴をまたふさいでしまうと、ご婦人がたを家まで送っていった。けれども、親指姫は夜になっても眠れなかった。寝床からおきあがり、干し草を編んで、きれいな大きな掛け布団をこしらえた。その布団をもって、死んだ小鳥のところにもどり、かけてやった。そのうえ、野ネズミの部屋にあった、ふかふかした綿を小鳥の両わきにあてがってやった。冷たい土の中で、小鳥があたたかく寝られるように思ったのだ。

「さようなら、美しい小鳥さん！」と、親指姫はささやいた。「さようなら。この夏、あんなに美しく歌ってくれてうれしかったわ。あのころは、木々はみんな緑にしげり、お日さまも、とってもあたたかく照らしてくれたわね！」

親指姫が、そういって、小鳥の胸の上に頭をのせたとき、ほんとに驚いた。なぜなら、小鳥の胸で、なにかがドキドキ脈打っているようだったからだ。それは小鳥の心臓だった。小鳥は死んではいなかった。気をうしなっていただけで、今、体をあためてやったので、息をふきかえしたのだ。

秋には、ツバメたちはみな、あたたかい南の国へ飛んでいくけれど、そのとき、おくれてしまったツバメは、寒さにこごえ、死んだようになって地面に落ちてしまう。そして、落ちて横になっているうちに、いつか、冷たい雪が降りはじめ、体の上につもってしまうのだ。

親指姫はふるえていた。それほど驚き、心がふるえたのだ。なぜなら、ツバメは、親指ほどしかない自分とくらべて、それはとても大きかったからだ。けれども、親指姫はけなげにふるまい、あわれなツバメの体のまわりに、もっと綿をつめてやった。そのうえ、自分が掛け布団にしていたハッカソウの葉を鳥の頭にのせてやった。

つぎの夜に、親指姫はまた、こっそりツバメのところに行ってみた。すると、ツバメはすっかり息をふきかえしていたが、とても弱っていたから、ほんのすこしのあいだ目をあけ、親指姫のほうを見ただけだった。親指姫は、腐った木のきれを手にして立っていた。ほかには、タイマツになるものがなかったのだ。

「なんとお礼をいったらよいかなあ、かわいい小さな娘さん」と、病気のツバメは親指姫にいった。「おかげで体があたたまり、気分もすっかりよくなったよ。もうじき、力がもどって、また、あたたかい日の光の中に飛びだしていける気がする」

「まあ！」と、親指姫はいった。「外は、まだとっても寒いわ。雪が降っていて、氷がはってるの！　まだ、あたたかい寝床にいなさいね。わたしが、お世話をしてあげるわ」

　親指姫は、花びらに水をくんで、ツバメのところに運んでやった。ツバメは、その水を飲み、自分の身の上話をしてくれた。……ぼくは、イバラの藪に片方の翼をひっかけて、やぶいてしまい、仲間のツバメといっしょに飛んでいけなくなったのだよ。ほかの仲間は、ずっと遠くの、あたたかい国へと飛んでいってしまった。だけど、ぼくだけは、とうとう地面に落ちてしまった。そのあとのことはもう、おぼえがなくて、どうしてここにきたのかも、わからないよ。

　冬がすぎるまで、ツバメは土の下にいた。親指姫はやさしく世話しながら、だんだんにこのツバメが大好きになった。モグラにも野ネズミのばあさんにも、そんなことひとつも話さなかった。このふたりが、かわいそうなツバメなど哀れむはずもなかったからだ。

　やがて春が来て、お日さまが地面の下まであたためてくれるようになったとき、ツバメは親指姫にいよいよお別れだといった。親指姫は、モグラがあけたことのある天井の穴をあけてやった。日の光が、まばゆく美しくふたりのところにさしこんできた。すると、ツバメが親指姫にむかって、「ねえ、ぼくといっしょにいかないかい？」と、いいだした。「ぼくの背中に乗ればいいよ。ずっと遠くの緑の森までいっしょに飛んでいこう」と。

　親指姫にはわかっていた。ふたりして行ってしまったら、年よりの野ネズミのおばあさんは、きっと悲しむはずだ。

「だめよ、わたし、行けやしないわ」と、親指姫はうなだれた。

「じゃあ、お別れだね。さよなら！　親切で、かわいい娘さん！」

　と、ツバメはいうと、日の光の中に飛びだしていった。見送る親指姫の目に涙がうかんできた。かわいそうだったツバメのことが、とても好きだったのだ。

「ピーチク！　ピーチク！」と、ツバメはさえずり、緑の森へと飛んでいってしまった……。親指姫はとても悲しかった。自分は、あたたかい日の光の中に出ることなど許されなかったから。

　畑にまかれた麦は、野ネズミの家の上にもしげり、空にむかって高くのびていった。親指ほどしかない小さい女の子には、それは大木がしげった深い森とおなじだった。

「さて、おまえさんは、夏のあいだに嫁入り衣装をぬっておかなきゃね！」と、野ネズミがいった。おとなりの、黒いビロードの毛皮を着こんだ、あのいやらしいモグラのやつが、ついに、親指姫を嫁にほしいといってきたのだ。

「おまえさんには、毛のものも、リンネルのものもいるね！　それに、モグラのお嫁さんになったら、座布団も敷布団もいるからね！」

親指姫は、糸車をまわして、糸つむぎをしなくてはならなかった。野ネズミはなんとクモを四匹もやとってきて、昼も夜も糸をつむいだり、布に織ったりさせた。そのうえ、毎晩、モグラのやつが訪ねてきては、いつでもこんなことを話していった。――そのうち夏がおわり、こんなに暑くなくなったら、――そう、いまはお日さまが、地面をこがして、石みたいにしているがね――そうだ、この夏がすぎたら、親指姫と結婚式をあげることにするつもりだよ、と。親指姫は、すこしもうれしくなかった。退屈なモグラなんて、しんから好きになれなかったのだ。

毎日、日がのぼり、日がしずむときになると、親指姫はこっそり戸口にでていった。そして、吹きつける風が麦の穂をゆすって、青い空が見えると、外がどんなに明るく、美しいかしみじみ感じた。そして、あのなつかしいツバメに、もう一度会いたかった。けれども、ツバメは帰ってはこなかった。おそらく、ずっと遠くの、美しい緑の森に飛んでいってしまったのだろう。

そのうち秋になった。親指姫の嫁入り仕度は、すっかり整った。

「あとひと月したら結婚式だよ！」

野ネズミのばあさんがそういった。けれども、親指姫はわっと泣きだし、あんな、退屈なモグラのお嫁さんになんかなりたくないわ、とついにいってしまった。

「おばかさんだね！」と、野ネズミがいった。「あんまり強情をはって、手をやかせちゃいけないよ。いってわからなきゃ、この白い歯でかみついてあげようかね。あのひとは、ほんとにりっぱなお婿さんだよ。あんな上等な黒いビロードの毛皮は、お姫さまだって着てやしない！　それに、あそこんちの台所も地下室も、食べ物でいっぱいだよ。おまえさんは、むしろ神さまに感謝したらいいくらいさ！」

　こうして、いよいよ、結婚式をあげることになった。モグラは、親指姫をつれにきて、もうさきほどからいまやおそしと待っていた。これからさき、親指姫は、モグラといっしょに暮らすのだ。地面の下の深いところに住んで、あたたかい日の光の中には二度とでられない。モグラは日の光がきらいなのだ。かわいそうに、親指姫は悲しくてたまらなかった。

　さて、いよいよ、美しいお日さまに「さよなら」をいわねばならなくなった。これまでは、野ネズミのうちで、戸口からお日さまを見るのだけは許してもらっていたのに――。

「さよなら、明るいお日さま！」と、親指姫はいって、空に両手を高くさしのべた。そして、すこしだけ、野ネズミの家の外に歩きだしてみた。今はもう麦は刈り取られて、枯れた切り株が立っているだけ。「さよなら、さよなら！」といいながら、親指姫は、そこに咲いていた、小さな赤い花を自分の小さい腕で抱きしめた。「もしか、あの小さいツバメさんに会ったら、わたしからのあいさつを伝えてね」

するとそのとき、

「ピーチク！　ピーチク！」

と、頭の上で声が聞こえた。見上げてみると、それはあの小さいツバメではないか。ツバメは親指姫をみつけて、とてもよろこんだ。親指姫は醜いモグラと結婚しなければならない、これからは、日の光のささない深い土の中に住むのだとツバメにうったえた。話しながら、こらえきれずに泣き出してしまった。

「もうすぐ、寒い冬になる」と、ツバメがいった。「これから、ずっと遠くにあるあたたかい土地に飛んでいくところだよ。君も、今度こそは、ぼくといっしょに行かないか？　ぼくの背中に乗るといいよ！　君の帯のひもで体をしっかり結んでおけばいいさ。そうすれば、ぼくたちは、醜いモグラや、あいつの暗い住処になんかおさらばして、飛んでいける。いくつもの山を越えて、はるかむこうの、あたたかい土地へね。そこでは、お日さまは、ここなんかより、ずっと美しく照っているよ。いつでも夏のようで、いろんな美しい花が咲いているんだよ。さあ、ぼくといっしょに飛んでいこうよ、やさしくて、かわいい親指姫さん！　君は、ぼくの命の恩人だよ。ぼくが凍えて、暗い地面の下の穴にたおれていたときのね」

「そうね、わたし、あなたといっしょに行きたいわ！」

と、親指姫はうなずいた。そういうと、ツバメの背中にのり、ひろげたツバメの翼の上に両足をのせると、帯ひもをツバメのいちばんしっかりした羽にむすびつけた。それをみとどけると、ツバメは空高く飛びあがって、森を越え、海を越え、一年中雪をいただいている高い山々のはるか高く飛んでいった。冷たい空気の中を飛ぶので、親指姫は凍えそうになった。そんなときには、ツバメのあたたかい羽毛の中にもぐりこみ、小さな頭だけをチョンと外にだして、はるか下界にひろがる、さまざまな美しい景色にみとれていたものだ。

やがて、ツバメと親指姫はあたたかい土地に着いた。その土地では、太陽はもといた土地よりもずっと明るく照り、空も倍は高くみえたものだ。お堀や垣根にさがっている緑や青のブドウの房がそれはそれは見事だった。森のなかには、レモンやオレンジがたわわに実っていたし、あたりにはミルテやハッカソウの香りがただよっていた。田舎の小道では、とても愛らしい子どもたちが走りまわり、色とりどりのゆかいなチョウとたわむれていた。

ツバメは、さらに遠くへと飛んでいった。あたりの景色は、さらに美しくなっていく。青い水をたたえる湖のほとりの、美しい緑の木立のもとに、荘厳《そうごん》にかがやく白い大理石の宮殿が立っていた。それは、はるか古代から建っていたものだった。ブドウのツルが高い円柱にからみつき、はいのぼっていた。その円柱のてっぺんに、ツバメたちがたくさんの巣を作っていた。親指姫を乗せてきたツバメも、その一つの巣に住んでいたのだ。

「ここが、ぼくの家だよ！」と、ツバメはいった。「だけど、君が地面に咲いている、きれいな花がいいというなら、そこを家にしたいのなら、そこに君をつれていって、その花のうえにおいてあげるよ。君は、自分の好きなように、楽しく暮らせばいいいんだからね！」

「なんて、すてきなの！」と、親指姫は小さな手をたたいて喜んだ。

白い宮殿の下のあたりの地面には、大きな大理石の円柱が一本たおれ、三つに割れて横たわっていた。その柱のあいだから、とても美しい、大きな白い花が咲いていた。ツバメは、親指姫をつれて地面に降りていき、その大きな花びらの上に親指姫をおろしてやった。そのとき、親指姫は、どんなにおどろいたろう！　その花の中心に、小さな人がひとりすわっていたからだ。その人は、ガラス細工のように、真っ白で、体がすきとおっていた。かわいらしい黄金の冠を頭にかぶり、両方の肩からとても美しい、キラキラした翼がはえていた。背たけも親指姫とおなじくらいだった。その人は、そう、花の天使だった。ここでは、どの花にもこんな男や女がひとりずつ住んでいるのだった。そして、目の前にいる天使は、これからそういう花の天使たちの王となる人だった。

「ああ、なんて美しいかたかしら！」と、親指姫はツバメにささやいた。

小さい花の王子は、ツバメを見ると、びっくりしたようだった。小さくて、きゃしゃな王子にしてみれば、ツバメだってものすごく大きい鳥にみえるのだから。しかし、王子は親指姫に気づくと、とてもよろこんだ。これまで、これほどに美しい娘は見たことがなかったのだ。王子は、かぶっていた黄金の冠をぬぐと、親指姫の頭にのせてくれた。それから、こんなことをいったのだ。

「あなたは、なんていうかたですか？　わたしのお嫁さんになってくれませんか？　そうすれば、あなたは、すべての花の女王になれるでしょう」

ほんとうに、この王子はすてきな人だった。ヒキガエルの息子や、黒いビロードの毛皮にくるまったモグラなんかとは、まるでちがう。そこで、親指姫は、この美しい王子にすぐに「はい」とうなずいた。すると、ほかの花からも、ひとりずつ、すてきな姿の女の人や男の人がでてきた。見るだけでうれしくなるほどりっぱな姿だった。それぞれが、みなひとつずつ、親指姫に贈り物をくれた。なかでもいちばんすばらしかったのは、大きな白いハエの美しい羽だった。その羽が親指姫の背につけられると、なんと親指姫も花から花へと飛べるようになった。それはもう、うれしくてたまらなかった！

あの小さいツバメは、円柱の上の自分の巣の中から、精一杯じょうずに歌を聞かせてくれた。しかし、ツバメはほんとうはとても悲しんでいた。なぜなら、ツバメは親指姫がとても好きで、別れるのがつらかったのだ。

「親指姫という名前は、もう変えたらいいですよ！」と、花の天使がいった。「とてもおかしな名前ですから。そんなにきれいなのにふさわしくない。ぼくたちは、あなたのことを、これからマーヤと呼ぶようにします！」

「さようなら、ごきげんよう！」と、あの小さいツバメが別れをつげた。彼は、また、そのあたたかい土地をはなれて、はるか遠く、このデンマークにもどってきた。

実は、この国の、ある家の窓の上に、そのツバメは小さい巣を作っていたのだ。その家には、お話をじょうずに語るおじさんが住んでいた。その人にむかって、ツバメは「ピーチク、ピーチク！」と歌って、この話を聞かせてくれたのだ。それで、このお話をわたしたちも聞くことができるようになったというわけだ。

人魚姫

はるか海の沖では、水は美しいヤグルマギクの花さながらに青く、また、すきとおったガラスのように澄んでいる。そのあたりはとても深くて、どれほど長い錨綱《いかり》だって、底まで届かぬほどなのだ。海の底から水のおもてまで届かせるには、教会の高い塔をいくつも積みかさねなくてはならないだろう。そんな深い海の底に人魚たちは暮らしていた。

さて、海の底といえば、ガランとしてなんにもなくて、白ちゃけた砂があるだけだと想像しているとしたら、それはずいぶんちがっている。まったくちがうのだ。海の底には、ほんとうに不思議このうえない植物が生えている。その茎や葉はしなやかそのもので、水がすこしばかり動くだけで、生き物のようにユラリユラリと動くのだ。大小の魚たちは、みんなその枝をくぐるようにして、空を飛ぶ鳥よろしく、かろやかに泳ぎまわっている。

海のもっとも深いところに、人魚の王様の宮殿がある。宮殿の壁は珊瑚《さんご》で、先のとがった高窓には、すきとおった琥珀《こはく》がはめこまれていた。その屋根はというと、水の流れのままに開いてはまた閉じる貝殻で葺《ふ》かれていた。貝殻のなかには輝く真珠がはいっていたから、その美しさといったらたとえようもなかった。その一粒だけでも、女王様の冠の大きな装飾にじゅうぶんなくらいだった。

海の底をおさめる人魚の王様は、お妃《きさき》をなくし、長いこと独身をとおしていたけれど、お年をめされた王様の母上が、宮中のきりもりをしていた。この母上は、ご聡明《そうめい》な方だったけれど、御自分の身分ならそうあるべきだと思いこんで、その尾ひれに牡蠣《かき》を十二も飾りつけていた。ほかのやんごとない身分のかたでさえ六つしかつけることをゆるされていなかったのに——けれども、そのほかについては、なかなかご立派なかただった。とりわけ、孫娘の、小さい人魚姫たちのことを、とてもかわいがっていた。

六人いる人魚姫は、みな美しい娘さんだった。なかでも、いちばん末の人魚姫がとくべつ美しかった。バラの花びらを思わせる、すきとおってきめの細かい肌をして、深い海のように青くすんだ瞳《ひとみ》をしていた。けれども、ほかの人魚の姫様たちと同じで、からだの腰から下は魚の尻尾《しっぽ》だった。

姫様たちは、海の底にある宮殿の大広間で、一日中のんびりと遊んでいた。広間の壁からは、生きた花がはえていて、大きな琥珀でできた窓を開くと、魚たちがはいってきた。ちょうど、家の窓をあけるとツバメが飛びこんでくるのと同じようだった。魚たちは、小さい姫様たちのそばにきて、手から餌《えさ》をもらったり、なでてもらったりした。

宮殿の外は広い庭園になっていて、炎のように赤い木や藍色《あいいろ》の木々が立っていた。その茎や葉が水の動きでゆれるたびに、その果実は黄金のように、花は燃える炎さながらに輝いたものだ。海の底の土というのは細かい砂なのだけれど、硫黄が燃えるときの炎のように青い色をはなっていた。あたり一面は、この世のものと思われぬ青い光につつまれていた。もしも、人間がここに来たとしたら、海の底にいるというより、高い空にうかんでいて、上にも下にも空があるような気がしてしまうかもしれない。風がないでいるようなときは太陽が見えた。太陽は、ほんとうに深紅の花とでもいうべきで、その花びらからあらゆる光が流れでているようだった。

姫様がたは、宮殿の庭にわずかばかりの土地をもらっていた。そこで、思い思いに好きなだけ穴を掘ってみたり、花を植えたりできるのだ。

姫様のひとりは、クジラの形の花壇にしてみたり、べつの姫様は花壇を小さい人魚姫にみえるように作っていたものだ。いちばん末の姫様は、太陽のようにまんまるの花壇にして、赤くかがやく花だけを植えていた。

　末の姫様は口数もすくなく、いつも物思いにふけっているような、すこし変わったかただった。姉たちが、それぞれ自分の庭に、沈没した船からひろってきためずらしいものを飾っていたのに、この姫様は、天の太陽を思わせる、バラそっくりな赤い花のほかには、美しい大理石の像をひとつだけ置いて、それを大事にしていた。

　その像というのは、白亜でできたとても美しい少年の彫像で、船が難破した際に、海の底に沈んできたものだった。その彫像のそばちかくに、末の姫様はバラの花のように赤いシダレヤナギを植えていた。シダレヤナギは、それはみごとに育ち、少年の像の頭のほうから青い砂地にまで、そのみずみずしい枝をたれていた。ヤナギの影は、砂地のうえに落ちると紫色に見え、枝がゆれるままにたえずその影も動いていた。まるで、枝のさきと根が、たわむれてキスしあっているようにさえ見えた。

　そんな暮らしのなかでも、陸の人間たちの世界の話を聞くのはなによりの楽しみだった。王様の母上であるおばあさまは、船だとか町だとか、人間や動物について、知っていることをなんでも残らず話してほしいと孫の人魚の姫様たちにせがまれたものだ。姫様たちに不思議で、すばらしく思えたのは、陸では、花々がよいかおりをはなっているということだった。水のなか、海の底では、そんなふうに花がかおることはなかったからだ。

そのうえ、陸では、森が緑色をしていて、木の枝から枝へとチョンチョンとびまわる魚たちが、それは楽しげに、声高らかに愛らしく歌うというではないか。それは、もちろん、小鳥たちのことだけれど、姫様たちは、鳥を見たことがなかったので、おばあさまはわかりやすくわざと魚といったのだ。

「十五歳になったら、おまえたちは海から浮かびあがるのをゆるされます」と、おばあさまは微笑《ほほえ》んだ。「そうしたら、おまえたちは、岩の上に腰かけて月の光を浴びながら、通りすぎる大きな船や、森や人間の町を見ることだってできるのよ」

翌年、姫様のうちのひとりが十五歳になった。ほかの姫様がたは、ひとつずつ年が離れていたから、いちばん末の姫様は、まだたっぷり五年はまたなければ、海の底から浮かびでて、陸のありさまを見ることはできなかった。いちばん年上の姫様は、最初の日に眼にして、いちばん美しいと思ったことを、妹たちに残らず話して聞かせる約束をさせられた。おばあさまの話だけでは、ものたりなかったし、知りたいことがやまほどあったのだ。

陸のことをだれよりも知りたがっていたのは、いちばん末の姫様だった。いちばん長く待たされるのだし、あれこれ想像をめぐらせるたちだった。毎晩のように、姫様は窓辺にすわり、青い水をすかし見ながら、魚たちがひれや尾を動かして泳ぎまわる上のほうを眺めていた。月と星とが見えたけれど、月も星もすっかり色がうすれて輝いている。けれど、水をとおして見ると、わたしたち人間の目で見るより、ずっと大きく見えたものだ。

ときおり、黒い雲のような影が光をさえぎり、スウッと横ぎっていくことがあった。それが、頭の上を泳いでいくクジラか、大勢の人間を乗せた船だということを姫様は知っていた。船に乗った人間たちは、可愛《かわい》らしい小さな人魚姫が、海の底で船にむかって白い手をさしのべているなんて、夢にも思いはしなかったろう。

いよいよ、いちばん年上の人魚姫が十五歳になり、海の上にでることをゆるされた。もどってくると、話すことは、それはもうたくさんあった。「いちばんすばらしかったのは」と、姉様はいうのだった。「おだやかな砂の浅瀬に横になり、月の光をあびながら、すぐ近くにある、大きな町のある海岸を見たことだったわ。町の明かりが何百もの星のように輝いていてね。音楽や、馬車や、人間のたてる物音を耳にしたり、たくさんの教会や高い塔を見たり、鐘のひびきを聞いたのも素敵だったわ」

末の姫様は、まだまだずっと、海の上にあがっていくことができなかったから、いちばん強くそういうものに心をひかれたものだった。

ほんとうに、末の妹はどんなに思いこがれてその話に聞き入ったことだろう！

夜になって、開いた窓辺に立ち、真っ青な水をすかし見ては、いろいろな物音のする大きな町のことを思い描いていると、教会の鐘の音が、今にもこの海の底にまで聞こえてくるような気がしたものだ。

あくる年は、二番目の姫様が水のなかをのぼっていき、どこにでも泳いでいくのをゆるされた。陽が沈む時、姫様は水のうえに顔をだした。そのとき見た眺めをなにより美しいと感じた。

「空全体がまるで黄金のようで、雲の美しさといったら、とても口では言い表せないほどよ！」と、帰って話したものだ。雲は赤や紫色に輝きながら、頭の上を流れていった。それから、雲よりずっとはやく、白鳥の群れが、長い白いベールのように、海の上を夕陽にむかって飛んでいくのが見えた。姫様もそちらに泳いでいったけれど、日が沈むと、輝いていたバラ色は、海のおもてからも、雲のうちからも消えてしまったのだと。

また、次の年になると、三番目の姫様がのぼっていった。この姫様は、姉妹の中でいちばん大胆であったので、海に流れこんでいる大きな川をさかのぼっていった。ブドウの蔓《つる》が茂っている、美しい緑の丘が見えた。みごとな森のすきまから、城や大きな邸宅が姿をみせていた。鳥たちが一斉に囀《さえず》っているのが聞こえてきた。日がかんかんと照って暑くなったので、姫様はたびたび水にもぐり、やけつくように熱くなった顔を冷やさねばならなかったほどだった。

小さな入江には、幼い人間の子どもらがたくさん集まっていた。みな、はだかで走りまわり、水をはねとばして遊んでいた。いっしょに遊ぼうとしたが、子どもたちはおどろいてにげてしまった。そこへ、黒い動物がちかづいてきた。それは犬だったが、犬など見たことがなかった。

犬がとてもおそろしく吠《ほ》えたてたので、姫様はこわくなって、沖へにげてしまった。それでも、みごとな森や、緑の丘や、尾びれがないのに泳げるかわいい子どもらのことは、しっかりと心にとどまった。

四番目の姫様は、姉さんほど大胆でなかったので、陸から遠い荒海のまん中までしかいかなかった。しかし、そこがいちばんすばらしかった、と話したものだ。みわたすかぎり何マイルも眺望がひらけ、空はまるで大きなガラスのドームのようだった。船も見えたが、はるか遠くから見たので、白いカモメのようだった。陽気なイルカたちが、宙返りしていた。大きなクジラが、鼻の穴から空にむかって水をふきあげたときは、そこらじゅうに何百もの噴水があるみたいだった。

さて、五番目の姫様の番だった。その姫様の生まれ月は冬だったので、上の姉さんたちが眼にしなかったものを見ることができた。海は深い緑そのもので、大きな氷山があちこちに浮かんでいた。それぞれの氷山が、真珠のように美しく、さらに言えば、人間の建てた教会の塔よりずっと大きく見えた。とても不思議な形をしていて、ダイヤモンドのようにキラキラ輝いていた。いちばん大きな氷山に腰かけ、長い髪を風になびかせていると、帆船に乗った人びとがおどろいて、氷山のまわりをぐるぐるまわっていったという。

夕方になると、雲が空をおおいかくし、稲妻が光り、雷鳴が轟《とどろ》いた。暗い海の波のうねりに氷塊がぐっと高く持ちあげられ、赤い稲光にうかびあがった。船という船はみな帆をたたみ、船乗りたちは不安と恐怖におののいていた。それでも姫様は、ただよう氷山の上にじっとすわり、青い稲光がきらめいてジグザグに海に落ちていくさまを眺めていた。

人魚の姫様たちは、はじめて海の上にでたときは、だれもが新しい美しいものを眼にして、うっとりしたものだ。けれども、おとなになって、いつでも海の上に行くことができるようになると、すぐにそれほど心をひかれなくなり、うちが恋しくなった。ひと月もすると、海の底がいちばん美しい。故郷にいるのがいちばんだというようになった。

　夕ぐれに、五人の姉たちは、しばしば手をつないで水の上にのぼっていった。彼女らはみな、それはそれは美しい声をしていた。どんな人間もかなわぬほどよい声だった。嵐《あらし》がやってきて、船が難破しそうになると、人魚姫たちは船のまえを泳いで、「海の底は、たとえようもないくらい美しいわ。船乗りさん、こわがらずに、おりておいでなさい」と、美しい声で歌ったものだ。船乗りには人魚の言葉はわからないから、嵐の吹き荒れる音に聞こえた。それに、海の底がどんなに美しいか、見ることもできなかった。船が沈めば、溺《おぼ》れてしまい、ただ彼らのなきがらだけが人魚の王の城に沈んでくるのだ。

　姉たちが、夕方、そんなふうに手をつないで海の上にのぼっていくとき、小さい妹はひとりだけ、下から見送っていた。泣きたい気持ちだったが、人魚は涙がでなかった。それだけに、余計につらいのだ。

「ああ、はやく十五になれたらよいのに！」と、人魚姫はつぶやいた。「上の世界も、そこに家を作って住んでいる人間も、きっと大好きになるはずよ」

　そして、とうとう末の姫様も十五歳になった。

「これで、あなたもひとりだちね」と、おばあさまがいった。「こちらにおいで、姉さんたちのように飾ってあげようね！」おばあさまは、白いユリの花輪を髪に飾ってくれた。花びらの一枚一枚が、半分にした真珠でできていた。そのうえで、高貴さをあらわすために、姫様の尾びれに八つの大きな牡蠣をしっかりはさませた。

「痛いわ！」と、人魚姫は悲鳴をあげた。

「そうとも、品位をたもつには、苦しいこともあるものよ！」と、おばあさまはいうのだった。

ほんとうは、りっぱな牡蠣の飾りなんかふるい落とし、重い花輪もとってしまいたかった。庭の赤い花のほうが、ずっとよくにあったろう。しかし、そんな思いきったことはできなかった。

「いってまいります！」と、姫様はあいさつすると、泡のようにかろやかに、水をあがっていった。

水の上に顔をだしたとき、ちょうど太陽が沈んだところだった。雲はまだ、バラ色と黄金のように光っていた。色あせたバラ色の空のただなかに、宵の明星が明るく、美しく輝き出ていた。風はおだやかで、すがすがしかった。海は波ひとつたてず、しずまっている。三本マストの大船が一隻《せき》浮かんでいた。風がまったく凪《な》いでいたので、帆はひとつしかあげていなかった。帆げたに船乗りがすわっていて、音楽と歌が聞こえてきた。闇《やみ》がおとずれると、なん百もの色とりどりのランタンがともされた。まるで世界中の国旗が、風になびいているようにも見えた。

人魚姫は、船室の窓の真下まで泳いでいった。波でからだが持ちあがるたび、鏡のような窓ガラスの中をのぞくことができた。すばらしい衣装をまとった人間たちがたくさんいた。が、いちばん美しいと思ったのは、大きな黒い瞳をした若い王子だった。年は十六歳をさほどすぎてはいないようだった。

その日は王子の誕生日だった。だから、どこもかしこも飾り物できらびやかで、水夫たちが甲板でおどっていた。若い王子が甲板に姿をあらわすと、百発以上もの花火が空に打ち上げられ、昼のように明るく花開いた。人魚姫はびっくりして、水にもぐったけれど、すぐにまた顔をだすと、空のお星さまがみんな自分のほうに落ちてくるような気がした。花火など見たことがなかったのだ。

大きな太陽が数えきれないほど、いくつもいくつも音をたてて空におどった。すばらしい火の魚が、空にうちあげられていった。そのひとつひとつが、澄みきった海の面に映るのだった。船の上も、それは明るく照らされていたので、細い帆綱の一本一本までも見分けられた。もちろん、人間の顔も。だが、しかし、若い王子はなんとハンサムだったろう！

王子は、みなと握手したり、微笑んだり、快活に談笑している。華麗な夜の祝宴のあいだ、音楽がはなやかに演奏されつづけていた。

夜も更《ふ》けてきたけれど、人魚姫は、船と美しい王子から眼をはなすことができなかった。やがて、色とりどりのランタンが消え、花火もあがらなくなった。祝砲も、もう鳴りはしなかった。が、海の底では、低いうなりともうねりともいえぬ音がしていた。

人魚姫は、ずっと水の上に浮かんで上下に揺られながら、船室の中をのぞいていた。ところが、ふいに船がはやく走りだしたではないか。帆がつぎつぎにはられていく。波がはげしくなってきて、大きな雲がわいてきて、遠くで稲光がしている。嵐がせまっているようだった。

こんどは、水夫たちが帆をおろしはじめた。それでも、大船は、荒れた海をとぶがごとくにゆられながら走っていた。波は黒く大きな山のようにもりあがり、マストに襲いかかってきた。船は白鳥のように、深い波間におとされたかとおもうと、また、そそりたつ大波の上に持ちあげられた。人魚姫にとっては、おもしろい船の動きにもみえたけれど、水夫たちにとっては、生きた心地はしなかった。船は、メリメリ、ギシギシ、うめき声をあげ、大きな波にはげしくたたきつけられると、厚い船板がひしゃげるほどだった。マストも、まるでアシの茎がおれるように、まっぷたつにおれてしまった。

船は横にふられ、海水がドッと流れこんだ。人魚姫は、船の人たちの命に危険がせまっているのをさとった。自分も、水面に流されてきた材木や板切れに気をつけねばならなかった。

一瞬にして、まっ暗やみになり、なにひとつ見えなくなった。また稲光がすると、ぱっと空が明るくなり、船に乗っていた人たちがはっきり見えた。みんな、けんめいにもがいていた。人魚姫は、なにはさておき、若い王子の姿をさがした。船が嵐でバラバラに打ち砕かれたときに、王子が深い海に沈むのが見えた。最初は、それがうれしいような気がした。王子が自分のところにおりてくるのではないかと思ったのだ。だが、人間は水の中では生きていられず、死んでなきがらにならなければ人魚の王様の城におりてこられない。

いや、あの王子を死なせるわけにはいかない。人魚姫は、波間をただよっている材木や板切れのあいだを必死で泳ぎまわった。大きな材木にぶつかりでもしたら、自分だって打ちくだかれてしまうかもしれないのに、すこしもこわくなんかなかった。人魚姫は、深くもぐったり、波の間に高くうかびあがったりして、ようやくのことに、若い王子をみつけて泳ぎ寄っていった。嵐の海のただなかで、王子はもう泳げなくなっていた。手足は疲れはて、美しい眼をとじていた。人魚姫がこなかったら、王子は死ぬほかなかったろう。人魚姫は、王子の頭を水の上に押しだして、波間をともに流されていった。

朝になり、嵐はすぎさっていた。船は、板切れ一枚残していなかった。太陽が赤く輝きながら海から顔をだした。そのおかげで、王子のほおには命がもどってきたようだった。が、あいかわらず眼をとじたままだった。人魚姫は、王子の秀《ひい》でたひたいに口づけし、ぬれた髪の毛をなでてやった。王子は、海の底の小さい庭にある大理石像によく似ていた。人魚姫は、また王子に口づけして、どうか生きかえってと祈りつづけた。

そのときだ。陸地が見えた。青くかすむ高い山のいただきに白い雪が白鳥が横たわっているように輝いていた。山のふもとの岸には、美しい緑の森がひろがっていた。森のまえに、教会か修道院かの建物があった。人魚姫にはよくわからなかったが、ともかく、人間の建物だった。庭には、レモンやオレンジの木が立っていて、門のまえに高い棕櫚《しゅろ》の木が茂っていた。海は小さな入江になっている。入江は鏡のようになめらかだったが、崖《がけ》のちかくはとても深くなっていた。浜では美しい白い砂が、波にあらわれていた。その浜へ、人魚姫は美しい王子をだいて泳ぎつき、砂の上に王子を横たえ、頭を高くし、暖かい日の光があたるようにしてやった。

そのときだ。白い大きな建物から鐘が鳴りひびき、若い娘たちがたくさん、広い庭を通って、おもてに出てきた。人魚姫は、海の上に顔をだしている岩の陰まで泳いでいって、髪と胸の上に海の泡をのせ、小さい顔を見られぬようにかくした。そうして、かわいそうな王子のほうに、どの娘が近づいてくるかじっとみつめていた。

しばらくして、ひとりの若い娘がやってきた。とても驚いたようだったが、すぐに気をとりなおしたらしく、ほかの者たちを呼んでもどってきた。王子は息をふきかえし、集まってきた人たちに微笑んでいるのが見えた。けれども、人魚姫のほうには微笑んではくれなかった。王子は、彼女が自分の命を救ったことなど知らなかったのだ。人魚姫はとても悲しくなった。王子が大きな建物へ連れていかれるのを見届けると、人魚姫は、悲しげに海の中にもぐり、父王の城に帰っていった。

この末っ子の人魚姫は、もともとものしずかで、いつも考えごとをしているふうだったけれど、それからは、そんな様子がいっそうつのってきた。海の上に行って、何を見たの？　と、姉たちはたずねたけれど、なにひとつこたえは返ってこなかった。

それからというもの、人魚姫は朝に晩に、いくたびも、王子とわかれた海辺にやってきた。庭の果物が実り、摘みとられ、高い山の雪がとけるのを眼にしたが、王子のすがたはみつからなかった。人魚姫はそのたびに、さらに悲しくなり、海の底にもどっていくのだった。

自分の小さな庭で、王子に似た美しい大理石像をだきしめることが、彼女のたったひとつのなぐさめとなった。草花の世話をする気にもなれず、草はまるで荒れた野原のように、道のほうまで伸びひろがり、長い茎や葉を庭木の枝にからみつかせて、そのあたりは、暗い影が落ちていた。

人魚姫は、とうとう、こらえきれなくなり、姉のひとりに胸のうちを話した。すると、ほかの姉たちにも、すぐ知れてしまった。知ったのは、姉たちと、そのほかふたりの人魚たちだけだった。そのふたりは、とくに親しい友だちにだけこの話をつたえた。すると、その人魚たちのひとりが、王子のことを知っていたのだ。難破した船の上での祝いも見ていたし、王子がどこの国の人で、その王国がどこにあるかも知っていた。

「さあ、妹よ、いくのですよ!」と、姉の人魚姫たちは呼びかけた。みな肩をだきあい、列をつくって、海の上にのぼり、彼女らの知っていた王子の城をめざしていった。

王子のいる城は、つややかで明るい、黄色に光る石造りで、大きな大理石の階段がついていた。そのひとつは海にまでおりていた。

黄金で葺かれた豪勢なドームが建物の上にそびえていた。建物をとりかこんでいる円柱のあいだには、生きているような大理石像が立っていた。大きな窓の、すきとおったガラスごしに、これもまた豪勢な広間が見えた。高価な絹のカーテンやタペストリーがかかっていて、壁という壁には大きな油絵が飾られている。眼にするだに喜ばしい絵だった。いちばん大きな広間の中央には、大きな噴水が水音をたてていた。噴きあげられた水は、ガラスの丸天井までとどいていた。日の光が丸天井のガラスをとおしてさしこみ、水や大きな水盤に浮いている美しい水草を照らしている。

さあ、王子の居場所はわかった。そこで、人魚姫は、毎晩、毎夜、海の上にあがり、お城をたずねていった。ほかの人魚たちのだれも思いもしないほど、ずっと岸近くまで泳いでいったのだ。それどころか、細い水路をたどって、立派な大理石のバルコニーが水の面に長い影を落としているところまでもやってきて、そこから、若い王子を眺めていた。王子は見られているとも知らず、明るい月の光を浴びていた。

ある晩などは、王子が旗をなびかせた立派なボートに乗って、音楽をかなでながら海へのりだしていくようすを見たものだ。緑のアシのあいだから、人魚姫はそっとのぞいていた。彼女の、白銀色《しろがねいろ》の長いベールが風になびいているのを見た人があれば、きっと白鳥が羽を広げたと思ったろう。

人魚姫は、海の上でランタンをともして漁をしている漁師たちが、若い王子をほめているのを耳にしたものだ。そんな噂《うわさ》を聞くにつけ、半ば死んだように、波間にただよっていた王子の命を助けたことをうれしく思わずにはいられなかった。王子の頭を自分の胸にしっかりとだき、切ないほど心をこめて口づけをしたことを思いだした。だが、王子はそんなことは露ほども知らないし、人魚姫のことなど夢にも見ることはありはしないのだ。

人魚姫は、だんだんに人間たちのことが好きになり、人間たちの中にあがっていけたらと、しきりに願うようになっていた。人間たちの世界は、自分らの世界より、ずっとずっと大きいように思えた。人間たちは、船に乗って海を渡ることができ、雲の上に顔をだしている、いちばん高い山にでも登ることができるのだ。人間が支配する国々は、森や野原があって、人魚姫の目ではとても見とおせぬほど遠くまで広がっていた。

人間の世界には、知りたいことがやまほどあったが、姉たちは人魚姫のたずねることに何ひとつこたえられなかった。それで、王の母上、おばあさまにたずねてみた。おばあさまは、高い世界のことをよく知っていた。海のかなたの国を、高い世界とよんでいたが、なるほどそのとおりだった。

「人間は、溺れて死ななければ、どれほど生きていられるのですか？　海の底にいるわたしたちみたいに死ぬことはないのですか？」と、人魚姫はたずねてみた。

「そりゃあ、もちろん、人間だって死ななきゃなりませんよ。そればかりか、人間の寿命は、わたしたちよりずっと短いのだよ。わたしたち人魚は三百年も生きることができるわ。だがね、わたしたちは、海の底にいるのをやめれば、水の上の泡になって消えてしまうのだよ。そうなったら、この海の底で親しい人たちに、お墓をつくってもらうこともできなくなるわ。わたしたちは不滅の魂をもってはいないし、生まれかわることもないのよ。わたしたちは、緑のアシの葉のようなものだからね。一度切れてしまうと、もう二度と緑の葉をふくことはできないのだからね。

　ところが、人間はずっと消えない不滅の魂をもっているのよ。体がほろんで土になってしまっても、魂は生きつづけるんだよ。魂は、すんだ空をのぼっていって、輝く星のところへいくのよ。わたしたちが、海から浮かびあがって人間の世界を見るのとはちがって、わたしたちがけっして見られない場所へ、だれも知らない美しい場所へ人間たちはのぼれるのだよ」

「どうして、わたしたちは、不滅の魂をもらわなかったのかしら」と、人魚姫は悲しげにたずねた。「わたしの寿命の、何百年という月日を返してもよいから、ほんの一日でも人間になりたいわ。そして、天国にのぼりたいわ」

「いけないよ」と、おばあさまはたしなめた。「そのようなことを考えてはなりませんよ。わたしたちは、陸にいる人間たちより、それはもう幸せに暮らしているのですよ」

「それでは、わたしも死ぬと泡となって海の上をただようさだめなの？　波の音楽をもう聞けなくなり、すばらしい花や、真っ赤な夕陽をながめることもできないのね。永遠に滅びぬ魂を手に入れようにも、どうすることもできないの？」

「そのとおりだよ！」と、おばあさまはうなずいた。「だがね、ひとりの人間が、あなたを愛してくれて、その人の父様や母様より大事に思うようになり、身も心もおまえにささげるように愛してくれ、牧師に願い出て、右手をおまえの右手にのせ、この世ばかりか、永遠にかわらない誠実な愛を誓ってくれたなら、そのときだけは、その人の魂がおまえのからだにそそぎこまれるのだよ。そのときは、おまえも人間の幸せの一部を分けてもらうことができる。たとえ、おまえに魂をわけようとも、その人は自分の魂はなくしはしないのだからね。でも、そのようなことはありはしないわね。海の中では美しいとされるもの、たとえば、おまえの人魚の尻尾だって、陸の上では醜いと思われてしまうわ。彼らにはまるきりわからないのだよ。陸の上に住むには、足とよばれる、ぶかっこうな二本の棒をつけていなければ、きれいだとはいわれないのだからね」

人魚姫はため息をつき、悲しげに魚の形の尻尾をみつめた。

「さあ、元気をだすのですよ！」と、おばあさまははげましました。「わたしたちの寿命の三百年のあいだは、歌ったり踊ったりして楽しんでいましょう。そりゃ、すてきな年月なのよ。そうすれば、あとでゆっくりお墓のなかで休めるってものよ。今宵《こよい》は宮中で舞踏会だわ！」

人魚の舞踏会は、陸の上ではけっして見られないほど豪華絢爛《けんらん》だった。大きな舞踏会の広間は、壁も天井も、厚くて、すきとおったガラスばりだった。バラのように赤い貝殻や草のように緑色をした大きな貝殻が、何百と両側にならんでいた。その貝殻のなかに火が青くともされ、広間全体を明るく照らし、壁をとおして、外の海までもこのうえなく明るく照らしていた。ガラスの壁のそばには、大小の魚たちが数えきれぬくらいたくさん泳ぎよってくるのが見えた。鱗《うろこ》をまっ赤に輝かせている魚もあれば、金や銀のように光る魚もいた。

広間の中央には、一筋の幅広い水の流れができていた。その流れにのって、人魚の男も女も、彼らならではの歌をうたい、そして踊っていた。それほど美しい声は、地上の人間はもっていなかった。人魚姫は、なかでもいちばん美しい歌い手だった。みなの拍手がやまなかった。しばらくのあいだ、人魚姫もそれを心からよろこんだものだ。自分が、陸の上でも海の中でも、いちばん美しい声をしているとわかったからだ。けれども、すぐにまた、海の上の世界のことを思い出してしまった。あの美しい王子のことや、王子のように消えることのない魂を自分はもっていないという悲しみが頭からはなれなかった。そう考えはじめると、人魚姫は父の城をひとりぬけだし、ほかの者たちがみな中で歌い興じているというのに、自分が作った小さな庭に腰をおろして、悲しみにくれていた。

そのとき、海の中へ角笛が聞こえてきた。人魚姫は考えた。「あのかただわ。きっと海の上を船で走っているのね。父上や母上より愛しているあのかたよ！　わたしの心からはなれないあのかた！　あのかたに、わたしの一生の幸せをかけてみたいわ！　あのかたと、死ぬことのない魂が手にはいるのなら、なんでもするわ。お姉さまたちがお城で踊っているあいだに、海の魔法使いのおばあさんのところへいってみよう。ずっとこわいと思っていたけれど、あの魔女なら、いい知恵をかしてくれて、助けになるかもしれないわ」

そこで、人魚姫は庭をぬけだして、ものすごい音をたててさかまいている海の渦にむかって泳いでいった。その渦のむこうに、海の魔女が住んでいるのだ。そこへの道を、人魚姫はただの一度も通ったことはなかった。花も海草もしげらず、ガランとした灰色の砂地が渦までつづいているだけだった。海が、すごい音をたてる水車のように渦をまき、それにつかまえられたものはなんでもかんでも深みにのみこまれていくのだ。海の魔女の住処《すみか》にいくには、すべてをすりつぶしてしまうような、この渦巻きを通りぬけねばならない。しかも魔女の住処へは、泥沼と呼ばれている煮えたぎるように泡だつ泥の道を長いこと通らねばならなかった。

魔女の家は、渦のむこうの奇妙な森の中にあった。その森の木や藪《やぶ》ときたら、どれもこれも、半分は動物で、半分は植物の、クラゲのような腔腸動物《ポリプ》だった。みな、泥の中から顔をだしていて、頭が百もある蛇のようだった。森の木の枝もみんな、ひょろ長いヌメヌメした腕で、ミミズのようにのたくる指がついていた。根もとから枝の先まで、からだの一節一節が動いていた。そのうえ、ポリプは、近づいてきた者はうむをいわせずつかまえると、ギュッとからみついて、二度とはなさなかったのだ。

人魚姫は立ちすくんでしまった。おそろしくておそろしくて、心臓が早鐘のように鳴りはじめ、いっそひきかえしたいくらいだ。けれども、王子と人間の魂のことが心からはなれなかった。その思いが勇気をかりたてた。ポリプたちにつかまらぬように、流れになびく長い髪を、しっかり頭にまきつけ、両手を胸の上であわせ、魚が水をきって泳ぐように、不気味なポリプのあいだをぬけていった。ポリプはしなやかに動く腕と指を、人魚姫のほうにのばしてこようとした。ふと見ると、ポリプたちは、すでに何か獲物をとらえていて、何百という小さい腕が、強い針金のようにその獲物をキリキリしめつけていた。

海で死んだ人間たちが深い海に沈み、白い骸骨《がいこつ》となり、ポリプの腕のあいだからのぞいていた。船の櫂《かい》やら木箱やら、陸の動物の骨もつかまえていた。ポリプにつかまって、くびり殺されている人魚の娘もいた。人魚姫にはそれがゾッとするほどおそろしかった。

ようやく森の中の泥でおおわれた空き地にでた。てらてら油光りした大きな海蛇どもがとぐろをまき、醜い薄黄色の腹を見せていた。

広場のまん中に、家がたっていた。船とともに沈んで溺れ死んだ人間たちの白骨でこしらえた家だった。そこに海の魔女が腰かけて、自分の口からヒキガエルに餌をやっていた。ちょうど人間が、可愛いカナリアに砂糖を食べさせているのに似ている。不気味な、油光りした海蛇たちのことを、魔女は、かわいいヒヨコちゃんと呼んで、自分の大きな海綿のようなブヨブヨの胸の上をはいまわらせていた。

「なにが望みかは、もうわかっているよ」と、魔女はいった。「おまえはほんとに愚か者だね！　だが、願いはかなえてやろうぞえ。それがおまえの不幸のもとになるのだからね、美しいお姫さまよ！　おまえは、魚の尻尾を捨て、人間とおなじに歩ける二本の棒きれがほしいのだね。若い王子様に愛されて、王子と、不滅の魂とやらを手に入れようとしているんだ！」いいながら、魔女は、えもいわれぬほど下品に、大笑いした。その拍子に、ヒキガエルと蛇が落ちて、ころげまわった。

「だが、ちょうどよいところにきたよ」と、魔女はつづけた。「明日になって、日が昇ってしまえば、あと一年またなきゃ、おまえを助けられなくなるところだったよ。おまえに飲み薬を調合してやろう。それを持って、日が昇るまえに、陸に泳いでいくがいい。そうして、岸べに座り、薬をすっかり飲んでおしまい。そうすれば、尾びれが割れて、短くちぢまり、人間が足とよんでいるものに変わるはずだよ。でも、ひどい痛みがともなうよ。鋭い剣でつき刺されるみたいにね。人間たちはおまえを見ると、こんな美しい人は見たことがない！　と、いうにちがいない。しかも、おまえは、しなやかに泳ぐような足どりはなくさないから、どんな踊り子でも、おまえのように軽やかに歩けないだろう。だがな、おまえは一歩あるくごとに、鋭いナイフの上を歩くみたいに、血を流すことになるのだよ。そんな苦しみにたえられるかえ？ それならば、助けてやろう」

「もちろんです！」と、人魚姫は声をふるわせ、王子と不滅の魂のことだけを思いうかべるようにした。

「よくおぼえておくがいい！」と、魔女は念をおした。「ひとたび人間の姿になったら、二度とは人魚にもどれないのだ！ 海にもぐって、姉さんたちや、父親の城におりていくことはもはやできない。そのうえ、その王子が、おまえのことを、両親を忘れてしまうほどに愛してくれて、おまえ一途《いちず》になり、牧師に願って、ふたりが夫婦となるように、ふたりの手をかさねてもらうようにならなければ――おまえは、不滅の魂を手に入れることはできないのだ！ もし、王子がほかの女と結婚したら、その翌朝には、おまえの心臓ははりさけ、おまえは水の上の泡になって消えるのだからね」

「かくごはできております」と、人魚姫は死人のように青ざめて、そういった。

「だがね、わたしにも、みかえりがいるのさ！」と、魔女はいった。「わたしがほしいものは、なまやさしいものじゃないよ。おまえは、海の底では、だれよりもよい声をしている。その声で王子をとりこにできると思っているのだろうが、その声はわたしがいただくのさ。すばらしい秘薬をやるのだから、おまえの持っているいちばんのものをもらいたいというわけさ！　わたしは、この秘薬を両刃《もろは》の剣のようによく効くようにするために、自分の血をその中に落とさなければいけないのだからね！」

「あなたに声をさしだしてしまったら、わたしに何が残るのですか？」と、人魚姫はたずねた。

魔女のこたえはこうだった。

「美しい姿も、しなやかで軽い足どりも、口ほどにものをいう眼も残っているではないか。それで、じゅうぶんに人間の心をまどわすことができるはずだ。さては、おじけづいたのかい？　そうでなきゃ、さあ、かわいらしい舌をおだし！　薬代として、切りとってやろう。そうしたら、とびきりよく効く薬をあげるからね」

「のぞみどおりに！」と、人魚姫はうなずいた。魔女は、秘薬を煮るために大鍋《おおなべ》を火にかけた。「まずは、お清めしとかなきゃ！」と、魔女はいうと、蛇を何匹かつかまえて束にすると、それで大鍋のなかをゴシゴシこすった。それがすむと、自分の胸をかきむしり、黒い自分の血を鍋のなかにたらした。すると、どんなに肝のすわった者でも、おそろしくなって、ぞっとするような奇妙な形の湯気がたちのぼった。魔女は、つぎつぎにいろいろな物を大鍋の中に投げこんだ。やがて、よく煮つまってくると、まるでワニが鳴いているような音がした。秘薬ができたのだ。それは、澄みきった水のようにも見えたものだ。

「さあ、うけとるがいい！」魔女はそういうと、あっというまに人魚姫の舌を切りとってしまった。人魚姫は口がきけなくなった。歌うことはおろか、話すこともできなくなった。

「森をぬけて帰るときに、ポリプのやつらがおまえに手をのばしてきたら、この薬をほんの一滴かけておやり。ポリプなんぞ、腕も指もバラバラになってしまうよ！」と、魔女はいった。しかし、そんな必要はまったくなかった。ポリプたちは、人魚姫の手の中に輝く星のように光る秘薬があるのを見ると、驚いてひっこんでしまったのだから。人魚姫は、森と泥沼をぬけ、とどろく渦巻きを、苦もなく通りぬけていくことができた。

　父の城が見えた。大きな舞踏会のかがり火はとうに消えていた。みんなもう眠ってしまっているようだった。人魚姫は、みなにお別れをいいにいこうとはしなかった。口がきけなくなっていたし、これっきり二度と会わないつもりだったから。悲しくて、胸がはりさけそうだったのだ。人魚姫は庭にしのびいり、姉たちの花壇のひとつから花を摘みとった。そうして、城にむかって、なんどもなんども投げキスをしたあとで、このうえなく青い海をのぼっていった。

人魚姫が王子のいる城の下につき、りっぱな大理石の階段に上がったときには、太陽はまだ昇っておらず、月がえもいわれず皓々《こうこう》と照らしていた。人魚姫は、のどが焼けつくような強い薬を飲みほした。よく切れる両刃の剣が、細い人魚姫のからだをつきとおすような気がした。人魚姫は気をうしない、死んだようにその場にたおれてしまった。太陽が海を照らしはじめてから、人魚姫は目を覚まし、すぐにヒリヒリする痛みをおぼえた。だが、目のまえに、美しい、あの若い王子が立っているではないか。まっ黒な瞳でみつめていたので、人魚姫は思わず目をふせた。そのとき、自分の魚の尻尾がなくなって、そのかわり、人間の娘だけが持っているような、とても美しい、小さな白い足がついているのに気がついた。そのうえ、まったくのはだかだった。あわてて、長い豊かな髪の毛でからだをかくした。

君はだれ？　どうやって、ここにきたのかい？　と、王子はきいてきた。人魚姫は、深い青い目で、やさしく、しかし悲しげに、王子を見つめかえした。口がきけなかったのだ。そこで、王子は、彼女の手をとると、城へ連れていった。彼女が一歩あゆむごとに、魔女の予言どおり、鋭くとがったキリと、よく切れるナイフの上を歩くような痛みが走った。が、しかし、人魚姫は喜んでそれにたえたのだった。王子に手をとってもらうと、泡のように軽やかに歩くことができた。王子もほかの人びともみな、彼女の愛らしい、かろやかな足どりに、驚いて目をみはった。

城では絹とモスリンの高価な服を着せられた。人魚姫はだれよりも美しかったが、口がきけず、歌うことも話すこともできなかった。

絹と金の服を着た美しい女奴隷《おんなどれい》が出てきて、王子や、王さまとお妃さまの御前で歌をうたった。そのなかのひとりが、だれよりも美しく歌った。王子は感心して手をたたき、その歌手に微笑みかけた。人魚姫は、しかし、悲しくてならなかった。以前ならば、自分のほうがずっと美しく歌えたはずだった。

「ああ、王子のそばにいたいばかりに、わたしが永遠に自分の声を捨ててしまったことを、わかってもらえたら!」と、人魚姫は嘆いたものだ。

女奴隷たちは、すばらしい音楽にあわせ、愛らしく、宙に舞うようなダンスを踊った。すると、人魚姫は、美しい白い腕をあげ、つまさきで立ちあがると、フワリとすべるがごとく軽やかに踊りだした。これまで、そのように踊ったものは、まだいなかった。動くにつれて、彼女の美しさが、いっそう際立《きわだ》った。その眼差《まなざ》しは、女奴隷たちの歌よりも深く人の心をうったものだ。

だれもが魅了された。だれよりも王子が、かわいい捨て子さんと彼女を呼んで、喜んだ。人魚姫は、足が床にふれるたびに、鋭いナイフを踏むような痛みをおぼえたけれど、がまんして踊りつづけた。

ずっと、ぼくのそばにいなさい！　と、王子はいった。そして、人魚姫は、王子の部屋のまえにあるビロードのクッションで休むゆるしをもらった。

王子は、人魚姫のために男の子用の衣装を縫わせた。馬に乗せて、自分についてこられるようにだ。ふたりは、かぐわしいかおりのする森をぬけて馬を走らせた。緑の下枝が馬上のふたりの肩をたたき、小鳥たちは、若葉の下でさえずっていた。王子とふたりで高い山に登ることもあった。

かわいい足から、血が流れているのがだれの眼にもとまったけれど、人魚姫は気にもとめぬように微笑んで、王子にしたがっていった。ついに、雲が足の下に見えるほど高く登った。雲は、よその国に飛び去っていく鳥の群れのように流れていった。

王子の城にもどり、夜中にみなが寝静まった頃、人魚姫はあの大理石の階段をそっとおりていって、冷たい水のなかに立ち、燃えるように痛む足を冷やすのだった。そんなとき、人魚姫は海の底の家族を思い出すのだった。

ある晩のこと、人魚姫の姉たちが手をとりあって近くにあがってきた。水の上を顔をだして泳ぎながら、とても悲しげに歌っていた。人魚姫が合図をおくると、姉たちはそれと気がつき、「あなたのために、みんな悲しんでいるわ！」と、うったえた。

それからというもの、姉の人魚たちは毎晩たずねてきた。ある夜などは、はるか沖合に、おばあさまと、冠をかぶった人魚の王様までが姿を見せた。おばあさまは、もう長い年月、海の上にでることなどなかったのに。おばあさまと王様は、人魚姫のほうに手をさしのべたが、姉たちのように陸に近よってはこなかった。

王子は日ごとに、人魚姫のことを大切なものに思うようになっていった。けれども、それは、愛らしい子どもをかわいがるような気持ちゆえで、彼女をお妃《きさき》にむかえることなど思いもしていなかった。ところが、人魚姫はどうしても王子の妃にならなければならなかった。さもなくば、不滅の魂を手に入れられぬだけでなく、王子の結婚式の翌日、海の上で水の泡となってしまうのだ。

王子が人魚姫を腕にだき、彼女の美しいひたいに接吻《せっぷん》するようなとき、人魚姫の瞳《ひとみ》は、わたしのことをいちばん愛してほしいとうったえかけているようだった。

「うん、そうとも、君がいちばん好きさ」と、王子は囁《ささや》いた。「君の心はだれよりもやさしいし、だれよりぼくにまごころからつくしてくれるもの。君は、いつか見た若い娘さんにそっくりだ。でも、あの娘さんとはもう二度と会えないだろうな。ぼくは乗っていた船が難破して、海に流され、岸にうちあげられたのだよ。そこは、修道院のそばで、若い修道女たちがたくさん神につかえていた。そのなかでも、いちばん若い娘さんが、岸辺でぼくを見つけ、命を助けてくれたんだ。ぼくは、その人を二度ばかり見ただけなんだ。

ぼくがこの世で愛せるのは、その娘さんだけだよ。でも、君はその人にそっくりで、その人の面影をぼくの心のうちからおしのけてしまいそうだ。あの娘さんは、修道院からでられないから、ぼくを守護する幸福の神が、君をかわりによこしてくださったのかもしれないね。ぼくたちは、ずっといっしょにいよう」

「なんてことかしら、わたしが命を助けたことを、王子さまは知らないのね！」と、人魚姫は心のうちでなげいた。

「わたしが海から修道院のある森へ、あの方を運んだのに。海の泡に身をかくして、人間がこぬものかとみまもっていたのに。そこへ、美しい娘さんがちかづいてくるのをわたしも見たわ。その娘さんを、王子さまはわたしより愛しているなんて！」

人魚姫は、深いため息をついた。それでも、泣くことはできなかった。

「あの娘さんは修道女で、外にはけっして出られないから、もう二度と会えないと王子さまはいっていた。わたしは王子さまのそばにいて、毎日会えるのよ。王子さまを愛して、お世話し、わたしの命をささげたいわ！」

ところがだ。王子はいよいよ婚礼をあげることになった。相手は隣国の王の、美しい娘だそうだった。やがて、王子の国では立派な船が作られはじめた。それに乗って、王子が隣国を見てこられるというのだが、ほんとうは、婚約者の姫様に会ってくるためだった。おともを大勢ひきつれていくという噂だった。けれども、人魚姫は頭を横にふって笑っていた。人魚姫は、ほかのだれよりずっと王子の心を知っていると思っていたからだった。

「ぼくは、旅にでなければならない」と、王子は、人魚姫にいった。「美しいお姫様さまに会わなきゃいけないんだ。父上や母上がそうしろというのだ。だけど、そのお姫様を花嫁にして、連れて帰れとまではいわないさ。ぼくは、そのお姫様さまを愛せはしない。それに、あの修道院の娘さんには似ていないだろうしね。君は、ほんとによく似ているけれど。ぼくが、いつか花嫁をえらぶなら、だれより、君をえらぶよ。君は口のきけない拾い子だけれど、その眼が口ほどにものをいっている！」

王子は、人魚姫の赤い唇に接吻し、長い髪をやさしくなで、頭を人魚姫の胸にうずめた。そのとき、人魚姫は人間であることの幸せと不滅の魂とを夢みているのだった。

「君は海がこわくはないのかい？　口をきかない娘さん！」

ふたりは大きな船の甲板に立っていた。船は、隣国の王のもとにむかっていた。王子は、嵐や、しずかな海のことや、深海にいる奇妙な魚や、海にもぐる魚とりたちが見たことを話してくれた。人魚姫は聞きながら、微笑《ほほえ》んでいた。海の底のことは、人間たちが見るよりもずっとよく知っていたのだ。

月明りの晩、船のなかは寝静まり、起きているのは、舵取《かじと》りだけだった。人魚姫は船の手すりにもたれて、澄みきった海の面をじっと見おろしていた。海の底の父の城が見えそうだった。城の上では、銀の冠をかぶったおばあさまが立ちつくし、はげしい水の流れをとおして王子の船を見上げていた。

そのとき、姉さん人魚たちが水の中から顔をだし、悲しげに妹を見つめて、白い手をこちらにさしのべていた。

妹の人魚姫は、姉たちに手をふって、笑いかけ、自分の願いがかなって、どれほど幸せか話そうとした。そこへ、ふいに若い水夫が近づいてきたので、姉たちは、あわてて水の中にひっこんでしまった。水夫は、ちらりと見えた白いものを海の泡くらいにしか思わなかった。

翌朝、船は隣国のりっぱな都の港にはいっていった。教会の鐘が響きわたり、高い塔からはラッパが吹き鳴らされた。兵隊たちが旗をなびかせ、剣つき鉄砲を輝かせて整列していた。しかし、その国の姫様だけはまだ姿をみせなかった。都から遠くはなれた修道院で育てられ、王室の人としての修養を積んでいるという話だった。人魚姫は、王女さまはどんなに美しい人か、見たくてたまらなかった。

さて、とうとう、その姫様を目にしたとき、これほど愛らしく輝いている人を見たことがないと、そう思わずにはいられなかった。肌はきめが細かくてしっとりとして、長くて黒いまつ毛の奥に、まごころのこもった、深い青色の眼が徳をたたえて微笑んでいた。

「あなたでしたか！」と、王子はさけんだ。「ぼくが、死んだように海岸にうちあげられていたときに、助けてくださったのは、あなたでしたね！」

そして、ほおを赤らめている姫様を、ぐっと腕にだきしめた。

「なんて幸せなんだろう！」と、王子は、あとになって人魚姫にそういった。「夢にも願わなかったことがかなったんだ。君は、ぼくの幸福を喜んでくれるね。君はだれよりも、ぼくのことを好いてくれているのだから！」

人魚姫は王子の手にキスしてやったけれど、胸がつぶれそうだった。王子がほかの人と結婚してしまえば、その翌朝、自分は死んで、海の泡になってしまうのだ。

教会の鐘が鳴りわたり、使者が通りを馬で走りまわり、王子と姫様の御成婚を告げ知らせた。すべての教会の祭壇で、香りのよい香油がみごとな銀のランプで薫《た》かれた。

聖職者たちは、かぐわしい香りのたつ香炉をふりまわした。花嫁と花婿《はなむこ》が手に手をとって、偉い僧正さまのまえに進みで、祝福の言葉をうけた。人魚姫といえば、金と絹の服を着せられ、花嫁の長いすそを持たされていたが、お祝いの音楽も耳にはいらず、聖なる儀式も目にうつらなかった。人魚姫が考えていたのは、自分の死んだあとの夜のことや、自分がこの世でうしなってしまった、さまざまなことばかりだった。

その日、夕方には、もう花婿と花嫁は帰国の船に乗っていた。祝賀の大砲が打ち鳴らされ、船にはたくさんの旗が風になびいていた。船の中央には、金色と紫の豪華な天幕がはられ、極上の寝具がのべられていた。そのなかで、新婚のふたりが、ふたりきりで、涼しい夜をすごすためだった。

船は帆に風をうけ、清澄《せいちょう》な海の上をかろやかに、揺れもわずかに、すべるように進んでいった。

日が落ちると、色とりどりのランタンが灯《とも》され、甲板では船乗りたちが、楽しげにダンスを披露した。人魚姫は、はじめて海の上に出て見た、はなやかで楽しい船上の宴を思いだした。いまは、そのなかに加わって、いっしょに踊りまわっていた。そのようすは、追いかけられたツバメが、スイスイと身をひるがえすかのようにかろやかだった。誰もが拍手かっさいし、人魚姫の踊りをほめた。彼女がこれほど、美しく踊り舞ったことははじめてだった。かぼそい足を、するどくとがったナイフで切りさかれるようだったけれど、痛いとも思わなかった。胸をひきさかれる痛みのほうが、もっとずっと大きかったから。

王子に会えるのも今夜が最後だと、人魚姫にはわかっていた。王子のために、親や姉たち、そして故郷をすて、自分の美しい声さえも人にやってしまった。そのうえ、毎日いいようのない苦しみを味わってきた。ところが、王子はそれを知りもしなかったのだ。

王子と同じ空気をすい、深い海や星が輝く空を見るのも、これが最後なのだ。魂をもたず、ついに魂を手に入れられなかった人魚姫をまつものは、考えることもできず、夢を見ることもかなわない、永遠の闇夜《やみよ》だった。

船上では、真夜中をとうにすぎても、楽しい宴はつづいていた。人魚姫は、ひそかに自分の死を思いながら、笑い、踊りつづけていた。王子は、美しい花嫁に接吻をし、花嫁は王子の黒い髪をなでたりしていた。ようやくに、ふたりは手をとりあって、豪華な天幕にはいっていった。

船の上は、物音が絶え、しんと静かになった。舵取りだけが、舵のまえに立っていた。人魚姫は、手すりに白い腕をかけたまま、白みはじめる東の方角をながめていた。

朝日がさしてくれれば、その最初の光で彼女は死んでしまうのだ。

そのときだった、人魚の姉たちが海から顔をだしたのが見えた。みんな、人魚姫とおなじように、青ざめた顔をしていた。姉たちの長く美しい髪が、どうしたことか、風になびいていなかった。バッサリ切り落とされていた。

「わたしたちの髪をあの海の魔女にあげたのよ。今夜、あなたが死ななくてすむよう魔女に助けてもらうために。魔女はナイフをくれたわ。これがそれなの！　ごらんなさい、とってもとがっているでしょう？　日が昇るまえに、このナイフを王子の心臓につき刺すのです。王子の温かい血が、あなたの足にかかれば、足はもとのように縮んで、魚の尻尾《しっぽ》になるのよ。あなたはまた人魚にもどり、水の中にもどれます。寿命がつきて、塩からい海の泡となるまで、三百年生きられるのよ。急ぐのよ！　日が昇るまでに、王子かあなたか、どちらが死ぬか決めなくてはならないの。おばあさまは、悲しみがつのって、白い髪がみなぬけてしまったわ。姉さんたちの髪が、魔女のハサミで切り落とされたようにね。王子を殺して、うちへもどるのよ！　急いで！　空に赤みがさしてきたわ！　もう三、四分もすれば日の出だわ。そうしたら、あなたは死ぬのよ！」

姉たちは、悲しげなため息をつくと、大波の間に姿を消した。

人魚姫は、いまは心をきめて天幕の紫色の垂れ幕をひいた。王子の美しい花嫁が、王子の胸に顔をよせて眠っていた。人魚姫はかがみこむと、王子の美しいひたいに口づけした。

そうしてしまうと、空を見かえった。夜明けの光がしだいに明らんできた。人魚姫は、するどくとがったナイフをみつめ、ふたたび王子に眼をやった。王子は、夢の中で花嫁の名を呼んでいた。王子は花嫁のことしか思っていなかった。人魚姫の手にしたナイフが小刻みにふるえた。つぎの瞬間、人魚姫は手にしたナイフをはるかむこうの、波の間に投げすててしまった。ナイフが落ちた海面が赤く光り、まるで水の中から血のしずくがわきでるように見えた。

人魚姫はもう一度だけ、悲しみでほとんどかすんでいる眼で王子を見つめると、船から身をおどらせて、海にとびこんでいった。自分のからだが溶けて、泡となっていくのがわかった。

海から、ようやく日が昇ってきた。日の光が、やわらかく、温かく、死のように冷たい海の泡の上に落ちた。人魚姫は死んだような気持ちにはならなかった。明るい太陽が見えるのだ。頭の上には、すきとおった美しいものが何百となくただよっているではないか。そのあいだに、船の白い帆と朝焼けの赤い雲が見えた。

その美しいものが発する声は、音楽に似ていたが、それは、魂の音楽であって、人間の耳には聞こえず、その姿も人間には見えなかった。羽もないのに、からだが軽いので、空中をただよっていた。人魚姫は、自分もそのすきとおったものたちと同じようになったのがわかった。からだが海の泡からはなれて、だんだん空にあがっていった。

「どこへいくのですか？」と、人魚姫はきいてみた。その声も、すきとおったものたちの声と同じで、魂の調べだったので、この世の音楽であらわすことは、とてもできなかった。

「空気の娘たちのところですよ！」と、すきとおったものたちはいった。「人魚は、不滅の魂をもっていませんし、もつこともできません。人間に愛されなければね！　人魚が永遠の命をもつためには、だれかの力にたよらなければなりません。空気の娘たちも、永遠の魂はもっていないけれど、よい行いをすると、みずからそれをつくることができるのです。わたしたちは暑い国々へとんでいきます。そこでは、毒をふくんだ蒸し暑い空気が人間を苦しめ、殺しています。そこで、涼しい風を送ってあげ、花のかおりを空気の中に広げ、人間に元気をあたえ、病気をなおしてやるのです。こんなふうに、わたしたちが、よいことをしようと心がけ、三百年もいっしょうけんめいにつとめたら、不滅の魂をもらって、人間の永遠の幸せをともに味わうことになります。かわいそうな、かわいい人魚さん、あなたも、わたしたちとおなじで、心の底からいっしょうけんめいつとめてきたのですね。わたしたちとおなじに、あなたも苦しみ、たえて、空気の精の世界にのぼってきたのですね。だから、三百年したら、よい行いのおかげで、不滅の魂をもらうことができるでしょう」

人魚姫は、すきとおった両腕を神なる太陽のほうにあげた。すると、生まれてはじめて涙がわいてくるのがわかった。——

船の上は、またさわがしくなった。王子が美しい花嫁といっしょに自分のことをさがしているようすが、人魚姫には見えた。ふたりはただよっている泡を悲しげに見つめていた。人魚姫が波の中に身をなげたのを知ってでもいるかのようだった。人魚姫は、花嫁のひたいにそっとキスをしてやり、王子に微笑みかけると、空気の娘たちとともに、空を流れていくバラ色の雲をめざしてのぼっていった。

「三百年がすぎたら、わたしたち、こうして神さまのもとに昇っていけるのね！」

「もっと早くなることもありますよ！」と、ひとりの空気の娘がいい、そっとささやいた。「わたしたちは、人には見えないけれど、子どもたちのいる人間の家にはいっていけます。両親を喜ばせたり、両親にかわいがられるよい子を見つければ、見つけた数だけ、神さまは、わたしたちの試練の時間を短くしてくださるの。わたしたちが、子どもの部屋のなかにただよっているのを、子どもたちはわからないけれどね。それで、よい子がいるのを見つけて、わたしたちが嬉《うれ》しくなって、微笑むと、三百から一年へらされます。その反対に、お行儀のよくない、悪い子を見つけると、わたしたちは悲しくて、おもわず涙をながしてしまいます。すると、涙が一滴こぼれるたびに、神さまの試練の日が一日増えてしまうのです！」と。

赤い靴

昔、ひとりの小さな女の子がいた。とてもかわいらしい女の子だったけれど、貧しかったので夏のうちは裸足《はだし》で歩きまわり、冬になると足にあわないぶかっこうな木靴をはいていたものだから、かわいい足の甲が赤くなって、とてもかわいそうだった。

その村には、もうずいぶん年をとった女の靴屋さんがいた。このおばあさんは、ずっとすわりどおしで、赤い布の切はしから小さな靴を精魂こめて一足縫い上げた。見た目はあまりよくなかったけれど、心がこもっていた。それを、あのかわいそうな女の子にあげたいと思ってこしらえたのだ。女の子はカーレンとよばれていた。

カーレンの母親が亡《な》くなってお墓にはいるちょうど同じ日に、カーレンはおばあさんの靴屋からその赤い靴をもらって、はじめてはいた。赤い靴はお葬式にはくにはにつかわしくなかったろう。しかし、それよりほかにはく物なんてなかったのだ。そこで、素足にその赤い靴をはいて、みすぼらしい棺《ひつぎ》のあとをトボトボついて墓地まで歩いていった。

ちょうどそこへ、大きな古めかしい馬車が一台通りかかった。馬車には身なりのよい老婦人が乗っていた。その人は、カーレンを見かけると、ひどく同情して、その女の子のそばにいた牧師に声をかけたのだった。

「どうかしら、あの女の子をわたしがひきとることにしたら。面倒をみてあげて、もっとちゃんとしてあげられますよ」

カーレンは、そんな情けをうけたのも、みんな赤い靴のおかげだと信じていた。ところがだ。老婦人のほうは、そんなみすぼらしい靴などもってのほかとばかり、さっさと焼き捨ててしまった。そのかわり、カーレンはずっとこざっぱりした服を着せられた。そのうえで、裁縫を習わせられもした。みんなが、カーレンのことを、「なんてかわいいの！」と、いってくれたが、カーレンがのぞきこんだ鏡はこういったものだ。「君は、かわいらしいどころじゃないさ。美しいんだよ！」

その頃のことだ。ある国の女王さまが旅の途中で、この地方を訪れたことがあった。女王さまの幼い娘を、つまり王女さまを一人ともなっていた。町の人たちはわれもわれもとお城のまわりに集まってきた。もちろんカーレンもその中にいた。

幼い王女さまが、優雅な純白の衣装を身に着けてお城の窓辺にお立ちになっているのを、みんなうっとりと見上げていた。お歩きになるようすも見られたが、王女さまは、まだ長いローブの裾《すそ》をひいていないかわりに、とても美しいモロッコ革の赤い靴をはいていた。それは、あの靴屋のおばあさんがカーレンのために縫ってくれたものなどより、それはもうはるかにすばらしい赤い靴だった。その赤い靴にまさるものなど、世界中のどこをさがしてもなかったろう！

さて、カーレンもいよいよ堅信礼を受ける年頃となり、新しい服と新しい靴を作ってもらうことになった。町のりっぱな靴屋にでかけて、カーレンは足の寸法をはかってもらった。

靴屋の店の中にあるガラスケースには、それはもうすてきな靴やピカピカのブーツが飾られていた。どれもこれも、みなすてきだったけれど、老婦人は年のせいであまり目がよくなかったから、そんなものに目もくれなかった。ところが、そういうすばらしい靴のまんなかに、たったひとつだけ、あのいつか見た王女さまがはいていたのとそっくりな赤い靴があったのだ。なんとすばらしい靴だったろう！　靴屋がいうには、それは伯爵《はくしゃく》さまのご令嬢のために作ったのだが、あいにく足にあわなかった靴だそうだった。

「きっとエナメルだわね」と、老婦人はそっけなくいった。「ばかにピカピカしてるじゃありませんか」

「ええ、とっても光ってます！」と、カーレンはいった。その靴がカーレンの足にピッタリだというので、それを買うことになった。実は、その靴の色が赤いということに目の悪い老婦人は気がつかなかったのだ。赤い靴をはいて堅信礼に出るなんて！それがわかっていたらけっしてゆるしはしなかったはずだ。

けれども、カーレンは赤い靴をはいて教会にいったのだ。

だれもがカーレンの足もとを見ている気がした。教会の長い廊下を通って、祭壇への入口にむかうあいだ、墓石に刻まれた古い彫刻も、かたい飾り襟をつけて、長い黒衣をまとった牧師やその夫人たちの肖像画も、カーレンの赤い靴をじっと見下ろしているようだった。牧師が自分の頭に手を置いて、聖なる洗礼の意味や、神との契約について説教してくれているときも、りっぱなキリスト教徒になるように諭されたときも、さらに、パイプオルガンが荘重に響き、聖歌隊の子どもたちの美しい歌声が礼拝堂にこだましたときも、カーレンは自分の赤い靴のことばかり考えていた。

その日の午後になって、老婦人はカーレンの赤い靴のことを、まわりの人たちから聞いて、それはまことにふさわしからぬことだった、これ以後は、たとえ古靴であっても、教会に参るときには黒い靴でいくようにときつく言いきかせたものだ。

つぎの日曜日は聖餐式《せいさんしき》であった。カーレンは、黒い靴と赤い靴をじっとみくらべた。

もう一度、赤い靴を見ると、がまんできずにそちらを選んでしまった。

明るく日が照ったよい日和《ひより》だった。カーレンと老婦人は連れだって、麦畑にはさまれた小道を教会にむかって歩いていった。すこしばかり、道にほこりがたっていた。

教会の門の前に、年をとった廃兵がひとり、松葉杖《まつばづえ》をついて立っていた。その髭《ひげ》がおそろしく長くて、白くなっているのではなく赤かった。まさしく赤髭だった。その年よりの廃兵は、頭を地面にこすりつけるように下げて、老婦人に靴磨きをさせてくれるように頼みこんだ。老婦人につづきカーレンも、小さい足をさしだした。すると、老兵は「おお、なんとすばらしいダンス靴じゃないか！　踊りはじめたら、しっかり足にくっついてるがいいぞ！」と、おまじないのような文句をつぶやき、その手で靴のうらをポンとたたいてみせた。

老婦人は廃兵にコインをめぐむと、カーレンを連れて教会にはいっていった。

教会にいた人びとは、みなカーレンの赤い靴を見ていた。聖人たちの像もおなじように見おろしていた。祭壇のまえで跪《ひざまず》き、金のさかずきを口にあてたときも、カーレンは自分の靴のことばかり考えていた。さかずきのなかで、その赤い靴がクルクル踊っているような気がするのだった。賛美歌を歌うのも、主への祈りも、すっかり頭からはなれてしまっていた。

礼拝が終わり、みなが教会から出てきた。老婦人がまず馬車に乗り、つづいてカーレンもステップに足をかけようとしたときだ。すぐそばに立っていた赤髭の廃兵が、声をかけた。

「なんとすばらしいダンス靴だ！」

するると、なんとしたことか、カーレンは思わずダンスのステップを二つ三つふまずにはいられなくなった。足が勝手に踊りだしたのだ。靴のほうがカーレンをあやつっているみたいだった。カーレンは踊りながら、教会の角をまがっていった。自分ではどうすることもできなかった。御者が追いかけてきて、ようやっとカーレンをつかまえた。馬車に乗せられても、しかし、カーレンの足は踊るのをやめなかった。となりにいる老婦人までけとばしてしまうしまつだった。どうしようもなく、みんなで靴をぬがせると、ようやく足は静かになった。

屋敷にもどると、わざわいのもとだった赤い靴は戸棚にしまいこまれてしまった。そうなっても、カーレンはその赤い靴を見ないではいられなかった。

しばらくあとで、老婦人は病の床にふしてしまった。もう長いことはあるまいといわれた。それで、手厚い看護とお世話が必要となり、それをするのは当然カーレンの役目だった。

そんなとき、町で大きな舞踏会が催されることになり、カーレンも招待された。カーレンは老婦人をじっとみつめていた。もはや余命いくばくもなさそうだった。それから、また、あの赤い靴に目をやった。そんなふうに見くらべることで心がとがめることはなかった。カーレンは赤い靴をはいた。それが悪いことだとは思いもしなかった。そして、そのまま舞踏会に踊りにいってしまった。

ところがだ。カーレンが右に行こうとすると、靴のほうは左にターンしてしまう。広間へ上がろうとすると、反対に靴は踊りながら階段を下りはじめる。外へ出て、通りをぬけ、町の門をくぐって、踊りつづけながら進んでいった。そして、とうとう暗い森の中に入っていった。

森の木々の上のほうでなにかが光っていた。光る顔のように見えたので月がのぼったのかとカーレンは思った。しかし、それは赤い髭をはやしたあの年よりの廃兵だった。廃兵は枝に座ったまま、うなずいてみせると、またこういった。

「おやおや、なんとすばらしいダンス靴だ！」

カーレンはゾッとして、赤い靴をぬごうとした。しかし、靴は足にはりついたように動かなかった。靴下をひきさいても、靴はカーレンの足にピタリとくっついたままだった。カーレンは踊った。踊るしかなかった。畑をこえ、野をこえ、降っても照っても、昼も夜も。夜はなんともおそろしかった。

　カーレンは踊りながら大きな墓地へ入っていった。墓地では死者たちは踊っていなかった。彼らには踊るよりもすべきもっとましなことがあったからだ。カーレンはニガヨモギが生えている貧しい人の墓に座ろうとしたが、休むことも息をつくこともできなかった。開いている教会の扉にむかって、踊りながら近づいていくと、長くて白い衣を着た天使がそこに立っていた。肩から地面にとどくほどの長い翼をしていた。厳格できびしい表情をして、手には大きな輝く剣をにぎっている。

「おまえは踊りつづけねばならない！」と、天使は宣告した。「赤い靴で踊らねばならない。血の気がうせて、冷たくなるまで。おまえの肌がガイコツのようにひからびてしまうまで！　人の家の戸口から戸口へと踊ってまわるのだ。思い上がった、見えっぱりの子どもらがいる家の戸をたたきながら。子どもたちが、おまえのことを知って、こわがるように。踊れ、踊りつづけるがよい！」

「おねがい、お慈悲を！」と、カーレンは泣きさけんだが、天使の声は遠のいていった。靴が教会の門を出て、広い畑や広い道へ、また小道へとカーレンを連れて行ったのだ。カーレンはただ踊りつづけねばならなかった。

　ある朝、カーレンは見おぼえのある家の戸口のまえを踊りながら通りかかった。家の中から賛美歌が聞こえ、花を飾られた棺が運び出されていくところだった。あの親切な老婦人が亡くなったのだ。このときほど、カーレンは世の中からも、神さまや天使からも、すっかり見はなされたのを痛切に感じたことはなかった。

カーレンは踊った。踊らずにはいられなかった。真っ暗な夜であろうとかわらなかった。靴が彼女をさきへさきへと運んでいき、切り株や岩をこえ、手や足はそれにひっかかって血を流していた。さらに、荒れはてた野をこえて、人知れぬ小さな家にむかっていくのだった。その家に首切り役人が住んでいることは知っていた。カーレンはその家の窓ガラスを指でたたいてよびかけた。

「お願い、出てきてください！　わたしは中には入れません。踊りをやめることができないのです」

すると、首切り役人がそれにこたえた。

「おまえは、おれがだれだか知らぬのか？　おれは、罪人の首をはねるのが仕事だ。みょうだな、おれの斧《おの》がキシキシふるえているぞ」

「わたしの首をはねないで！」と、カーレンはさけんだ。「でなきゃ罪をつぐなえないわ。そのかわり、わたしの足を赤い靴といっしょに切り落としてください！」

カーレンは首切り役人に自分の罪をすべて告白した。そこで、首切り役人は、カーレンの足を赤い靴ごと切り落とした。それでも、赤い靴は、切り落とされた足をつけたまま踊りながら森の奥に消えていった。

あわれと思ったか、首切り役人はカーレンのために木の義足と松葉杖を作ってくれた。そのうえで、罪人が歌うべき賛美歌も教えてくれた。カーレンは、斧をにぎった首切り役人の手に感謝をこめてキスをすると、荒野へと歩みだしていった。

「わたしは、赤い靴のためにじゅうぶん苦しんだわ！」と、カーレンはつぶやいた。

「これから教会に行って、このありさまをみんなに見てもらうのよ！」

カーレンは義足と松葉杖で歩けるかぎりいそいで教会の門にむかっていった。ところが、門のまえでは、あの赤い靴がクルクル踊っているではないか。カーレンはおどろき、ひきかえすほかはなかった。

それから一週間あまり、カーレンは悲しみ、苦い涙を流しつづけた。また日曜日がめぐってくると、「そうよ、わたしはじゅうぶんに苦しみ悩みもしたわ。頭をまっすぐに立てて教会に座っているたくさんの人たちと同じくらいよい人間になったかもしれない」と、自分をはげまして、出かけていった。しかし、まだ教会の門にも着かぬうちに、目の前であの赤い靴が踊っているではないか！　カーレンは、またひどくおどろいて、とってかえすと、今度は心の底から悔い改めようと思った。

カーレンは牧師の家を訪ねて、働かせてくれるようにたのんでみた。一生懸命働くつもりだし、できることはなんでもやります。屋根の下で暮らせ、善き人たちのそばにいられれば、給金もいりません、と。

牧師の奥さんが同情してくれ、カーレンをやとってくれることになった。そして、カーレンは言葉どおり、せっせと働き、深く反省をしているようだった。夕方になって、牧師が聖書を朗読するときには、カーレンも近くにすわり、静かに耳をかたむけていた。家の子どもたちはみな、カーレンによくなついてくれたが、子どもたちが、着飾ったり、おしゃれの話をしたり、女王さまみたいになりたいと言いだすようなときには、カーレンはだまって首をふってみせるだけだった。

次の日曜日のこと、牧師の家の子どもたちもみな教会にでかけていった。いっしょに行こうとさそわれたとき、カーレンは涙をうかべて、悲しそうに自分の松葉杖をみつめていた。そして、ほかのみんなは教会に行ってしまった。カーレンはひとりで自分の部屋に残っていた。ベッドと椅子《いす》があるだけの小さな部屋だった。カーレンは賛美歌の本を手にして座っていた。主を敬う気持ちでいっぱいになりながら、賛美歌の本を読んでいると、教会のオルガンの音が風にはこばれて聞こえてきた。またも涙をうかべながら、カーレンは顔をあげ、「ああ、主よお救いください！」と、祈った。

そのときだった。日がいちだんと明るく輝き、白い衣をまとった天使が、カーレンのもとに現れた。あの夜、教会の門のところであった天使だった。今日は、するどい剣のかわりに、バラの花がたくさん咲いている緑の枝をかかえていた。

天使がその枝で部屋の天井にふれると、天井はみるみる高くあがり、ふれた場所には金の星が輝きはじめた。天使が壁にふれるや、壁は開いていった。教会のオルガンが見え、その調べが聞こえてくる。歴代の牧師たちやその夫人たちの肖像も見えた。信者たちが装飾のついた椅子に座り、賛美歌のひとつを歌っていた。——教会がそのままそっくり、かわいそうなカーレンの小部屋にやってきたのか、あるいは、彼女がそちらに行ったのだろうか？

カーレンは牧師の家族たちの席に座っていた。賛美歌の斉唱が終わると、みんなは顔をあげてうなずいた。

「来てくれてよかった、カーレン！」と、みなは口々にそういっていた。

「主のお慈悲です！」と、カーレンはこたえるだけだった。

オルガンが響きわたった。子どもたちの合唱する声が、やさしく、愛らしくこだました。明るい日の光が、カーレンのいる椅子まで温かく射《さ》しこんできた。座っていたカーレンの胸は、日の光とおだやかな気持ちと喜びでいっぱいになり、ついにはりさけた。カーレンの魂は、日の光のすじをたどって、主のみもとに昇っていったのだ。天国では、もう赤い靴のことをたずねる者はひとりもいなかった。

マッチ売りの少女

それはとても寒い日のことだった。雪が舞っているうえに、あたりはもう暗くなりかけて、もうすぐ夜になろうとしていた。おまけに、その日は一年最後の日、そう大《おお》晦日《みそか》なのだ。

そんなに寒くて、そんなに暗い町を、貧しい小さな女の子がひとり、帽子もかぶらず、しかも裸足《はだし》で通りを歩いていた。家をでたときには、スリッパぐらいは履いていたのだけれど、それがなんとも役に立たないしろものだった。とても大きなスリッパで、ついこのあいだまで、女の子の母親が履いていたものだった。だから、とても大きかった。そのうえ、女の子は道を急いであわてたせいで、それもなくしてしまったのだ。馬車が二台、すさまじい勢いで女の子のそばを走りぬけたときだった。スリッパがぬげ、片方どこかへいってしまい、もう片方は、ちょうど通りがかった男の子がひろって、走っていってしまったのだ。「ぼくに子どもができたら、こいつをゆりかごのかわりに使えるかもな」なんて勝手なことをいいながら。

だから、しかたなく、女の子は裸足で歩いていた。足は冷えきって、赤と青のまだらになっていた。女の子の古いエプロンには、マッチがたくさん入れてあった。片手にも一束ギュッとにぎりしめていた。でも、今日一日、だれもマッチを買ってくれなかった。だれひとり、一クローネの小銭さえめぐんではくれなかったのだ。お腹《なか》をすかせ、寒さにふるえながら、女の子は歩きつづけていた。かわいそうな小さな子。とても悲しそうだった。その子の長いブロンドの髪のうえに、雪はようしゃなく降りかかっていた。髪はえりもとでかわいらしくカールしていたけれど、そんな髪の美しさなんて、女の子は考えたこともなかった。どの家の窓からも明かりが輝いて、おいしそうな、ガチョウを焼くよいにおいが通りまでただよっていた。ほんとに、大晦日の晩なのだわ！　女の子は身にしみてそれを感じたものだ。

通りのむこう側の二軒ならんでいる家のあいだのすみっこに――そこは、片方の家がすこし通りのほうに張り出していて、ちょうどいい物かげになっていたのだ――女の子は雪をさけてすわりこんだ。両方のひざをかかえてうずくまったけれど、ますます凍えそうだった。家へ帰る勇気なんてなかった。マッチはひとつも売れていないし、一クローネもかせいでいなかったのだ。家に帰れば、父親にぶたれるにきまっている。家だってとても寒いのに変わりはない。ただ屋根があるというだけだ。壁のひびわれや穴にはボロきれがつめてあったけれど、すきま風がようしゃなく吹きこんでくるのだ。

女の子の両手は寒さでしびれていた。そうだ！ 一本のマッチだって、すこしは温まれるかもしれない。マッチの束から一本だけぬいて、壁でこすり、指先を温めることぐらいかまいはしない！

女の子は一本ぬきだした。シュッとこすると、マッチはパッと燃えあがった。温かくて明るい炎だった。そのロウソクの火にそっくりな炎に女の子は手をかざした。それは、不思議な明かりだった。女の子は、まるでピカピカの真鍮《しんちゅう》のふたと、ずんぐりした胴をした大きな鉄のストーブのまえにすわっているような気になった。火はすばらしく燃え上がり、とても温まった。でも、どうしたことか？ 女の子が足も温めたくて、足のほうへ手をのばしたときにはもう、火は消えてしまった。ストーブは消えていた。手にはマッチの燃えさしだけが残っていた。

もう一本、マッチをすってみた。マッチは明るく燃えあがった。その光が壁にあたると、なんと壁がうすいベールのようにすけて、なんと、女の子には家の中が見えたのだ。テーブルには、かがやくばかりに白いテーブルクロスがかかっていて、上等な食器がのっていた。干したスモモやリンゴのつめものをした、みごとなガチョウのまる焼きが、ホカホカとおいしそうに湯気をたてていた。そのうえ、もっとすてきなことがおこった。そのガチョウが大皿からとびおりて、背中にナイフとフォークを刺したまんまのなりで、部屋をとおりぬけてくるではないか。そして、まっすぐにかわいそうな女の子のところへヒョコヒョコ歩いてきたのだ！　そのとき、マッチがまた消えてしまった。あとには、冷たい壁があるばかりだった。

女の子は、またマッチをともした。すると、こんどは、それはもうすばらしいクリスマスツリーの下にすわっていた。このまえのクリスマスの夜に、裕福な商人の家の窓からのぞき見たツリーなどよりよっぽど大きくて、飾り物もたくさんついていた。緑の枝には千本ものロウソクがともっている。お店の飾り窓にかけてあるような色とりどりの絵が女の子を見おろしていた。

女の子は両手をのばそうとした。そこで、また、マッチは消えてしまった。クリスマスツリーについていた数えきれないロウソクは、高く空にのぼっていった。そして、それが夜空に輝いている星になった。その星のひとつが落ちて、スッと長い光の尾をひいて流れていった。

「いま、だれかが死んだのだわ」と、女の子はつぶやいた。いまはもう天に召された、女の子をとてもかわいがってくれた、たったひとりのおばあちゃんが教えてくれたのだ。星がひとつ落ちるたびに、人間の魂がひとつ神様のもとにのぼるのだよ、と。

女の子は、もう一度、マッチを壁でこすってみた。すると、まわりじゅうが、明るくなった。なんと、その光のなかに、なつかしいおばあちゃんが明るい光につつまれて、幸せそうに立っているではないか。

「おばあちゃん！」と、女の子はさけんでいた。「ねえ、わたしもいっしょに連れていって！　マッチが消えると、おばあちゃんも消えちゃうわ！　温かいストーブや、おいしそうなガチョウのまる焼きや、すてきなクリスマスツリーみたいに！」女の子は、いそいで、残っていたマッチを全部すって火をつけた。おばあちゃんが、いなくならないように。

マッチは明るく燃えあがり、まるで昼のようだった。おばあちゃんの姿が、そんなにも美しく、大きく見えたことはなかった。そして、女の子を腕にかかえとり、輝きと喜びにみちて、空へとのぼりはじめた。空の上では、寒くもなく、ひもじくもなく、こわくもなかった――ふたりとも、神様の懐《ふところ》にいだかれていたのだ。

しかし、その家の外のすみっこで、小さな女の子は、翌日の寒い朝、赤いほおをしたまま、口もとに笑みをうかべたままの姿ですわっていた。――死んでいたのだ。大晦日の夜のあいだに凍え死んでいたのだった。

新しい年の朝が、小さななきがらのうえにおとずれた。女の子はマッチをにぎりしめてすわっていたけれど、そのうち一束だけは燃えカスだった。「あれであたたまろうとしたのだろうね」と、人びとはささやきあった。けれども、女の子が、どんなに美しいものを見て、どんなに輝きながら、なつかしいおばあちゃんといっしょに、新しい年のよろこびのなかへと昇っていったかということは誰も知らなかったのだ。

ある母親の物語

ひとりの母親が、小さな子どもにつきそってすわっていた。……その子がいまにも死にそうなので、おろおろしながら、みまもっていたのだ。子どもは、青ざめて、小さな目をとじたままだった。息づかいも弱くなり、ときたま、ためいきのように深い息をつくばかりだった。そのようすに、母親はさらに悲しげに、わが子の顔をじっとみつめるよりほかはなかった。

そのときだ。だれかドアをたたく者がいた。ドアを開け、みすぼらしい老人がはいってきた。馬の背にかぶせる毛布をひっかぶっている。ひどく寒い冬のことだから、そうでもせねばならないようだった。おもては、どこもかしこも氷と雪にうずもれていた。吹きすさぶきびしい風に、顔まで切り裂かれそうなのだ。

老人は寒さのために凍え、ふるえていた。子どもが、どうにかまどろみはじめたので、母親は立ちあがり、ビールのはいった壺《つぼ》をストーブにのせた。老人のために、あたためてやろうと思ったのだ。老人は、子どもの揺りかごのかたわらに腰をおろし、そっとゆすってやっている。母親はならんですわりこみ、自分も病気の子どもをじっとみつめた。子どもは、深く息をしながら、小さな手をすこしだけ持ち上げた。

「この子は死にはしないわよね？　神様はこの子をわたしからとりあげたりはなさいませんよね？」

母親はたずねた。

老人は、そうともちがうともいえないように、曖昧《あいまい》にうなずいてみせた。……老人は死神だったのだ。母親は膝《ひざ》もとに目をふせた。涙がハラハラと頰をつたい落ちた。……しだいに、頭がぼんやりと重くなってきた。三日三晩、まったく眠らずにいたのだから。いまようやく、ほんのすこしだけ眠りに落ちたが、それもほんの一分ほどで、はっとしてとび起き、また寒さに身をふるわせた。

「なにがあったの？」と、母親はあたりをみまわした。……あの老人のすがたはどこにもなかった。そして、ちいさな子どものすがたもなくなっていた。死神がつれていってしまったのだ。部屋のすみで、古いハト時計が、とつぜんグルグルと音をたて、大きな鉛のおもりがドシン！　と、床に落ちてきて、それで時計がとまってしまった。

かわいそうに、母親は家からとびだして、わが子の名を呼んだ。

雪の中に、女がひとり、黒服をまとってすわっていた。その人が静かにいった。

「死神がおたくに入りました。そして、あなたの小さなお子さんをつれて、いましがた急いで出ていくのを見ましたよ。死神は風よりはやく去っていくものです。とりあげたものは、二度と返しゃしませんよ！」

「どの道をいったの？　教えてください！」と、母親はくいさがった。

「道はわかります」と、黒服の女はうなずいた。「でも、それを教えるまえに、あなたは、まず、子どもに聞かせた歌をぜんぶわたしに歌って聞かせなくてはいけません。わたしはその歌が大好きなのです。まえに聞いたことがあるのです。わたしは《夜》なのです。あなたが歌いながら、泣いているのも見ましたよ」

「ぜんぶ歌います！」と、母親はいった。「でも、おひきとめくださいますな。死神に追いついて、子どもを見つけられるように」

いくらいっても、《夜》と名のる女はじっとそこにすわっているだけだった。しかたなく、母親は寒くて手をすりあわせながら、歌いはじめ、そして泣いた。たくさんの歌をうたったが、涙のほうがずっと多かった。……歌がすむと、《夜》と名のる女はようやく口をひらいた。

「右手のほうの、暗いモミの林のほうに行きなさい。死神があんたの子どもを連れて、その道をいくのが見えたよ」

深い森の奥で道が十字路になり、四方にわかれていた。母親はどの道をいったらよいかわからなかった。そこには、イバラの藪《やぶ》があった。寒い冬の時期だったから、葉も花もつけていない。枝にはつららがさがっていた。

「イバラさん、死神がわたしのかわいい子を連れてどっちへ行ったか知りませんか？」

「ああ、知ってるともさ！」イバラの藪が返事をした。「どの道をいったかは教えないよ。そうしてほしいのなら、あんたの胸で、わたしをあたためてくれないか。寒くて、凍りつきそうなんだよ」

母親は、イバラの藪に自分の胸をぎゅっと押しつけて、あたためてやった。イバラのトゲが母親のからだに深く刺さって、血がポタポタ落ちた。すると、イバラの藪はたちまちに新しい葉を芽吹き、寒い冬だというのに花まで咲かせたではないか。必死な母親の胸は、それほどあたたかかったのだ。イバラの藪は、それでやっと、どの道をいったらよいか教えてくれた。

やがて、大きな湖にでた。船もボートもみあたらない。湖は、歩いて渡れるほどには厚く凍っていなかった。かといって、水のなかを歩いていくには冷たく凍っていた。けれども、子どもをさがすには、どうしても湖を渡らなくてはならない。思いあまった母親は岸に腹ばいになり、湖の水を飲みほしてしまおうとさえした。しかし、人間にそんなことができるわけがない。けれども、すがる思いの母親には、なにか奇跡がおこるかもしれぬ気がしたのだ。

「だめさ、とうていだめだ！」と、湖がふいに口をきいた。「それより相談なんだけどね。わたしは、真珠を集めるのが好きなんだ。あんたのふたつの目ほどきれいな真珠は、これまで見たことがないよ。あんたが思いきり泣いて、その目を水に落として、わたしにくれるというのなら、死神の家の大きな温室へおまえを運んでやるよ。死神は、その温室で、木や花を育てているが、それはみんな人間の生命《いのち》なんだよ！」

「ええ、子どものところへいけるのなら、なんでもさしあげます！」目をなきはらした母親はうなずいた。そして、なおいっそう泣きつづけた。すると、両の目が湖へ落ちて、底へと沈んでいき、二つのすばらしい真珠になった。湖は約束どおり、母親をブランコにのせるようにグイと持ち上げ、またたく間にむこう岸まで運んでくれた。

そこには、何マイルあるか知れない、広大で、不思議な館《やかた》が立っていた。それが森なのか、山にほられた洞窟《どうくつ》なのか、実際に建てられた家なのかもわからなかった。どちらであっても、かわいそうに、目をなくした母親には見えなかった。さきほど湖においてきてしまったからだ。

「わたしのかわいい子をつれていった死神は、どこにいけばみつかるでしょう？」と、母親はやみくもに、あたりに声をかけた。

「ここにはまだ来とらんね」と、墓もりの老婆《ろうば》がその声を聞きつけて返事をした。老婆は死神の大きな温室の番人だった。「じゃが、どうして、あんたはここへの道がわかったのかね？　だれにきいたのかね？」

「神さまがおたすけくださいました！」と、母親はいった。「神さまはとてもお情け深いおかたです。あなたも、きっとそうだと思います。どこへいけば、わたしのかわいい子どもがみつかるでしょう？」

「いや、さっぱりわからないねえ」と、老婆は首をグラグラゆすぶった。「あんたにだって、みつかりっこないよ。花や木が、昨夜《ゆうべ》のうちにたくさんしおれちまったから、もうじき死神が植えかえにやってくるだろうがね！　あんたも知ってるだろうが、どんな人間にもそれぞれに生まれつきの性質があって、それにみあった生命の木か生命の花を持っているんだ。ふつうの草木のように見えるけれど、どれも心臓が脈うっている。子どもの心臓だとておんなじさ！　手がかりといえば、それしかないよ。あんたは、自分の子どもの心臓の音を聞き分けられるかもしれない。さて、みつけたら、そのさきどうすればよいか教えてやるが、お礼になにをくれるかい？」

「さしあげられるものなどなにもありません」と、あわれな母親はうなだれた。「でも、あなたのためなら、この世の果てまでもまいります」

「まさか、そんなところに用はないよ」と、老婆はまた首をグラグラゆすぶった。「そうだ、あんたの長い黒髪をわたしにくれるのならいいよ。きれいな髪だと自分でも知っているだろう。そいつが、気にいったよ。かわりに、あたしの白髪をくれてやるよ。これだって、ないよりはましというものさ！」

「それでよいならよろこんで！」と、母親はいった。美しい黒髪を老婆にあたえ、かわりにまっ白な髪をもらった。

ふたりは死神の大きな温室へ入っていった。温室の中では、植物たちが奇妙にいりまじり、からみあって生えていた。ガラスのドームの中に、ひ弱そうなヒヤシンスがあったり、まるで大木のようにがっしりとした巨大なシャクヤクの花が咲いたりしていた。ありとあらゆる水草もあった。元気のいいものもあれば、病気になりかけたものもあった。しおれかかっているものには、ミズヘビがからんでいたり、黒いカニが茎にとりついていた。すばらしいシュロの木や、カシの木、プラタナスの木もあった。パセリがあるかと思えば、タイムの花も咲いていた。どの植物にもめいめいに名前がついていて、どれもが人間の生命をあらわしていた。まだこの世に生きている人間たちで、ある人は中国に、また別の人はグリーンランドに生きていた。

小さな植木鉢に、とてもきゅうくつそうに大きな木が植わっているのもあった。植木鉢がいまにもこわれそうだった。また、あるところでは、いかにも弱々しげな小さな花が、よく肥えた土に植えられて、コケでたいせつにまもられて育てられていた。

あわれな母親は、その小さな草木のひとつひとつに顔をよせ、人間の心臓が脈うっているのに耳をかたむけた。そうして、とうとう何百万のうちから、わが子の心臓の音を聞き分けたのだ。

「これよ！」と、母親はさけび、その小さな青いクロッカスの花のうえに手をのばした。その花は、とても弱々しくうなだれていた。

「さわってはいけないよ！」と、墓もりの老婆がとめた。「こっちへおいで。そのうちに死神がやってくる……いまにもね……そのクロッカスをぬかせないようにすることだね。もし、ぬいたら、ほかの花も同じようにぬいてしまうと、あんたいっておやりよ。そんなふうにおどしておやり。そうすれば、あいつだって、気おくれするだろう！　なにせ死神は神さまから草木をおあずかりしているのだからね。神さまのおゆるしがなければ、一本たりともぬけないってわけだよ！」

そのときふいに、氷のように冷たい風が温室の中を吹きぬけていった。目がみえない母親は、死神が来たのだとさとった。

「おまえは、どうしてここまで来る道を知ったのだ！」と、死神はきいた。「どうして、このわしよりもはやく、ここに来られたのか？」

「わたしは母親ですから！」

死神は、その長い手を小さな美しい花へとのばそうとした。母親は、両の手でしっかりと花をかばうようにさえぎった。花には決してさわらぬように、必死だった。死神は、母親の手に息をふきかけた。どんな冷たい風よりも凍えるように感じられた。両手の力がぬけて、だらりとたれてしまった。

「わしにさからってもむだなのだ」と、死神はいった。

「でも、神さまはべつです！」と、母親は言い返した。

「わしは、神さまの御心《みこころ》にしたがっているだけだ」と、死神はたしなめるように、そういった。「わたしは神さまの庭の番人にすぎぬ。神さまの植物たちをおあずかりして、見知らぬ国の大きなパラダイスの庭に植えるのだ。そこで、植物たちがどのように成長し、どんなかたちになるかなんて、おまえのあずかり知ることではない！」

「わたしの子どもをお返しください！」母親は、泣きながらさらにくいさがった。そして、とつぜん、近くにあった美しく咲いている花を二本両手でつかむと、死神にむかってさけんだ。

「あなたの花を根こそぎぬいてしまいます。わたしには、もうなんの希望もないのですから！」

「ふれてはいかん！」死神はいった。「おまえは、自分こそ不幸だといっているが、こんどは、ほかの母親までおなじように不幸にしてしまうのだぞ！」

「ほかの母親もですって！」と、あわれな母親は驚いて、すぐにその二本の花から手をはなした。

「おまえの目を返してやろう」と、死神がいった。「わしが湖からひろいあげたのだ。とても強く光っていたからな。まさか、おまえの目であったとは知らなんだが。受けとるがよい。まえよりも明るく光っておろう。その目で、そこにある深い井戸をのぞいてみるといい。おまえが、さきほどぬこうとした二本の花の名前を呼んでやる。すると、その花の未来と、その人間の一生が見えるはずだ。彼らの一生を、おまえはまったくだいなしにしようとしていたのだ！」

母親は井戸の中をのぞいてみた。ひとつの花が、この世のめぐみとなって、幸福と喜びをまわりじゅうに広げているのを見るのはうれしいことだった。もうひとつの花の命を眺めると、そこには不安と苦しみと、おそれと不幸ばかりがあった。

「ふたつとも神の御心なのだ」と、死神はおごそかにいった。

「二つの花のうち、どちらが不幸の花で、どちらが幸福の花なのですか？」

母親はたずねた。

「それはいわぬとしよう」と、死神はかぶりをふった。「だが、そのうちの一本はおまえの子どもの命だ。おまえの子どもの運命と未来を目にしたのだ！」

それを聞いて、母親は不安にかられてさけんでいた。

「どちらがわたしの子どもなのか、教えてくださいさい！　罪のない子どもをたすけてください！　わたしの子どもを不幸からお救いくださいさい！　いっそのこと、連れていってくださいませ！　神さまのもとへ連れていってあげてくださいさい！　わたしの願いや、わたしのいったこともしたことも、どうぞみんなお忘れくださいますよう！」

「おまえはなにをいっておるのかわからないぞ」と、死神は顔をしかめた。「おまえは、子どもをとりもどしたいのか、そうでなくて、おまえの知らないところへ連れていってほしいといっているのか」

母親は両手をくんで、ひざまずき、神さまに祈りはじめた。

「もしも、わたしの願いが、神さまの御心にそむいているのでしたら、どうぞわたしの願いをおしりぞけくださいさい！　永遠に、神さまの御心にまさるものは、ありません。どうか、わたしの願いをおしりぞけくださいますよう！」

それだけいうと、母親は頭をふかくたれ、ぬかずいた。

すると、死神はその母親の子どもの手をひいて、だれも知らない国に去っていったのだった。

あの女は役たたず

町長さんが開いたままの窓のそばに立っていた。ひだのついた襟に、かざりのブローチまでついた大そうな礼装のシャツを着こんでいる。ひげもとくべつ念入りに自分でそったのだが、カミソリでちょいと切ってしまったらしく、あごの傷に血止めの新聞紙をはりつけていた。

「ちょっとおまち、そこの坊や！」と、町長さんは声をかけた。

坊やとよばれた子は、洗たく女の息子だった。通りがかって、町長さんにていねいに帽子をとってあいさつしたのだ。帽子のひさしは真ん中にスジがついていた。たたんでポケットにつっこめるようにだった。そまつではあるが、こぎれいにしていて、ていねいにつぎはぎされた服を着て、重そうな木靴をはいている。少年は、まるで王さまのまえに立ってでもいるみたいにかしこまっていた。

「ふむ、なかなかいい子だ！」と、町長さんはうなずいた。「礼儀というものを知っとるな。おまえのおふくろさんは、小川で洗たく物をすすいでいるのかい。それでおまえは、おふくろさんのところへポケットに入れたものを持っていくところだな。だがなあ、そいつは、おふくろさんには毒なんだがなあ！　どのくらい持ってくのかい？」

「ボトル半分ほどです」と、少年はおずおずと小声でいった。

「今朝は、もうそのくらいは飲んじまったんじゃないのかね」と、町長はたたみかけた。

「いいえ、昨日はそうでした」と、少年はかぶりをふった。

「半分ずつだって二回飲みゃあ、どっちみち一ビンだよ。まったく、ろくでもない女だよ。こういう連中はしかたがないものだ。……おふくろさんに、すこしは恥を知れと言いなさい！　いいかね、坊やは大酒飲みになっちゃいかんよ。だが、きっとそうなっちまうだろうなあ。……かわいそうな子だ。さあ、さっさと行くがいいさ！」

少年は歩きだした。帽子をかぶらず手にしたままだったので、ブロンドの長い髪を風がフワリと吹きあげた。通りをおれて横町にはいり、小川のほうにおりていった。そこで、少年の母親が水の中で洗たく板のまえに立ち、木づちで厚いシーツをたたいているのだ。水車場の水門があいていたので、水の流れがとてもはやく、シーツは流れにさらわれてしまいそうで、洗たく板もひきずられそうだった。洗たく女は足をふんばり、流れにさからわなくてはならなかった。

「あぶなかったよ！　もうちょいとで流されるとこだったわ」と、母親は息をついた。「おまえが来てくれてほっとしたよ。ちょいと力をつけたかったからね！　水は冷たいし、もう六時間もこんな中にいちゃあねえ。おまえ、あれをちょっと持ってきてくれたんだよね？」

少年はブランデーのビンをさしだした。母親はビンを口にあて、グイとひとくち飲んだ。

「ああ、ありがたい。あったまるよ。あったかい御飯とおんなじだ。しかも、そんなに値ははらないし。坊やもお飲みよ。顔色がよくないじゃないか。薄着で寒いのかい？　秋も終わりだからねえ。うーっ、水は冷たいよ。病気にならなきゃいいけどね。なに、病気になんかなってもいられやしない。さあ、もう一口飲ませておくれ。おまえもね。だけど、ほんのすこしだけだよ。クセになるからね。かわいそうな子だよ」

母親は息子の立っている踏み板へ足をかけ、岸にあがってきた。腰にまきつけているイグサのマットから水がしたたり、スカートからも水がこぼれ落ちた。

「あくせく働きどおしで、爪《つめ》の根もとから血がふきだしそうだわ。だけど、そんなことかまやしない。坊やをちゃんと育てあげればいいんだからねえ」

そこへ、母親よりすこし年配の女がひとりやってきた。服装も、顔色もさえない女だった。片方の足が不自由だった。そのうえ、片方の目のうえに、つけ毛とわかる、とてつもなく大きな巻き毛をたらしていた。片方の目をそれでかくしているつもりらしいが、かえって、それであらが目立つようだった。彼女は洗たく女の友だちで、「足の不自由な巻き毛のマレーン」と、そのあたりの人からよばれていた。

「気の毒にさ。冷たい水につかって、働きどおしなんだから！　だから、あんた、すこしはあったまらにゃならんのに、ほんのちょっと飲んだりすると、あいつらみんな文句をいうのさ！」

マレーンは、そういって、さきほど町長さんが少年にいっていたことを、あらいざらい洗たく女に言いつけた。そばで盗み聞きしていたのだ。町長が、母親がすこしばかりブランデーを飲んでいるのを、息子にむかってあんなふうに言ったものだから、マレーンはむかっ腹をたてていたわけだ。ところが、その町長ときたら、ワインを何本もふるまって、ぜいたくな昼の食事会なんか平気でやっているのだ！

「上等なワインだよ、しかも強いワインなんだ！　のどをちょいとしめらすなんてもんじゃなくて、たっぷりとさ！　それでも、飲んでるとは言わないのだよ。そんな人たちはちゃんとしていて、あんたが役たたずなんて、よくも言えたものだわ」

「そんなこと、あの町長さんがおまえに言ったのかい、坊や！」と、洗たく女はたずねた。唇が小さくふるえていた。「おまえは、役たたずの、ろくでなしの母さんを持ってるんだってさ。たしかに、あの人の言うことが正しいかもしれないけど、子どもにそんなことというなんて！　だけど、あの家には、昔からとっても世話になってるからねえ」

「町長の両親がまだ生きていて、あの家に住んでいた頃に、たしかあんたはあの家に奉公していたっけね。あれから、ずいぶんな月日がたつよ！　あれから、あんたも、ずいぶんしょっぱい目にあわされたんだから、のどがかわいてあたりまえさ！」マレーンは、そういって笑いだした。「今日も町長の家で、大きな昼の食事会があるんだってさ。ほんとなら、とりやめになるとこなのに、いまさら中止もできないんだとさ。ごちそうの仕度も整っているし。あたしゃ、使用人から聞いたんだけれどね、一時間ほどまえに、コペンハーゲンから、町長の弟さんが亡《な》くなったって手紙が届いたんですってさ！」

「亡くなったですって！」そういって、洗たく女は、真っ青になった。

「ほんとだよ！」と、マレーンはうなずいた。「あんたには他人事《ひとごと》じゃないものね！あの家に奉公してたときに、弟さんを知っていたからねえ」

「亡くなったんですか。あのかたは、ほんとにいい人で、やさしかったから。神さまだって、あの人みたいなかたを、そんなにはご存知ないはずよ！」そういって、母親はほろほろと涙を流した。「ああ、どうしよう。目がまわってきたわ！　一ビンあけちゃったからだわね。寒くてたまらなかったから。ああ、とっても気分が悪いわ」

――そういって、わたし板に手をついてしまった。

「たいへんだ。あんたはきっと病気なんだよ。おかみさん」マレーンはそういった。

「すぐよくなるかもしれないけど。――いいえ、ほんとに病気だわ！　とにかく、家まで連れていってあげるからね」

「でも、まだ洗たく物が」

「あたしにまかせなさい。ほら、腕におつかまり！　坊やはここにいて、番をしていなさいね。あとで、あたしがもどってきて、残りを洗ってあげるから。ほんの、すこしのしんぼうだからね！」

洗たく女はよろめいた。

「あんまり長くつめたい水につかってたからだわね。朝から飲まず食わずだし、熱っぽいよ。ああ、イエスさま！　家に帰れるようお助けくださいまし！　坊や、ごめんね！」

女は、さめざめと泣いた。

少年も泣きだしたけれど、それでもひとりで小川のほとりにすわりこみ、洗たく物の番をはじめた。ふたりの女は、そろりそろりと歩きだした。よろめきながら、路地裏から表通りに出て、町長さんの家のそばにさしかかった。町長さんの家のまえで、洗たく女は、ガクッとひざを折ってたおれこんでしまった。何事かと、人びとが集まってきた。

足の悪いマレーンは、助けをもとめて、町長さんの家にとびこんだ。町長さんは、お客たちといっしょに、そのようすを窓からみおろしていた。

「あれは洗たく女ですよ！」と、町長さんはみなに説明した。「飲みすぎたんですな。役たたずの女です。かわいい息子が気の毒ですな。わたしゃ、あの子のことはかわいがってるんですよ。でも、その母親は役たたずときている」

母親は、なんとか正気をとりもどし、そまつな家に連れもどされ、ベッドに寝かされた。

親切なマレーンは、砂糖とバターをいれたビールをあたためる仕度をした。それが薬というわけだ。こんなときの特効薬だと信じていたのだ。それがすむと、洗たく場にとってかえし、残りの洗たく物をぶきっちょに、しかし、ちゃんとしまつしてくれた。ぬれた洗たく物を乾いた物の上にのっけて、ひとつの洗たく籠《かご》にほうりこんだだけだったが。

　夕方に、マレーンはそまつな部屋で、洗たく女のそばにすわっていた。町長さんのところの料理女から、砂糖がけポテトと上等なサラミをひと切れ、病人のためだといってもらってきてくれた。それを、少年とマレーンはわけあって食べた。病人は、においだけで喜んで、滋養がつくわ、といったものだ。

　少年も寝ることにした。母親と同じベッドだったが、母親の足もとで横向きになり、赤と青の細い布を縫い合わせただけの古い敷物をかぶるだけだった。

　洗たく女は、すこしだけ元気をとりもどした。あたためたビールで力がつき、上等なごちそうのにおいが効いたようだった。

「ご親切に、ありがたかったわ！」と、洗たく女はマレーンに礼をいった。「坊やが眠ったら、なにもかも話すわ！　あら、もう寝ちゃったかしら。目をつぶって、なんてかわいい顔してるんだろう！　この子は、母さんがどんな思いをしてきたかなんて知らないものね。神さま、この子にはわたしのような思いをさせないでください！

わたしが町長さんのご両親の、市参事官さまのところに奉公していた時分、いちばん末の息子さんはまだ学生で、休みかなにかで家にもどってきたことがあったんです。

その頃は、わたしも若くて、おてんばで、むこうみずでね。でも、まじめはまじめだったのよ。神さまに誓ってね！」こんなふうに、洗たく女は話しだした。

「学生さんは、面白い人で、陽気で、そのうえ親切だったわ。あれより、いい人なんて、どこをさがしてもみつからないわ！　あのかたは、良家の御子息だし、わたしはしがない女中だったけど、わたしたちは、たがいに好意をよせるようになったのよ。つつしみぶかく、誰はじるところなくね！　ほんとうの愛があれば、キスくらいは罪にならないでしょ！　息子さんは、お母さまにわたしとの仲を告白したのよ。お母さまは、あの人にはこの世の神さまとおなじだったわ。賢くて、愛情深くて、やさしいかただった！

　旅立つ前に、あの人はわたしに金の指輪をはめてくださった。そして、彼がいなくなってから、わたしはお母さまに呼ばれたの。お母さまは、ほんとにまじめに、けれども、とってもうちとけて、わたしの前に立って、神さまがなされるみたいに、お話してくださったわ。あのかたとわたしのあいだの教養と身分のへだたりについて、はっきりとおっしゃった。『いまは、あの子はあなたの見た目ばかりに気をひかれているのよ。でも、器量なんてものははかないものなのよ！　あなたは、あの子のように教育をうけていない。ふたりは、精神のうえではふつりあいなのよ。それが不幸のもとなのです。でも、けっして、貧しいひとたちをばかにしていってるわけじゃないのよ』と、お母さまはいうの。『主のみもとでは、貧しき人びとは、富める多くの人たちよりも高い場所をしめるにちがいありません。しかし、この世では、道をあやまってはいけないのです。無理に進もうとすると、馬車がひっくりかえって、ふたりともころげ落ちることになるわ！

それで、話はほかにもあってね。職人で、まじめな人がね、あなたをお嫁さんにどうかといっているのですよ。手袋職人のエリクさんよ。最初の奥さんは亡くなられて、ひとり者だし、子どももいないわ。暮らしぶりも悪くないし。よく考えてごらんなさいな』

お母さまの言葉のひとつひとつが、ナイフのようにわたしの胸に突き刺さったわ。でも、お母さまの言うことも、もっともなことだった！　うちひしがれ、おしつぶされそうだった。わたしは、お母さまの手にキスをして、つらい涙をながしたわ。自分の部屋にもどると、ベッドにつっぷして、もっとはげしく泣きじゃくったわ。それからは、つらい晩だった。どんなに、わたしが苦しみ、悲しみをこらえたかは、神さまがごぞんじよ。

それから、日曜日に、光明をもとめて、聖餐《せいさん》をうけに教会にでかけたわ。まるで神さまに導かれたみたいにね。そして、教会から出てくると、ぐうぜんのように、手袋職人のエリクに会ったの。そのとき、わたしの心のわだかまりは晴れたのよ。わたしたちは、身分も生活ぶりも、たがいにつりあっていたのね。いえ、彼はそれ以上にお金持ちだった。わたしは、まっすぐに彼にちかづいていって、その手をとり、『まだ、わたしのことをお嫁にしたいと思ってくれていますか？』と、たずねたのよ。『そうです。いつも、そしてずっと思ってました！』という返事だったわ。『あなたのことを、尊敬していますが、愛していない娘をお嫁にしたいですか？　でも、愛情はわいてくると思います！』──『きっとそうなるはずです！』と、エリクはいったわ。そして、わたしたちは、手をとりあったの。

わたしは、奥さまのお屋敷にもどったの。息子さんからいただいた金の指輪は、素肌の胸につけていて、昼の間は指にはめることができなかった。毎晩、ベッドにはいって寝るときにだけ指にはめたものよ。わたしは、唇から血がにじむほど指輪にキスをしたわ。そのあとで、指輪を奥さまにお返しして、来週、わたしと手袋職人との婚約が教会で告知されることを報告したの。奥さまは、わたしを抱きよせ、キスしてくれた。──わたしのことを、役にたたない女だと、奥さまはけっして言わなかった。当時は、わたしももっとましな人間だったかもしれないけれど。世の中のいやなことをそんなに経験していなかったせいかもしれないわね。

結婚式は、二月二日の聖母マリアのお清めの祝日である聖燭祭《せいしょくさい》の日にとりおこなわれたのよ。一年目は、なにもかも順調だったわ。職人と見習いを一人ずつおけたし、マレーンさん、あんたもうちで働いてくれてたわね」

「ほんに、あんたはよい奥さんだったよ！」と、マレーンはうなずいた。「あんたとご主人の御親切は忘れませんよ！」

「あんたがうちにいた頃は、ほんとによかったわ！　あの頃は、まだ子どももいなくてね。あの学生さんには、二度と会うことはなかったわ。いえ、見かけたことはあったけれど、あの人のほうはわたしに気づかなかった。お母さまのお葬式にいらしたのですから。あの人が、奥さまのお墓のまえに立っているのをわたしは見ただけよ。青白い顔をして、悲しみにくれていたわ。そう、お母さまのためにね。

そのあと、お父さまが亡くなったときには、彼は外国に出ているとかで帰って来ず、それからさきもこの町にもどってはこなかった。結婚は、とうとうなさらなかったと聞いたわ。弁護士になったとも。わたしのことなど、忘れてしまっているはずよ。会っても、わたしだとわからないわね。こんなにきたなくなっちまって。それでいいのよ！」

それから、不幸がつづいてつらかった日々を、どんなわざわいがふりかかってきたか、洗たく女は話しつづけた。夫婦は五百リークスダラーほど貯《た》めこんでいて、そのとき、そこの通りで二百リークスダラーの家が売りに出ていた。その家をとりこわして、新しい家を建てるのがいいということで、その家を買い取った。レンガ職人と大工に新築の見積もりをさせると、さらに千二百リークスダラー必要だということだった。手袋職人のエリクは、コペンハーゲンで信用貸しのお金を借りられた。ところが、借りたお金を運んでくる船が、とちゅうで難破して、お金もろとも海に沈んでしまったのだ。

「そんなおりに、わたしは、ここに眠っている坊やを産んだのよ。悪いことに父親のほうは、長わずらいの重病人になってしまった。九か月ものあいだ、病人は服を着るのも脱ぐのも、わたしの世話がなければできなかった。わたしたちは、貧乏になるいっぽうで、借金に借金をかさねるしまつ。持っていた服もみんな手ばなしてしまった。そして、ついに、この子の父親は、私たちを残して死んでしまったのよ。

わたしは、苦労をものともせず働きとおして、貧乏とたたかってきたの。この子のためにね。人の家の階段をみがき、洗たく物を洗ってきた。粗末な布でも、上等な布でもなんでもね――なのに、暮らしむきはいっこうに楽にはならなかった。それもこれも、神さまのおぼしめしなのよね！　だけど、神さまは、きっとわたしを救ってくださり、坊やのめんどうをみてくださるはずだわ」

それだけ話してしまうと、母親は眠ってしまった。

朝になって、元気になって、また働けるだけの力がついたようだった。しかし、また冷たい水につかったとたん、はげしい寒けがおそってきて、気がとおくなってしまった。片手をふるわせ、手さぐりで岸へと一歩ふみだしたものの、そのまま倒れてしまった。頭だけは、かわいた岸の土にのっかっていたが、両足は水につかったままだった。木靴をはいていたけれど――両はしにわらがつめてあったのに――強い流れが木靴をさらっていった。そのとき、コーヒーをもってきてくれたマレーンに見つけられたのだ。

町長さんの家から、洗たく女の家に、使いがやってきて、なにやら話があるという。すぐにも来てほしいとのことだった。しかし、そのときには、もうおそかった。医者もかねていた床屋が呼ばれて、瀉血《しゃけつ》をほどこしたけれど、洗たく女は死んでしまった。「あの女は、ブランデーを飲み過ぎて、命をなくした！」と、町長さんは言っていた。

町長さんの弟の死を知らせる手紙には、彼の遺言のすべてが書いてあった。それには、昔、両親の家で奉公していた手袋職人の未亡人に、六百リークスダラーをおくるとしたためられていた。お金は、未亡人とその息子に、適当にわけて払ってやってくれというのだった。

「弟とあの洗たく女のあいだに、なにがあったんだ！」と、町長さんはため息をついた。「でも、まあ、あの女が死んでくれてよかったようなものだ。これで、あの子が、お金を全部手にすることができる。あの子をまじめな人にあずけよう。いい職人になるだろうて！」

　この町長さんの言葉は神の祝福をうけたのだった。

　町長さんは、少年を呼んで、今後のめんどうをひきうけると約束した。それから「おまえの母さんが亡くなってよかったよ！　あれは、ろくでもない役たたずの女だった！」と、言うのだった。

　母親は墓地へと、貧民墓地へと運ばれていった。マレーンは、そのお墓に小さなバラの木を植えてやった。少年がそのそばに立ちつくしていた。

「母さん！」と、少年がさけんだ。涙がこぼれ落ちた。「母さんが、役たたずの女だったなんて、ほんとなの？」

「とんでもない、役にたったともさ！」年をとった女中がそういって、空をあおいだ。

「長いあいだずうっと、そして、あの最後の夜に聞いたことでね、わたしにはわかってますよ。おまえには、ちゃんと言っておこうね。あの人はね、とても役にたったのさ！　天国の神さまも、そうおっしゃるだろうよ！　だからね、世間の人には、『役たたずの女だ！』と言われたって、いわせておくがいいんだよ！」

ふたりのむすめさん

きみは、《むすめ》とよばれているものを見たことがあるかな？　むすめといっても、それは道路工夫たちが、敷石をたたいて固める道具のタンパのことだ。全体が木製の道具なんだけれど、底の太いところに鉄の輪がはめてあって、上のほうの細いところに取っ手の棒がついている。それが《むすめ》の腕というわけなのだ。

工事の資材置き場に、その《むすめ》がふたつ立っていた。シャベルとか測量尺とか、手押し車といっしょだ。

だが、この《むすめ》という呼び方はもうやめてしまって、《ツキヅチ》と呼ぶようになるとのうわさがあった。むかしの人たちがみんな《むすめ》とよびならわしていたものを、今どきの舗装工事の人夫たちが新しく、ちゃんとした呼び名をつけようと考えたわけだ。

ところで、ぼくたち人間のなかにも、《自立した女性》とよばれる人たちがいる。そう呼んでさしつかえないのは、学校の女教師、助産婦、職業柄片足でも立つことができるバレリーナ、ファッション店の女性オーナー、ベビーシッターなどだ。こういう《自立した女》の列に資材置き場のふたりの《むすめ》が加えられることになった。ふたりは道路建設局に勤めていたけれど、むかしの良い名前を捨てて、《ツキヅチ》などとよばれるのはまっぴらごめんだった。

「《むすめ》というのは人間らしい呼び名だけれど、ツキヅチだなんてただの道具だわ。あたしたち、物あつかいされたくないわ。ばかにされてる気がするわね！」

「わたしのフィアンセなんか、婚約を解消しようなんていいだしかねないわ！」

クイ打ち機と婚約していた若いほうのむすめがそういった。クイ打ち機というのは、若いむすめがていねいにやる仕事を、おおざっぱにドシンドシンとやっていく道路工事の機械のことだ。

「あのひとは、《むすめ》とよばれているわたしをお嫁さんにしたいのよ。《ツキヅチ》なんて名前はおよびでないわ。だから、そんな変な名前はいやだわ！」

「ほんとねえ、そんな目にあうくらいなら、わたし、両方の腕を切りとってもらったほうがましよ！」

年長のむすめのほうも憤慨していた。

ところが、そばにいた手押し車の考えはまたべつだった。彼はいっぱしの名士のつもりらしかった。一輪で走るので、自分のことを四分の一の馬車だと思いこんでいたのだ。

「ぜひともいっておきたいのですが、《むすめ》なんて呼び名は、どうも平凡すぎやしませんかね。《ツキヅチ》というより品がいいともいえないですよ。第一に、《ツキヅチ》といえば、印鑑の仲間に入るのですよ。法律で使う印鑑のことを考えてごらんなさいな。法律に封印をする役目をもってるんです。わたしだったら、《むすめ》なんて名前なんかとは、さっさとおさらばしてしまいますがね」

「とんでもないわ！　それに、わたし、名前を変えるには年をくいすぎてますもの！」

そういったのは、年上のほうの《むすめ》だった。

「あなたがたは、今日のヨーロッパの『時代の要請』をわきまえてないようですなあ！」と、実直な年よりの測量尺が口をはさんだ。「誰もが自分の欲求をおさえて、それに従い、時代が要求することになじまなくてはいけないんですよ。《むすめ》を《ツキヅチ》と呼ばねばいかんと法律で決まったら、それに従わねばいけません。どんなものにもモノサシがあるんです！」

「どうしても名前を変えろというのなら、わたしは《お嬢さん》て呼ばれたいわね」

と、若いほうがいった。「《お嬢さん》なら、まだちょっとは《むすめ》の感じが残っているもの！」

「いっそのこと、薪《たきぎ》にでもされたほうがましってものよ」

年のいったほうは、ため息をついた。

さて、仕事が始まった。《むすめ》たちは車にのってでかけた。つまり手押し車にのせられて運ばれたわけだ。いつものように、ていねいにあつかわれた。でも、名前は《ツキヅチ》だった。

舗道の敷石をドシンドシンとたたくとき、ふたりとも「むすっ！」と、不機嫌な声をだした。「むすっ！」といって、そのまま言葉をのみこんだ。もうすこしで、「むすめ！」といってしまいそうだった。でも、とちゅうでやめて、のみこんでしまったのだ。工夫たちに、あいの手を返すのだっていやだった。

それでも、自分たちのあいだでは、あいかわらず《むすめ》という名で呼び合って、人びとが物事をちゃんとした名前で呼び、《むすめ》は《むすめ》と、きちんと呼ばれた古きよき時代をたたえたものだ。ふたりは、《むすめ》という名にふさわしく、ずっと独身でいた。大きな機械のクイ打ち機は、やっぱり若いほうの《むすめ》との婚約を解消してしまったからだ。なぜって？　だって、《ツキヅチ》なんて名前の人と結婚するのはまっぴらだったからだ。

ユダヤ人の娘

貧しい子どもたちのために月謝をとらずに教えてくれる貧民学校があった。その学校に、小さな子どもたちにまじって、小さなユダヤ人の娘がひとり通っていた。ほんとうに利発な子で、性格もよく、子どもたちのなかでいちばんよくできた。けれども、ひとつだけ加われない授業があった。それは宗教の時間だった。その学校がキリスト教の学校だったのだ。

宗教の授業中、その子は地理の本をまえにおいて読んでいてもよかったし、算数の問題も解くのをゆるされた。でも、課題はすぐに解けたし、宿題もあっというまに終わってしまう。目の前に本を開いているが、読んでいるのではなく、おとなしくすわって授業に耳をかたむけているようだった。宗教の時間の先生は、すぐにこの子がほかのだれよりもよく理解しているのがわかった。

「自分の本を読みなさいね！」と、先生はおだやかに、しかし、本気でそうすすめた。女の子は、キラキラ光る黒い眼で先生を見返していた。そこで、キリストの教えについて質問をしてみると、女の子はほかのどの子より、よくこたえられた。よく見、耳をかたむけ、理解し、おぼえているようだった。

この娘の父親は、暮らしは貧しかったが実直な人だった。娘をこの学校にあげるときに、キリスト教の信仰を教えないでくださいと条件をだした。けれども、授業のときにその子だけぬけるのは、ほかの子どもたちが変に思うし、よけいなことを感じたり考えたりしてはいけないので、教室にだけはいるようにいわれたのだ。しかし、いつまでも、そういうわけにはいかなかった。

先生は父親をたずねて、娘さんに学校をやめてもらうか、キリスト教徒になるかのどちらかにしてほしいとせまった。

「あの子の燃えるようなまなざしと、福音の言葉をもとめる心の底からの熱い思いを、はたでみていられません！」と。

すると、父親は涙を流して、さめざめと泣いた。

「わたし自身は、自分の宗教についてあまり知らないのです。けれど、あれの母親はイスラエルの生まれで、しっかりとした強い信仰心を持っていました。妻が亡《な》くなる際に、わたしは娘にはけっしてキリスト教の洗礼を受けさせないと約束したのです。約束はまもらねばなりません。それは、神様との誓いのようなものなのです」

それで、小さなユダヤ人の娘は、キリスト教の学校をやめることになった。

——それから、何年かがすぎた。

ユトランド半島のとても小さな田舎町の、とてもつつましい家で、モーゼの信仰をまもる貧しい娘が小間使いとして働いていた。サラという名の娘だった。髪が黒檀《こくたん》のように黒く、瞳《ひとみ》は東洋の娘たちにみられるように黒くて、キラキラ光っていた。もう大人になっていたけれど、娘の表情だけは、むかし学校の椅子《いす》にすわって、深く物思いにしずんだ眼をして、耳をかたむけていた子どもの頃と少しも変わらなかった。

日曜日になると、町の教会からオルガンと信者による讃美歌《さんびか》が通りをこえてユダヤ人の娘がまめまめしく働いている家のなかにまで聞こえてきた。「安息日をおぼえ、これを聖なるものとせよ！」というのが娘のまもる戒律だったが、彼女の安息日はキリスト教徒には仕事の日だ。娘は、ただ心の中だけで、自分の信仰の安息日を聖なるものと心決めにしていただけだった。それだけでは十分ではないと娘は思っていた。けれども、神さまにとっては、日とか時間などはそんなにたいしたことではないのではないか？　そんな考えが、心の中にめばえてきた。すると、キリスト教徒の日曜日の礼拝の時間も気にならなくなった。教会のオルガンの響きや讃美歌が、台所で洗濯おけにかがみこんでいる娘のところに聞こえてくると、その場所がそのままおごそかで神聖な場所になった。

　サラは自分の民族の宝とも、財産ともいうべき『旧約聖書』を読んでいた。そればかりをくりかえし読んでいた。学校をやめたときに、父親がサラと先生にいったことが、胸に深くきざまれていたのだ。娘はキリスト教徒にはさせない、祖先の信仰を捨てさせないと、死ぬまぎわの母親と約束したからだ。だから、『新約聖書』は、サラにとっては、開いてはならぬ本だった。永遠にそうでなければならないのだ。けれども、サラは『新約聖書』のこともよく知っていた。それは、子どもの頃の思い出のなかで光り輝いていた。

　ある晩のこと、サラが部屋のすみっこにすわっていたときに、その家の主人が大きな声で本を読みあげるのが聞こえた。耳にはいってしまうのはしかたがなかった。朗読していたのは、福音書ではなく、古い物語の本だった。だから、安心して聞いていられた。

　それは、トルコ人のパシャとよばれる高官の捕虜となったハンガリーの騎士の物語だった。パシャは、騎士を牡牛《おうし》といっしょに鋤《すき》のまえにつながせ、鞭《むち》で打って駆りたてていくというひどい辱《はずかし》めを与えた。

　騎士の奥方は、持てるかぎりの装身具を売りはらい、城と領地をかたにしてお金を借りた。騎士の友人たちも大金を集めてくれた。パシャが要求してきた身代金《みのしろきん》が、信じられぬくらい高かったからだ。しかし、なんとかその金は支払われた。騎士は奴隷《どれい》の身と辱めからときはなたれたが、病をえて、苦しみながら故郷に帰還していった。

ところが、その後すぐに、キリスト教の敵を倒せという呼びかけが、ヨーロッパ各地でわきあがった。病気の騎士はそれを耳にすると、いてもたってもいられなくなり、むりに軍馬にまたがった。すると、ほおに血の気がもどってきて、力がわいてくるような気がした。そこで、勝利をめざして出陣していった。

あのトルコのパシャが、騎士を鋤のまえにつながせ、辱めたり、苦しめた高官が、こんどは彼の捕虜としてとらえられた。騎士はそのパシャを連れて凱旋《がいせん》し、城の地牢《ろう》にとじこめた。ほどなく、騎士は捕虜のところにやってきて、問いかけた。

「あなたは、いかなる報いをうけると思うか」

「覚悟はしている！　復讐《ふくしゅう》をうけるのだな！」と、トルコ人はうめいた。

「さよう、キリスト教徒の報いというものを受けるがよい！」と、騎士はしずかに言った。「キリストは、わたしたちに、汝《なんじ》の敵をゆるし、汝の隣人を愛せよ、と命じている。神の教えとは、愛のことだ！　安んじて故郷の家族のもとへ帰るがよかろう。そして、苦しむ者には慈悲深く、親切にしてやるがいい！」

それを聞いて、捕虜の眼から涙があふれでた。

「こんなことがありえるなんて、わたしは考えもしなかった！　責め苦にあわされるものとばかり思っておりました。ですから、そうされるまえに、わたしはすでに毒をあおりました。まもなく、その毒がわたしめの命をうばっていくでしょう。死はまぬがれません。もう助からないのです。ですが、死をまえにして、そのような愛とお慈悲をもつ神様の教えをお聞かせくださいませ。それは、偉大で、すばらしい教えです！　その教えのままに、死なせていただきたい！　キリスト教徒として死なせてくださ い！」

その願いはかなえられた。

サラの主人が読んできかせていた伝説、いや物語はこんなふうだった。だれもが耳をかたむけ、話のなりゆきに心をうばわれていた。しかし、いちばん熱心に聞いて、心をうごかされたのは、片隅で聞いていたほかならぬ小間使いのサラだった。ユダヤ人の娘だった。輝く黒い眼に、大粒の涙があふれていた。昔、学校の椅子にすわって、福音書の大いなる精神にふれたときのように、子どもの心のままに、サラはそこにすわっていた。涙がほおをつたっていた。

「わたしの子をキリスト教徒にしないでください！」それが、死に臨んだ母親の言葉だった。それが、「汝の父母をうやまいなさい！」という律法の言葉とともに、サラの魂と心をつらぬき響いていた。

「わたしは、キリスト教徒にはならなかった！　だれもが、わたしをユダヤ人の娘と呼んでいる。近所の男の子たちは、このあいだの日曜に、わたしが教会の開いた扉のまえに立ち、祭壇にゆれるロウソクや、信者が讃美歌をうたっているのをのぞいていたら、わたしをばかにして、ユダヤ人の娘だとののしったほどよ。学校に通っていた頃からいままで、キリストの教えが、太陽のように輝いていたわ。いまもそうだわ。眼をとじたって、その光は心のなかにさしこんでくる。だけど、お母さん、お墓の中にいるあなたを悲しませたくはありません！　父や母との約束に、そむきはいたしません！　キリスト教の聖書をわたしは読みません。わたしは自分の頭をゆだねる祖先の神をもっているのですから」

さらに、何年かの月日が流れた。

奉公していた家の主人が亡くなり、奥さんは生活も苦しくなって、奉公人を雇う余裕もなくなった。けれども、サラはその家からおひまをとらなかった。サラはこまっている奥さんをたすけ、その家をささえたのだ。夜はおそくまで働き、手仕事をして一家の糧《かて》をかせいでいた。ほかにこの一家の面倒をみてくれるような親戚《しんせき》はいなかった。

奥さんの病気は日ごとに悪くなり、何カ月も寝こんでしまった。サラは、夜も寝ないでかいがいしく看病し、働きつづけていた。貧しい家にはただひとつの恵みといえた。

「あそこにある聖書を！」と、病気の奥さまはいった。「この長い夜をすごすために、わたしにすこし読んで聞かせてはくれないかい。主の御言葉《みことば》をどうしても聞きたいわ」

サラはうなずいた。手をくみあわせてお祈りをすると、聖書を開き、病気の人に読んで聞かせた。サラの眼にはいくたびも涙があふれたが、瞳はますます明るくなり、心はさらに澄みきった。

「母さん、あなたの子はキリスト教の洗礼をうけてはなりません。信者のなかで、その名を呼ばれてもなりません。そうせよと、母さんはおっしゃいました。わたしは、その言葉をかたく守ります。その意味で、わたしたちは、この世でひとつにむすばれています。でも、この世のさきのあの世では、神の御《み》もとで、ひとつにむすばれるということは、もっと大いなるものでしょう。『神は死をこえて、わたしたちをみちびきたまう！』――『神がこの地上をおとずれ、地にかわきを与えたまうとき、それによって地をさらにゆたかにしてくれるであろう！』——それがどういうことか、わかっているつもりです！　わたしは、それがどのように行われたかは分りません！——それはあのかたをとおし、イエス・キリストによってなされたことです！」

サラが、その神聖な救い主の名を呼ぶと体がはげしくふるえた。燃えあがる火の洗礼が、聖霊による洗礼が、サラの肉体がたえられないほど強くからだをつらぬいたのだ。サラのからだは、彼女が看病していた病人よりも力なく、ガクリとくずれ落ちた。「かわいそうなサラ！」と、人びとはいった。「働きどおしで、夜も寝ないで看病していた無理がたたったのだ」

サラは施療《せりょう》病院へ運ばれ、そこで死んだ。そして、埋葬された。キリスト教徒の墓地ではなかった。そこには、ユダヤ人の娘のはいる墓などなかったからだ。そう、サラは墓地の外の塀のそばに埋葬されたのだ。

キリスト教徒の墓を照らす神様の日の光は、塀の外のユダヤ人の娘の墓も照らしていた。キリスト教徒の墓地に響く讃美歌は、サラの墓の上にも響いてきた。サラの墓にも、「汝はキリストのうちによみがえる！」という福音がとどいた。「ヨハネは水によって洗礼をさずけたが、わたしは聖霊によって、あなたがたに洗礼をさずけるであろう！」と。

どろ沼の王さまの娘

コウノトリの一族というものは、自分の子どもらに、それはたくさんの昔話を聞かせるものだ。そのどれもが、池だとか沼地だとかいった場所の話なのだけれど、たいていは子どもらの年にあったように、彼らがよくわかりそうな話を選んでやる。まだ幼い子どもたちには、「ムズムズ、ブルブル、ペチャクチャ！」なんてでたらめな声色で話してやると、そんなことで大喜びしてくれる。だが、すこしばかり年かさの子どもたちとなれば、もっと深い意味のあるもの、なにより自分たちの一族についてのお話が大好きだった。

コウノトリの一族に先祖代々つたわっているとても古くて、長い話がふたつほどある。ぼくたちだって、そのうちの『モーゼの物語』なんかは、よく知っている。まだ赤ん坊のときに、母親の手でナイル川に流されて捨てられたモーゼが、エジプトの王の娘にたすけられ、立派な教育をうけて、偉大な人物となっていった話だ。彼がどこで死んで葬《ほうむ》られたかなんてことは、後の世の人たちは知りはしないが、その物語はどこでも好んで語られている。

もうひとつの話のほうは、それほど知られてはいない。ぼくたちの国のずっと奥地のほうの話であるためかもわからない。だが、この話は千年もの長いあいだ、コウノトリの母親から母親へと伝えられて、後世になるほどすばらしくととのえられて語られるようになった。そういうわけでぼくたちは一番うまい話をこれから聞けるわけなのだ。

この話をはじめてぼくのところにもってきてくれたコウノトリの夫婦は、この話のなかにも出てくるけれど、夏の間は北の地方のヴェンシュッセル地域にある、未開のまま荒れている沼地のほとりのヴァイキングの丸太小屋の屋根に巣をかけていた。もっとくわしくいうなら、ユトランド半島の北のはずれ、スカーイェン岬のすぐそばの、イェリングにある土地だ。そこは、いまでも大きな沼地のままだ。イェリングの記録文書でちゃんと読むことができる。

この土地は、古代には海の底であったが、のちに隆起してきた土地であるとその文書には書いてあるはずだ。大きさは数マイル四方にものぼり、湿地ともいうべき草原や、どろどろな沼地にかこまれている。生えている植物はといえば、ミズゴケやコケモモ、それにみょうちくりんにねじくれた木ぐらいのものだ。季節を問わず、いつも霧が出ていて七十年ほどまえには、まだオオカミさえもうろついていたという。「荒れた沼地」とよばれるとおり、千年も昔にはどんなようすであったか、どのくらいたくさんの沼や湖が広がっていたかを想像することができるくらいだ。もちろん、草や木やそれぞれのものは、いまでも目にするものがそこにあった。アシは今とおなじ背丈だったろうし、おなじように細長い葉をのばし、うす紫の羽毛によく似た花を咲かせていた。シラカバだって樹皮は白くて、今のようにか細い枝をたれていた。この土地で暮らす生物といえば、まずはハエだ。今とかわらず、おなじ仕立てのうすっぺらい服を着ていた。コウノトリのからだは白と黒。それに赤い靴下というでたちも変らない。人間のほうはそうじゃない。その当時は、今とはちがった仕立ての上着を着ていたはずだ。しかし、服はどうあれ、たとえ奴隷《どれい》であっても、猟師であっても、いやどんな人間だって、このじめじめしたぬかるんだ土地にふみこんできたら、千年の昔でも、いまの時代にここにやってきた人間とおんなじ目にあっただろう。深い沼地にズブズブはまりこんで、どろ沼の王さまのところまで沈んでいくほかはない。王さまというのは、ここの大きな沼の王国を支配していたので、そう呼ばれているのだけれど。

沼地の王ともよばれていたが、どろ沼の王さまといったほうが似合っていた。コウノトリたちもそうよんでいた。王さまが、この沼地を支配していたなんて、しかし、ほとんど知られていなかった。けれど、むしろそのほうがよかったかもれない。

沼地のごく近く、リムフィヨルドのすぐそばに、ヴァイキングの丸太小屋がたっていた。地下室と塔をもち、家の内壁がはってある三階建ての大きな家だ。もちろん屋根にはコウノトリが巣をかけていた。コウノトリの母親は、ちょうど卵を抱いているところで、きっとうまくヒナたちがかえるだろうと信じていた。

ある晩のことだ。コウノトリの父親が、いつもより長く外に出ていて、ようやくもどってきた。なんだか、落ち着きがなくうろたえて、ひどく疲れてもいるようだった。

「なあ、おまえ、なんだかとてもゾッとするような話なんだがね」と、きりだした。

「やめてくださいな！」コウノトリの母親は長い首をふった。「わたし、いま卵を抱いている最中なのよ。そんな話を聞いたりしたら、からだにさわるし、卵にもよくないじゃないの！」

「それもそうなのだが、ぜひにも聞いてもらわにゃならんのだ」と、コウノトリの父親は話をやめなかった。「あの方がね、こちらにおいでなさったのだ。エジプトでわしらがやっかいになっている宿のご主人のとこのお姫さまだよ。なんとまあ、こんな遠くまでいらしたものだ！　だがなあ、そのお姫さまが、とつぜんフイッと消えちまったんだ！　すがたが見えなくなったんだよ」

「お姫さまっていうと、エジプトの妖精《ようせい》の一族のかた？　じゃあ、話してよ！　ねえ、わかってるでしょ。卵をかえしているときには、わたし、気が短くなってることを！」

「ほらごらん、やっぱり聞きたがってるじゃないか！　お姫さまは、このあいだおまえが話していたエジプトのお医者さまのいうことをまにうけたらしいのだ。北の地方だけに咲く花が、ご病気になられた妖精の王さまをたすけられるというあの話さ。それで、羽のついた魔法の毛皮の服を着て、おなじ羽の服を着たほかの二人の姫さまといっしょにこの地方にまでとんできたんだ。その二人の姫さまは、毎年、ここで水浴びをして、それで若さをたもつためにこの北国に来なくちゃならないそうだ！　で、姫さまはその二人とやってきたのだ。だけど、ふいにいなくなってしまったのさ」

「なんてまわりくどい話なのかしらね！」と、コウノトリの母親はかぶりをふった。「聞いてるうちに、卵が冷えちまいますよ！　あんまり、じらされちゃたまらないわ！」

「ずっとみはっていたんだよ、このわしがね」と、父親はつづけた。「今日の日暮れどきだった。わしらコウノトリが歩けるくらいの沼地のアシのあいだを歩いていたときのことだ。とつぜん、三羽のハクチョウがこちらに飛んできた。飛びかたがすこし変てこなので、こりゃおかしいぞ、ほんとのハクチョウじゃないかもしれん、気をつけなくちゃならんと思ったよ。ひょっとして、ハクチョウの皮をかぶってるだけかもしれないとな！　おまえもそこにいたら、おんなじように考えたさ！　ほんとうのハクチョウがどんなものかってよく知っているからね」

「そうよ、あたりまえです」と、母親はうなずいた。「でも、そんなことより、その姫さまがたのことを聞かせてくださいな。ハクチョウの毛皮のことなんかもういいから」

「さ」

そこで、コウノトリの父親は、見聞したことの本筋を話しはじめたのだった。

「沼の真ん中のあたりは、おまえもよく知ってるだろうが、湖のように水が澄んでいる。ほんのすこし、首をのばせば、おまえもそのあたりが見えるはずだよ。それでだ。あのアシとコケのどろんこのすぐ近くに倒れたハンの木がころがってるだろう。三羽のハクチョウは、その木のうえに舞い下りて、あたりのようすをうかがっていた。そのうちの一羽がハクチョウの毛皮を脱ぎすてた。すると、それはよく知ったエジプトの姫さまじゃないか。姫さまはハンの木の幹に腰をおろしたが、長い髪でからだをおおっているほかは、なんとなにも身につけていなかったのだ。それで、彼女が水に入って、水の中に咲いている花をつんでくるから、そのあいだ自分の毛皮の番をしておくようにとほかの二羽のハクチョウたちにたのんでいるのが聞こえたよ。ハクチョウたちはうなずくと、姫さまの毛皮をつかんでとびあがったんだ。わしは、おやおや、どういうつもりなのかと、じっくり様子をみていたんだがね。毛皮を脱いだ姫さまのほうも、なんだかおかしいと思ったらしく、それをどうするのかとたずねていた。返事はあったよ。姫さまは、そのこたえを自分の目と耳で知ることになったのだからね。二羽のハクチョウは、姫さまの毛皮をもったままさらに高くとびあがった。『さあ、水にもぐりなさい！』と、上から声をかけている。『あなたは、これを着て二度と飛ぶことはないわよ。エジプトを見ることもね！　この荒れはてた沼に一生いるといいわ！』

そう言い放つと、二羽のハクチョウは姫さまの毛皮をバラバラにひき千切ってしまったのさ。それがすむと、その意地悪な二羽のハクチョウはさっさと飛び去ってしまったのだよ！」

「なんてひどいまねを！」と、コウノトリの母親はいった。「そんなおそろしいこと耳にしたくもないわ！　だけど、それからどうしたのか、はやく話してくださいな！」

「姫さまは、なげくやら悲しむやら、あふれでた涙がハンの木の幹に落ちるほどだったよ。すると、おかしなことがおこった。その木の幹がやおらムクムクと動きはじめたんだ。ハンの木とばかり見えたのだけど、ほんとうはこの沼に住む《どろ沼の王さま》だったのだ。幹がグルグルまわりだすのが見えた。それはただの倒れた木の幹なんかではなく、やがて、どろだらけの長い枝が腕のようにスルスルとのびはじめた。かわいそうに、姫さまはどろどろの沼の上をかけだそうとした。このわしだって、立っていられないこんな沼だよ。姫さまには、そんなことできやしない。姫さまは、たちまちズブズブと沼にのみこまれていったんだ。ハンの木のやつも、ズブズブと沈みこんだ。おそらく、あいつが姫さまをひきずりこんだんだな。あとには大きな黒い泡がプクリと浮かんでいるだけで、もうあとかたもなかった。姫さまは、沼のなかにとじこめられて、もう花を摘んでエジプトに帰ることなどできなくなった。おまえだったら、かわいそうでとても見ちゃいられんかったろうな、母さん！」

「そういう話は、いまのようなときには話したり聞いたりすべきじゃなかったわね。卵にさわりますよ。姫さまはきっとだいじょうぶよ。だれかがたすけてくれるかもしれないわ。もしも、わたしやあんただったら、こちらも一巻の終わりでしょうけど」

「とにかく、毎日ようすを見ていることにしよう！」と、コウノトリの父親はいい、そのとおり沼を見守っていた。

それから、ずいぶん月日がたった。

ある日のことだ。コウノトリの父親は、深いどろ沼の底から、緑の草が伸びでているのをみつけた。茎が水面に顔をだすと、葉をひろげ、ぐんぐん大きくなっていった。葉のあいだに、花のつぼみがひとつついていた。朝早く、コウノトリがその植物の上を飛んでみると、花のつぼみがポンと開いたではないか。花のまんなかには、小さな、かわいらしい女の赤ちゃんが、いましがた産湯《うぶゆ》をつかったばかりみたいに、スヤスヤと眠っている。赤ちゃんが、あのエジプトの姫さまにとてもよく似ていたので、コウノトリは、これは姫さまが小さくなったのかと思ったほどだ。だが、そんなわけはない、よく考えれば、その子は姫さまとどろ沼の王さまのあいだにできた赤ちゃんだと考えるほうがあたっているだろう。してみれば、スイレンの花の中に寝かされているのもうなずける。

「あんなところに、いつまでも寝かせてはいられないぞ」と、コウノトリは思った。「だけど、我が家はもういっぱいだしな。そうだ、よい考えがある！　ヴァイキングのおかみさんは、子どもがいなくて、ずっと赤ちゃんをほしがっている。わかった。ここはわしが、一肌脱いでやろう！　あの赤ちゃんを連れて、ヴァイキングのおかみさんのところへ飛んでいこう。きっと喜んでくれるだろう！」

コウノトリは、小さな女の赤ちゃんを足でつかみあげ、ヴァイキングの丸太小屋まで飛んでいった。動物の膀胱《ぼうこう》をなめしてはりつけてある窓にクチバシで穴をあけ、眠っていたヴァイキングのおかみさんの胸に抱かせた。それがすむと、コウノトリの母親がまっている自分の巣にもどって、その話をしてやった。コウノトリの子どもらも、じっとその話に聞き入っていた。子どもたちは、親のしている話がわかるほどに大きくなっていたのだ。

「ほんとうだった。姫さまは死んではいなかったんだ！　赤ちゃんを水の上に送りだしたくらいだからね。赤ちゃんのほうは、これでもう心配はいらないな」

「はじめから、そう言ったでしょう！」と、コウノトリの母親はうなずいた。「それよか、あなた。あなたのチビさんたちのことも心配してくださいな！　もうじき、旅立ちの季節だわ！　わたしなんか、もう羽の下がムズムズしてきたもの。カッコウとナイチンゲールなんかは、もうとっくに出発していきましたよ。ウズラがいうには、もうすぐ北から追い風が吹いてくるそうよ。うちの子たちは、飛び方の試験にきっと合格できますよ。それだけは自信があるわ」

ところで、あのヴァイキングのおかみさんのほうは、朝になって目が覚めると、小さな赤ちゃんを抱いていたので、うれしくてキスをしてやったり、なでたりさすったりしてやると、赤ちゃんは、ひどくはげしく泣きだして、バタバタと手足を動かしたりした。あやしてやっても、喜びもしないで、とうとう泣きつかれて眠ってしまった。それでも、スヤスヤ寝入っているようすは、とてもかわいらしかった。おかみさんは、うれしくなり、気もはれやかになって、元気になった。自分のほうがこんな幸運にめぐまれたのだから、夫のほうも、思いがけなく早く手下を連れて帰ってきてくれるかもしれない。そう思いつくと、男たちをむかえるために、おかみさんも使用人たちも仕度におおわらわとなった。

目の覚めるように鮮やかな色のタペストリーが壁にかけられた。おかみさんと女中さんたちとで、オーディンやトールやフレイアといった彼らの神々の姿を手ずから織り込んだものだった。召使いたちは壁に飾られた古い盾を磨かせられた。長椅子《ながいす》の上にはクッションが、広間の真ん中の炉のうえには、かわいた薪《まき》が積み上げられた。いつでも火がたける仕度だった。ヴァイキングのおかみさんは、なにからなにまで自分でやったので、夕方になるとすっかりくたびれて、そのままぐっすり眠りこんでしまった。

夜明け近くに目をさましたおかみさんは、はっと驚いた。赤ちゃんの姿がどこにもない。びっくりして、ベッドからとびだし、細木に火をともしてあたりを照らして探しまわった。すると、ベッドの足のところに、赤ちゃんではなく、大きな醜いヒキガエルがじっとうずくまっているではないか。おかみさんは、腹だちまぎれに、そこらの太いこん棒をつかむと、カエルをたたき殺してやろうとした。ところが、そのヒキガエルがとても悲しげな目で、おかみさんのほうをみつめるので、はたと手がとまってしまった。念のため、もう一度あたりを見まわしてみた。ヒキガエルはといえば、せつなげで、悲しそうな小さな声で鳴いていた。それを耳にすると、おかみさんは、はっとなにか感じるものがあって身ぶるいすると、ベッドから窓辺へ走っていって、戸を押し開けた。ちょうどお日様がのぼってきたところで、朝の光をベッドとヒキガエルに投げかけた。すると、なんということか、醜い生き物の大きな口がみるまにすぼんで、小さなかわいらしい赤い口にもどり、手足ものびて、とてもかわいらしい赤ちゃんの姿にもどっていた。もう、いやらしいヒキガエルなんかではなかった。

「いったい、これはどういうことなのかしら?」と、おかみさんは首をかしげた。「悪い夢でも見たというの? ここに寝ているのは、やっぱりわたしのいとおしい妖精ちゃんだもの!」

おかみさんは、その子にキスして、胸もとに抱き寄せた。ところがだ。その子は、こんどは、まるで小さな猫みたいにあばれて、ひっかいたり、かみついたりしはじめるのだった。

その日も、また次の日も、ヴァイキングの頭《かしら》は帰ってこなかった。帰る途中にあったけれど、むかい風にさまたげられていたのだった。コウノトリたちには都合のよい追い風だったけれど、立場がかわれば逆風となるわけだ。

二日、三日とたつうちに、ヴァイキングのおかみさんにも、どうやら事のなりゆきがわかってきた。この赤ちゃんには、おそろしい魔法がかけられているにちがいない。その昼の間は、光の妖精のように可愛《かわい》らしいけれど、性格がわるく乱暴にふるまう。そのくせ、夜になると、姿かたちは醜くなってしまうけれども、おとなしくなり、悲しげな目つきをするようになる。内と外で、まったく反対な二つの性質が入れ替わってしまうのだ。早い話、こういうことなのだ。コウノトリが運んできた赤ちゃんは、昼間はその母親の姿かたちをしていながら、性格は父親のどろ沼の王さまの心になっている。夜になると、あべこべに、からだは父親の血筋があらわれ、内側では母親のやさしい心が光るのだ。この魔法の力をだれがどうやって解くことができるだろう？

そのことに気がついて、ヴァイキングのおかみさんは、悲しんだり気をもんだりした。それでもなお、このあわれな子どものことをいっそういとおしく思えてきて、主人がもどってきても、この秘密をけっして話してはならないと心に決めたのだった。

もしも話したりすれば、主人はヴァイキングの習慣にしたがって、呪《のろ》われたあわれな子どもを道ばたに捨て、往来する誰かがひろっていくにまかせるはずだから。心のやさしいおかみさんには、とうていそんなことはできなかった。そこで、主人には昼のあいだだけその子を見せることにしようと考えた。

ある朝はやくのこと、コウノトリの群れが屋根の上を大きな羽音を立てて飛びすぎていった。夜の間、百羽をこえるコウノトリたちが、おおがかりに飛行の演習を終えて、このあたりで翼をやすめてから、いよいよ南の国をめざして旅立っていくのだ。

「オスたちはみな仕度がととのった！　メスたちや子どもらもいいな！」と、かけ声があがった。

「からだがとても軽いよ！」と、子どもたちははしゃいでこたえていた。「足なんか、もうムズムズしてるよ。生きたカエルがいっぱいからだの中でハネてるみたいだよ！よその国に出発だ！　ワクワクするなあ！」

「群れからはなれちゃいけないよ！」と、父親も母親も注意するのを忘れなかった。「それから、クチバシをあんまり鳴らすんじゃないよ。胸が痛くなるからね！」

そうして、コウノトリたちは飛びたっていった。

ちょうどその時だった。荒野に角笛が響きわたった。ヴァイキングの頭が、一族郎党をひき連れて浜に上陸してきた。フランスの海岸から、たくさんの戦利品やみやげを持って帰還してきたのだ。遠征先のブルターニュの人びとは、ヴァイキングをおそれ、こんなふうに歌っている。

「野蛮きわまるノルマン人から、われらを救いたまえ！」と。

さあ、荒れ沼のほとりのヴァイキングの館《やかた》は、にわかににぎやかに活気づいてきた！　広間にはハチミツ酒の大樽《おおだる》が運びこまれた。薪に火がつけられ、馬が屠《ほふ》られて、その肉がその焚《た》き火でどっさり炙《あぶ》られることになった。生贄《いけにえ》をささげる司祭が、まだ温かい馬の血を、奴隷たちにふりかけて清めを行った。パチパチと炎がはじけ、煙がもうもうと天井にそってはっていく。天井にはりついていた煤《すす》が、はがれて床の上に降りかかってくるが、だれも気にするものはいない。

客が招かれ、みごとな贈り物をもらい、日ごろのかけひきやら悪だくみもこの日ばかりは忘れられた。したたかに酒をくらい、しゃぶりつくした骨をたがいの顔にぶつけあっていた。それが、ヴァイキングたちが、上機嫌のときのしるしなのだ。宴会の席には、スカルドもいた——スカルドは戦士として戦いにもでるのだけれど、吟遊詩人のように歌の心得もあるのだった。スカルドはみんなにひとつの歌をきかせた。ヴァイキングのいさましい冒険と手がらが歌われる。一節ごとに、同じ文句がくりかえされた。

「馬はたおれる、友らもたおれ、いつかはわれもあの世にむかう。されど、誉れたかきヴァイキングの名は永久《とわ》に残る！」

ヴァイキングたちは、盾をガンガン打ち鳴らし、手にしたナイフと骨でテーブルをたたきつづけた。それはそれは、たいへんな騒ぎだった。

ヴァイキングのおかみさんは、広い宴席のすみっこにすわり、絹の服を着込み、金の腕輪と大きな琥珀《こはく》の首飾りをつけて、だれよりもめかしこんでいた。スカルドはヴァイキングの奥方のことも歌った。彼女が豊かな主人に贈った黄金にもまさる宝のことだ。ヴァイキングの頭目は、歌われたかわいらしい子どものことを、心から喜んでいるふうであった。けれども、子どもの愛らしさを目にしたのは、昼の間だけのことだったのだ。その子の気性の荒っぽさにも満足しているようすだった。この子はきっと、巨人族だってうちまかす、天下無双の女戦士になるぞ、と笑った。腕のたつ剣士がたわむれに、鋭い剣でこの子のまつげをサッと切り落としたって、この子はまばたきひとつせんだろうと、うけあった。

ハチミツ酒の樽がじきに空になり、新しい樽が運びこまれた。それはもう、鯨飲馬食とはこのことだったろう。まったく底なしに飲む連中だった。その当時のことわざに、「家畜は腹を満たすと草原から帰るときを知るが、愚かな人間は、おのれの胃袋の寸法を知らない」というのがある。いや、そんなことは、彼らとてわきまえていたろうが、知っているのと、いざ行うのとはべつのことだった。「友といえども、あまりに長居すると嫌われるもの」ということわざもあるが、それでも客たちの尻《しり》はいっかなことではあがらなかった。炙り肉とハチミツ酒の味は格別だった！　身も心もおどりだしてとまらない。さて、夜も更《ふ》けると、奴隷たちは温かい灰にくるまって横になったものだ。脂《あぶら》のしみこんだ煤に指をつっこんでなめてもいた。まこと、古きよき時代だった！

その年、ヴァイキングは、秋口に嵐《あらし》がやってきたというのに、またも海にのりだしていった。手下を率いてブルターニュの海岸をめざしていった。「なあに、水を渡るだけのことだ！」と、ヴァイキングはうそぶいていた。おかみさんは、小さな女の子と、それを見送っていた。育ての親となったおかみさんは、信心深いまなざしをして、なにやら深いため息ばかりつく、かわいそうなヒキガエルのときのほうが、昼の間、ひっかいたり、かみついたり乱暴するきれいな娘よりもずっと好もしくなっていた。〝口なし〟とよばれているのに、木の葉をかじりとる冷たくしめった霧が森と荒野をつつんでいた。〝羽なし鳥〟ともよばれていた雪のかけらが、たえまなく飛んできていた。スズメたちが、いまはもぬけの空になっているコウノトリの巣に入りこんで、いまは留守にしているその巣のあるじたちの悪口を言っていた。コウノトリ夫婦は、いったいどこまで飛んでいったのだろう？

コウノトリの一家は、エジプトにいた。エジプトでは太陽はこちらの北国の晴れた夏の日のように、いつも強く照らしていた。タマリンドやアカシアがいたるところで咲きみだれ、マホメットの三日月がイスラム寺院の丸い屋根で輝いていた。コウノトリのつがいがいく組か、ミナレットの細い塔のてっぺんで長い旅の疲れをいやしていた。大きな群れは、太い円柱や廃墟《はいきょ》になっている寺院のアーチや、人の来ないさびれた場所を住処《すみか》にして巣づくりしていた。

ナツメヤシが日傘のように、高くて丸いひさしをつくって立っていた。白茶けた灰色のピラミッドが、砂漠のうえにひろがる澄んだ空にくっきりと影絵のように聳《そび》え立っている。ライオンたちは賢者のような大きな目をして寝そべり、砂のなかに半分ほどうずもれている大理石のスフィンクスを見上げていた。

水量が減ったナイル川では、川床にカエルたちがびっしり寄り集まってひしめいている。これは、コウノトリたちには、この土地でなによりな景色だったろう。子どもたちは、まるでまぼろしでも見ているような気分だった。すべてが、このうえなくすばらしいのだ。

「ここは、そういう場所なのですよ。この暑い土地は、いつもこんなふうなのよ！」と、コウノトリの母親は子どもたちにいったものだ。子どもたちは、お腹《なか》がしきりにグウグウなってしかたがなかった。

「もっとすごいことがたくさんあるの？　もっと奥地へも行くの？」と、子どもたちは聞きたがった。

「ここまでですよ！」と、母親はきっぱりといった。「食べ物がたくさんあるこのあたりからさきは、ジャングルばかりでね、木がからみあっていたり、トゲだらけのツタカズラが道をとざしているから、丸太んぼうみたいに足の太いゾウぐらいしか、道をひらいて進めやしないのよ。そこに住んでるヘビだって、わたしらには大きすぎるし、トカゲときたらすばしっこくて、とてもつかまりゃしないもの。砂漠に足をふみこんだら、そりゃあ歩きやすくはあるけど、砂粒が目にはいってたまらないわ。砂嵐にでもまきこまれたら、たいへんなことになるしね。だから、ここがいちばんいいのよ！　カエルだってバッタだってたんといるわ。母さんはずっとここにいるつもりよ。おまえたちも、そうするのよ」

そんなわけで、コウノトリの一家はその土地にいることにした。年より連中は、とがったミナレットのてっぺんに巣をつくり、そこでのんびりとからだを休めていた。そうはいっても、つばさの手入れをしたり、赤い靴下みたいな脚をクチバシでみがくのにも余念がなかった。からだの手入れがすっかりすむと、長い首をのばして、うやうやしくたがいにあいさつしたり、細くてすべすべした威厳のある頭をしゃんとたててみせたりもした。そんなふうに、居ずまいをただすと、その鳶色《とびいろ》の目がいかにも賢者らしい風情《ふぜい》をみせるのだった。

コウノトリの娘たちはといえば、水辺のアシの原をしゃなりしゃなりと歩いては、まだ若いコウノトリのほうをちらりと見ては、友だちをみつけたり、三歩あるくたびにカエルをつかまえて飲みこんだり、ちっぽけなヘビをクチバシでくわえてふりまわしたりしていた。とても気どった仕草にも見えたが、そんなふうにすると、いっそうおいしく思えるのだった。

若いオスのコウノトリたちは、争いをはじめ、たがいのつばさをぶつけあったり、つつきあっていた。たがいのクチバシで怪我《けが》をして、血だらけになることもめずらしくない。そんなオス同士の争いが終わると、コウノトリたちは、たがいの結婚相手をみつけるのだ。まるでそのために生きているようなものだった。巣をつくればつくるで、そのことでもめごとも始まる。暑い国では、どうしても暑さで気がたかぶるのかもしれない。それでも、楽しみごとには事欠かなかった。年よりたちはとりわけ満足し、子どもたちだって大いにはしゃぎまわっていた！　毎日、お日さまが照り、食べ物もふんだんにあるのだ。あとは、楽しめばいいのだから。ところが、そのコウノトリたちがエジプトの主人とあがめていた国王のりっぱな宮殿の中では、そんな楽しみを語るどころではなかった。

お金持ちで、身分も高い主人は、からだじゅうがこわばり、まるでミイラのように寝椅子に力なく横たわっていた。美しい色彩で塗られた壁にかこまれた広間の真ん中でそうしているさまは、チューリップの花のなかで寝ているようにも見えた。親族や召使いたちが、心配そうにそのまわりで見守っている。主人は、まだ生きているとはいえ、ただ死んではいないというだけのようすだった。彼の命を救ってくれるはずの北国の沼に咲く花は、彼がいちばん愛する娘が摘みとってきてくれるはずであったのに、それが届く気配もない。若く、美しい娘が、ハクチョウの毛皮を着て、海を越え、陸を越え、はるばると北の土地をめざしたけれど、いまだ帰って来なかったのだ。

「姫さまは、死んでおしまいになりました！」と、もどってきた二羽のハクチョウに身を変えていた娘たちがそう報告していた。その二人は、まことしやかな話をつくりあげていた。

「わたくしたちが、三人そろって高い空を飛んでいるときに、猟師がわたくしたちをみつけて、矢を放ったのです。矢はわたくしたちのお友だちにあたりました。あのかたは、まるでひん死のハクチョウのような別れの歌をうたいながら、森の湖にゆっくりと落ちていきました。わたくしたちは、その湖のほとりの、かぐわしいシダレシラカバの根もとにあのかたを葬ってさしあげました！　ですが、それだけですませたわけではありません。復讐《ふくしゅう》を忘れませんでした。その猟師の住まいの屋根の下に巣をかけていたツバメのつばさに火をつけてやりました。たちまち、家は火につつまれ、燃え上がり、猟師は焼け死にましてございます。そのときの炎は、湖を越えて、シダレシラカバまでも赤々と照らしたほどです。その木の根もとでは、あのかたがいまは土になっております。もう、エジプトのこの地にもどってはまいりません！」

そんないつわりの話をすると、二人とも空涙をながしてみせたのだ。そんな話をコウノトリの父親は耳にして、はげしくクチバシをうちならして憤《いきどお》ったものだ。そのカチカチというはげしい音が遠くまで聞こえるほどだった。

「ウソをつけ、とんだつくり話だ！」と、コウノトリの父親ははきすてた。「あの性悪な女たちめ、このわたしのクチバシで、あいつらの胸をグサグサ突き刺してやりたいくらいだ！」

「そんな無茶をして、折れてしまったら、ひどくみっともないことになりますよ！」と、コウノトリの母親が首をふった。「自分の身と家族のことを一番にお考えなさいな。他人のことなんかに、首をつっこむもんじゃないわ！」

「まあ、明日、ともかくも、あの丸屋根のすみっこに飛んでいってみるとするさ。学者や賢者たちがより集まって、ご病気のご主人のことを相談なさるそうだから。そのとき、すこしは本当のことが聞けるかもしれないよ！」

　さて、その学者やら賢者やらが集まって、長い会議がはじまった。コウノトリには、まったくわからないことばかり話している。病人のためにも、荒れ沼で行方不明になった姫さまのためにも、なにひとついい考えなど浮かぶわけもなかったのだ。しかし、そうはいっても、ぼくたちも、もうすこしだけ聞き耳をたててみても悪くない。たくさん聞くにこしたことはない。

だが、そのまえに、これまでの会議のようすを知っておいたほうがいい。そしたら、これからの話もよくわかるはずだ。すくなくとも、コウノトリの父親なみに。

「愛が生命《いのち》のみなもとだ！　大きな愛が、いちばん強い生命のみなもとになる！　愛のみが生命を救うことができるのだ！」

その言葉が、なんどもとなえられていた。それは、とても賢明で、すばらしい言葉であると学者たちは信じているようだった。

「すばらしい言葉だ！」帰ってきたコウノトリの父親は、そう母親にむかっていったものだ。

「どうでしょうねえ。わたしにはよくわかりませんが」と、コウノトリの母親のほうは、首をかしげた。「わからないのは、わたしが悪いんじゃなくて、その考えのせいですよ。でも、そんなことは、どうでもいいわ。考えることは、ほかにもいっぱいあるんだから」

学者たちときたら、いろんな種類の愛について、あれやこれやと議論していた。恋人どうしの愛、両親とその子どもたちのあいだの愛について、ひとくさり述べたてていた。太陽の光が大地にキスをすると、それによって植物が芽をふくことから、光と植物のあいだの愛についても問題になった——あれもこれも、学問的に述べたてられたものだったから、コウノトリはついていけなくなった。どんなことを話していたのかいってみろといわれたって無理だった。ひとしきり考えては、目を半分ほどとじてしまった。翌日には、ただ片足でたってそこにいるだけだった。しょせん学問などというものは、コウノトリには高尚すぎたのだ。

ただひとつ、わかったことがある。身分の低い者たちも、高貴な人たちも、王さまが病にふしたまま治らないでいることは、何千人の人たちに、いや、国全体にとっても、たいへんな不幸だということで、もしもお元気になられたら、どんなに喜ばしく、ありがたいことかと口々にいっているということだった。コウノトリの父親は、それひとつを耳にして、深くうなずいたものだ。

「王さまの病を治す薬草の花は、いったいどこにあるものか」と、そこにいた学者や賢者たちは悩み、むずかしい書物を調べたり、天に輝く星たちや天気で占いをしてみたり、それこそどんな遠まわりとも思われるようなことでもかまわずに、やみくもにしらべてまわった。そして、とうとう万策尽きてから、学者や賢者たちは、さきほど話したように、「愛こそ生命のみなもとだから、父親のためにはその愛をさがしだすのだ！」という結論にいたったわけだった。

そうとわかると、誰もが自分がわかってもいないことまで口にしはじめた。お題目のように何度もそれをくりかえし、病気の処方として「愛は生命のみなもとである」と紙に書いてもみた。けれども、その処方にしたがい、なにをどうやって調合すべきかてんでわからなかったのだ。事ここにいたって、やはりこれは父上を魂と心の底から愛していらっしゃる娘さんから生まれるものでしかないとみなの意見が一致した。そうして、その手立ても考えられた。それが、かれこれ一年以上もまえのことだったわけだ。王さまの娘さん、つまり姫さまは、夜中に、新月がかたむきかけた頃、砂漠に立っている大理石のスフィンクスのもとにでかけることになった。スフィンクスの台座にある入口をおおっていた砂がとりのけられた。入口から奥へ、大ピラミッドにむかって長い通路がつづいていた。その通路をたどらねばならなかった。奥の院には、古代の偉大なファラオのミイラが一体、豪華な装飾品に埋もれて眠っていた。その王の墓所で、姫さまは死せるファラオのミイラに頭をよせなくてはならなかった。そうすると、姫さまの父上を救うものが、どこにあるかお告げがあるはずだった。

姫さまは、すべて言われるままにしたがった。すると、どうだろう？　姫さまは夢の中で、この土地よりずっと北の国であるデンマークの深い沼の中――土地の名前がはっきりしめされたのだ――その水の底で、姫の胸にふれたスイレンの花をもちかえらなくてはならぬ。それができれば、父は助かるであろうというお告げをうけたのだ。

そこで、姫さまはハクチョウの毛皮をまとい、このエジプトからはるばるデンマークの荒れた沼をめざして飛びたったのだ。

そうだ、それをあのコウノトリの夫婦は知っていたわけだ。わたしたちも、いまようやく、これまでよりも話の筋道がわかったはずだ。どろ沼の王さまが、姫さまを沼にひきずりこんでしまったことや、故郷のエジプトでは、姫さまは亡《な》くなったと思われており、その行方も知れないということもだ。けれども、賢者のなかでもいちばん賢い人が、まさしくコウノトリの母親が口にしたとおりのことを、はっきりと言ったのだ。「姫さまは、きっときりぬけるだろう！」と。それで、みなもとにかく待とうということになった。なにを考えてもそれ以上の知恵はうかばなかったわけだ。

「あの性悪の二人の姫たちから、ハクチョウの毛皮をこっそりいただいてこようじゃないか」と、コウノトリの父親はいった。「あれがなけりゃ、あの二人はもう沼にも飛んでいけず、悪さもできない。二つの毛皮は、ときが来るまで、北の国にかくしておくんだ！」

「そんなもの、いったいどこにかくしておくの？」と、コウノトリの母親は目をまるくした。

「どこって、荒れ沼のわたしらの巣にしまっておくのさ！」という返事がかえってきた。「わたしと、いちばん若い子どもらで、いっしょに運べるだろう。それでも、重くてかなわなかったら、次のときにまた運べるようにどこかにかくしておけるだろうよ。姫さまにはハクチョウの毛皮がひとつあればいいが、もうひとつ余分にあるにこしたことはない。北の国では着物はたくさんあるにかぎるっていうじゃないか！」「そんなことしたって、だれにも感謝されやしないわよ！」コウノトリの母親はあきれてかぶりをふった。「そうはいっても、あんたは一家の主人ですからねえ。卵を抱いているときのほかは、わたしはなにも口だししませんよ！」

春がきた。コウノトリたちは、荒れ沼のほとりのヴァイキングの館にまた飛んで来ていた。そのときには、あの小さな女の子にも名前がつけられていた。みんなは、その子をヒルガと呼ぶようになっていたのだ。その名前は、その子にはすこしばかりおとなしすぎるといえた。なにせ、姿かたちは美しいけれど、めっぽう気が強かったのだ。日増しに、ひと月ごとに、その乱暴な性格が目立つようになってきた。そうして、コウノトリたちが、また秋にはナイルの岸辺へ、春には荒れ沼へといきつもどりつ旅を続けているうちに、すっかり大きくなっていた。いつのまにか、はや十六歳の娘さんとなり、それはそれは比べものがないくらい美しくなっていた。姿かたちは美しかったけれど、やはり気が強くて、情け知らずなところがあり、このすさみきった暗い時代の人たちより、もっと荒々しいくらいだった。

神への生贄として殺された馬の、まだ湯気をたてているような温かい血をとってきて、彼女の白い手で大地にふりまくのがなにより楽しみのようだった。生贄のために祭司が切り落とすことになっている黒羽のオンドリの首を、彼女は自分で嚙《か》み切ってみせたりした。さらには、ヴァイキングの父親にむかって、真顔でこんなことまで言うのだった。

「たとえ敵が襲ってきて、父さんの寝所の屋根の梁《はり》のてっぺんに縄をかけて、メリメリひっぺがしていたって、あたし、父さんを起こしてなんかやんないわ。それができたって、しやしないわよ！　そんな音、聞こえないことにしたんだから。ずっとまえ、あたしが起こしたからって、父さんに思いきり横面《よこつら》をひっぱたかれたからよ。耳の中でまだ血がドクドク音をたててるわ。そうでしょ、父さん！　あたし、あんときのこと忘れてやしないからね！」

ヴァイキングの頭は、そんなことは真に受けなかった。みなと同じで、娘の美しさにまどわされていたからだった。若いヒルガの心とからだが、昼と夜とでいれかわるなんて考えもしなかった。ヒルガは勢いよく走っている馬と一体になっているように平然と裸馬にまたがった。気性の荒い馬たちがたがいにかみ合いをしているようなときも、馬からとびおりたりはしなかった。ヴァイキングの船が陸にむかってくるとき、ヒルガはせまい入り江の激しい潮の流れをものともせず、着衣のままで断崖《だんがい》から海にとびこんで、船をめざして抜き手をきって泳いでいった。その長くて美しい髪から、いちばん長い巻き毛を惜しげもなく切りとって、それで弓の弦《つる》を編んだりもした。

「自分で作ったものがいちばんいいわ！」と、さも満足そうだった。

ヴァイキングのおかみさんは、その時代の気風そのままに、しっかり者で、芯《しん》の強い女だったけれど、ヒルガにくらべたら、気弱で臆病《おくびょう》な女にさえみえたものだ。このおそろしい娘に、呪いがかけられているのを、おかみさんだけが知っていたのだ。

育ての親のおかみさんが、バルコニーに立っているときや、中庭に出ているようなとき、ヒルガは井戸のふたに座ったまま、手足をバタバタさせ、せまくて深い井戸の中にとびこんでみせる悪ふざけをしてみせた。もともとカエルの本性を持っていたから、水にもぐっても、またすぐにスッと浮かびあがってきて、猫のように井戸のふちまではいあがってくる。水をしたたらせたままで広間に入ってくるものだから、そこらじゅう水浸しになり、床にまいてあった緑の葉がときならぬ洪水にあったようにクルクルとまわったものだ。

こんなふうにおてんばな若いヒルガが、おとなしくなるひと時があった。それは、黄昏《たそがれ》どきだった。日が暮れはじめると、ヒルガはおとなしくなり、なにか物思いにしずんだようすをみせ、聞き分けもよくなり、素直になった。心の奥にあるやさしい気持ちが、育ての母親のこともおもんぱかるようになるのだった。いよいよ陽がおちて、内側と外側で変化が始まり、ヒルガはヒキガエルの姿になって小さくなった。みじろぎもせず、いかにも悲しげにうずくまっていた。小さいとはいえ、普通のカエルなどよりずっと大きかったので、そのぶん気味が悪いのには変わりがなかった。頭はカエルで、手には水かきがついている奇妙な小人のようだった。だが、目には深いうれいをうかべ、むっつりと黙りこんで言葉を発せず、悪い夢を見た子どもがすすり泣くような、うつろなカエルの鳴声をだすばかりだった。

「いっそ口をきかないカエルのままでいてくれたほうがいいわ！　美しさが外に出てきたおまえときたら、ほんとにおそろしいからねえ！」

おかみさんは、呪いの病をはらってくれるルーン文字を書きつけて、このあわれな生き物の上に投げてもみた。しかし、呪いが解けるようすは微塵《みじん》もなかった。

「あの娘がスイレンの花の中で眠っていたほど小さかったなんて信じられないくらい

だよ」と、コウノトリの父親はいったものだ。「いまじゃ、すっかり大人になって、エジプト生まれの母親に生きうつしだ。あの母親のほうは、あのときからずっと見かけないけれどなあ！　おまえも、そして、あのエジプト一の賢者も言ったがね、あのかたは切りぬけられなかったんだよ。荒れ沼の上を、それこそ毎日のように飛んでさがしたけれど、影も形もありはしなかった！　実は、わたしはおまえたちより何日か早く、巣をなおしたり、あれこれ暮らしの準備をするためにこちらにやってきたけれど、これはそのときの話だ。夜の間ずっと、コウモリかフクロウみたいに、広い沼の上を飛びまわってみたけれど、手がかりはなかったよ！　ハクチョウの毛皮を二つともナイル川の国から運んできたけれど、それも無駄になったようだな。運ぶのにずいぶん骨がおれたのになあ。三回目の旅でようやくこちらにまで持ってこられた。もう何年も巣の下に隠してあるが、火事にでもなったら、丸太造りのこの家は燃え落ちて、あの毛皮も燃えてなくなっちまうなあ！」

「わたしたちのりっぱな巣もなくなっちまうってことでしょう！」と、コウノトリの母親はいった。

「あなたは、自分の家のことより羽の服とか、どろ沼に沈んでいった姫さまのことが大事そうだわねえ。いっそのこと、あのかたのいる所までおりていって、どろ沼にでもなんでもはまってらしたらいかが！　まったく、しょうがない父親だわ。家族にしてみればそうよ。わたしが初めて卵をかえしていた時にもそういったでしょ。あのおてんばで、頭のおかしなヴァイキングの娘が、うちの子の羽を矢で射ぬいたりしなきゃいいけど。あの娘ときたら、自分がなにをしているのかわからないのよ！　わたしたちコウノトリは、あの子が来るまえからここに来てるんだから。それを忘れてほしくないわね。わたしたちコウノトリは、ちゃんとすべきことはやってます。毎年、生贄をさしだしているんだから。羽を一枚、卵をひとつ、それにヒナさえ一羽、きちんとおさめているくらいなんだから。あの娘がおもてに出ているときに、わたしは下におりるなんて考えもできゃしないわ。エジプトでなら、人間たちとすこしはおつきあいもするし、人間たちの壺《つぼ》のなかやお鍋《なべ》のなかをのぞきみすることだってありますけれどね！　そうよ、この北の国じゃあ、あれには――あの娘のことには――ほんとに腹にすえかねてるんですよ。それに、あなたにもよ！　あんな子は、スイレンの花のなかに寝かしときゃよかったんだわ。そうすりゃあ、あんな子、とっくの昔に、どこかに消えていたでしょうに！」

「おまえはねえ、そりゃ口は悪いが、根はいい女なんだよ！」と、コウノトリの父親はなだめるように首をゆすった。「わたしのほうが、おまえのことをよくわかっているのさ」

　そう言うと、コウノトリの父親は一度高くとびあがって、翼を二度ばかり力強くはばたかせ、両脚をながくのばして飛びたっていった。空にのぼると、羽ばたかずに、そのまますべるように飛んでいく。かなり遠くで、二三度また強くはばたいているのが見えた。ほっそりした首をすっとのばし、真っ白な翼が日の光をうけて輝いていた。ほれぼれするような雄姿だった。

「うちの旦那《だんな》は、やっぱりいちばん素敵だわ！」コウノトリの母親はうっとりとそれを見送っていた。

「だけど、本人には言わないけどね！」


　この年の秋のはじめだった。ヴァイキングたちは、略奪品と捕虜を乗せてもどってきた。捕虜のなかに若いキリスト教の修道士がいた。それは、この北の国々で大昔から崇拝されていた神々を追いはらった宣教師たちのひとりだった。近頃では、ヴァイキングの館の広間や女たちのあいだでも、この新しい信仰のことがなにかと人びとの口にのぼっていた。キリスト教は、南のほうの国々ではもうずいぶん広まっていて、いまではこの土地に来た最初の宣教師アンスガルによって、シュライ湾のほとりのへズビューまで伝えられていた。若いヒルガでさえも、人間を愛する心によって、われらを救済するためにみずから犠牲となったイエス・キリストの信仰のことを耳にしていたほどなのだった。けれども、ヒルガにはそんなありがたい話も、文字どおり右の耳から左の耳へとぬけていってしまったようだった。「愛」という言葉も、あわれなカエルの姿にもどって、しめきった部屋のなかにうずくまっているときなら、いくらかわかったろう。ヴァイキングのおかみさんだけは、しかし、その教えについてしっかりと心にとめていた。この世でただひとりの、神さまの息子といわれるイエス・キリストの起こした奇蹟《きせき》であるとか、その伝説の数々に不思議と心ひかれていたのだ。

海を渡り、略奪の旅から帰還した男たちは、自分たちが目にした立派な寺院のことを話していた。

その寺院というのは、やはり愛について伝道したイエス・キリストのために建てられた教会のことだった。彼らが持ち帰った品のなかに、みごとに細工された純金製のどっしりとした器が一組あった。器からは、これまでかいだこともないような、かぐわしい香りがした。キリスト教の司祭様が、祭壇のまえでふる香炉だった。祭壇のまえでは、生贄の血がふりまかれるのではなく、ブドウ酒と聖なるパンが、まだこの世に生まれてきていない人たちのために身をささげたキリストの血と肉のかわりとして信徒に与えられていた。

虜《とりこ》になった若い修道士は、丸太小屋の下の地下牢《ろう》に、手足を縄でしばられて投げこまれていた。修道士はみるからに美男であったので、ヴァイキングのおかみさんなどは自分らの信仰の光の神を思い出して「まるでバルドゥルを目にしているみたいだわ！」と、もらしたものだ。そして、その修道士の苦難をあわれんだ。ところが、ヒルガときたら、「あんな坊さんなんか、踵《かかと》に縄をくりつけ、野牛の尻尾《しっぽ》につないでひきずりまわしてやればいいのよ！」などと悪態をついた。「それでもって、わたしなら、犬をけしかけてやるわ！　それっ、そぉれ！　っていってね。沼や草地を越えて、荒れ野までひきずっていってやるがいいわ！　とってもゆかいな見世物ね！　あとを追いかけたら、もっとおもしろいはずよ！」

しかし、ヴァイキングの頭は、そんなふうに修道士を処刑しはしなかった。自分たちの敬う神々をないがしろにし、追放しようとした者として、森の中に置かれた血の石にのせて、明日にでも生贄にせねばならぬと考えていたのだ。その場所で人間を屠《ほふ》るのははじめてのことだった。

若いヒルガは、生贄にされた修道士の血を神々の像や人びとにふりかける役をぜひとも自分がやりたいと言いだすしまつだった。ナイフをギラギラと磨《と》いで外にでると、中庭でたわむれているヴァイキングの犬たちの一頭が、ヒルガの足にとびついてきたときに、その犬のわき腹をグサリと一突きにした。「ためしぎりをしてみただけよ！」と、平然とそういうのだった。おかみさんは、その乱暴で残忍なヒルガの様子を悲しげに見ているほかはなかった。けれども、夜が来て、ヒルガのからだと心が入れかわると、おかみさんは、昼間の気持ちを忘れて、心からのやさしい言葉をヒキガエルにかけるのだった。

みにくい小人のようなカエルは、じっと動かないで、悲しげな鳶色《とびいろ》の目を育ての母親のほうにむけ、静かにそれを聞いていた。人間らしい心があって、母親の言うことがわかっているように見えた。

「おまえのことで、わたしが二重に苦しんでいるなんて、主人にも打ち明けてはいないのよ！」と、ヴァイキングのおかみさんはささやいた。「自分でもわからないほど、わたしは心の底からおまえのことを悲しんでいるのよ！　母親の愛情は大きく深いものなんだけれど、おまえの心にはそんなものまったくしみこんだことがないようだねえ。まるで、ひんやりとした泥のかたまりみたいだわ。おまえはいったい、どこからこの家に来たのだろうね」

そんな言葉が聞こえているのか、あわれなヒキガエルは不思議な身ぶるいをしてみせた。母親の声が、からだと魂とのあいだの、目に見えぬ傷口にふれたみたいに、大粒の涙が目からこぼれだした。

「おまえには、これからもっとつらいことが起こるかもしれないよ」と、おかみさんはつぶやいた。「わたしにとっても、きっとおそろしいことがね。おまえが、まだ赤ん坊のときに、道に捨てられて、夜の寒さだけが子守唄《こもりうた》になって、そうして死んでしまっていたら、もっとましだったかもしれないわ」

それだけ言ってしまうと、ヴァイキングのおかみさんは、苦い涙をながし、悲しそうに、また、いまいましげな顔で、部屋をしきっている毛皮の垂れ幕をかきわけて出ていった。

ヒキガエルは独り残されて、部屋の隅で縮こまっているばかりだった。鳴き声ひとつあげなかったが、しばらくすると、カエルは、息をころしたような深いため息をひとつついた。苦しみの中で、心の奥深くで、なにかひとつの生命が芽生えたとでもいうふうだった。ヒキガエルは一歩ふみだして耳を澄ませた。また一足進んで、こんどは戸口にさしてある重いカンヌキを、不器用な手でつかんでいた。留め釘《くぎ》を静かにぬくと、そっと鍵《かぎ》をはずし、カンヌキを横にすべらした。そうしてから、部屋の奥で灯《とも》っていたランプをとってきた。なにか強い意志につき動かされているかのようだった。

さらに鍵のかかった落とし戸から釘をぬきとり、地下室に囚《とら》われている人のところへしのんでいった。囚われ人は眠っていたが、ヒキガエルの冷たい手でさわられて、ギクリとして目をあけた。みにくい姿を見て、悪霊《あくりょう》にみいられたようにふるえあがった。ヒキガエルはかまわず、その人の手を縛っている縄をナイフでたちきってやった。そうしてから、自分についてくるようにと、目で合図をしてみせた。

囚われていた修道士は、聖者の名をとなえ、十字を切っている。効き目がないとわかると、今度は聖書の言葉をとなえた。「貧しきものたちをかえりみるものは幸いである。主はそのような人を、その苦難の日にお救いくださる！　きみは、いったい誰なんだ。どうして、そのような気味の悪い生き物のなりをしているのかい？　こんなに憐《あわ》れみ深い行いをしようとしているのに？」

ヒキガエルはあいかわらず目で合図をよこすだけだった。修道士を人目につかぬ垂れ幕のなかに呼び入れると、今度は人気のない廊下をみちびいて、馬小屋へ案内すると、馬を指さした。修道士が馬の背にとび乗ると、カエルのほうも馬にとび乗ってきて、たてがみをしっかとつかんだ。修道士は、それがどういう意味かわかった。カエルが馬を御して逃げるということだ。よそ者の修道士では、とうてい見つけられぬかくれた道を、ふたりは馬を急がせ、広い荒れ野へ走り出ていった。

まもなく修道士は自分を助けてくれた者のみにくい姿が気にならなくなった。主の恵みと憐れみとが、この不思議な生き物をとおしてはたらいているのがわかったからだ。馬の背で、修道士は敬虔《けいけん》な祈りをささげ、賛美歌を歌いはじめた。そうするうち、ヒキガエルは身をふるわせはじめた。祈りか賛美歌の力がはたらいたのか、近づく朝の冷気のためかは知れなかった。ヒキガエルは耐えきれぬようにふいに立ち上がり、馬をとめ、とびおりようとした。だが、キリスト教の修道士は、全力でそれをひきとめ、賛美歌を力いっぱい歌いつづけた。そうすることで、ヒキガエルにかけられている呪いが解けるとでもいうように。馬は走りに走っていた。空が赤くそまりはじめ、最初の朝の光が雲をつらぬいた。明るい光を浴びたとたん、はや変化がはじまった。ヒキガエルは魔性とも邪悪ともいうべき心をもった若く美しい乙女になっていた。修道士は、自分がしっかと抱いているのが世にも美しい乙女だとわかって、驚いて馬からとびおりると、手綱をひいて馬をとめた。今度こそは、破滅にみちびくような、おそろしい魔法にかけられるのではないかとおそれたのだ。

若いヒルガも、すかさずヒラリと馬からとびおりてきた。カエルが身につけていた子どもの服は彼女の膝までも届かず、まるで縮んだようにも見えた。ヒルガはベルトからナイフをひきぬくと、あっけにとられている修道士に突きかかってきた。「つかまえてやるよ！」と、娘はさけんでいる。「さあ、つかまえてやるからね！　そしたら、ナイフでひと突きだよ！　干草みたいに青っ白い顔をしてさ！　ひげなし奴隷《どれい》め！」

ジリジリとヒルガは修道士にせまってきた。ついに、二人は激しく格闘しはじめた。しかし、見えない力がこのキリスト教の修道士に加勢しているようだった。修道士のほうが、反対に娘のほうをとりおさえてしまったのだ。そばに立っていた古いカシの木が味方してくれた。土の中から半分ほど顔をだしていた根っこに、ヒルガは足をとられてころんでしまったのだ。そのすぐそばに、湧水《わきみず》があったのを幸い、修道士はその清い水をすくって、娘の顔と胸にふりかけ、「けがれた魂よ立ち去れ！」と、悪魔《あくま》祓《ばら》いを行い、キリスト教の作法にしたがって娘を清めてやった。けれども信仰の泉が内側から湧《わ》いてこなければ、洗礼の水もただの水にすぎなかった。

それでも、ここにいたっても、修道士は強い人だった。おのれの力以上のものが、いま戦っている邪悪な力にむけてはたらいているのを感じていた。ついに、修道士は娘をとりおさえ、娘は力なく腕をたれておとなしくなった。目をかっと見開いたまま、青ざめたほおをして、まるで力の強い魔導師にみいられているかのようにじっと立ちつくしていた。修道士は、謎《なぞ》めいたルーン語をとなえながら、宙にその文字を描いてみせた。しかし、たとえギラギラ光る斧や、鋭いナイフを目の前でふりまわされても、彼女は眉《まゆ》ひとつ動かさないはずだった。しかし、修道士が、ヒルガのひたいと胸のまえで十字を切ってやると、ヒルガは目をしばたたいて、飼いならされた小鳥のように、おとなしくこうべをたれて、その場にへたりこんでしまった。

そこで修道士は、娘に彼女が昨晩自分のためにしてくれた善行を話してきかせた。醜いヒキガエルのなりで現れ、彼の縄目をときはなち、光と命の世界のほうへ導いてくれたことを。しかし、私よりもなおきつくてつらい縄でしばられているはずのあなたのほうも、光と命の世界へと導いてあげたいのだ。へズビューにいらっしゃる聖アンスガル様のもとに連れて行こう。あのキリスト教の町でなら、あなたの呪いもとけるはずだと。ヒルガはうなずいて、すすんで馬の前のほうに乗ろうとした。けれども、修道士はかぶりをふってこういった。

「わたしの前ではなく後ろに乗らなくてはいけません！　あなたの美しさの魔法には、悪魔の力が宿っているようです。わたしには、それがまだおそろしくてなりません——しかし、わたしは必ずキリストのなかに勝利を見出《みいだ》すでしょう！」

修道士はひざまずいて、敬虔な祈りをささげた。すると、物言わぬ森が清められ、たちまち神の家になったように感じられた。小鳥たちが、新たな信者の列に加わったように一斉に歌いはじめ、野に生えるハッカ草が、まるで竜涎香《りゅうぜん》やかぐわしいお香のかわりをせんとばかりに匂《にお》いたった。修道士は聖書の言葉を高らかに唱えた。

「闇《やみ》にとじこめられていた人びとが、偉大な光をあおぎ見た。死の家と影にいた者たちに光がおとずれた！」

　修道士は、およそ命のあるものたちすべてが願ってかなえられることについて語って聞かせた。彼が教え諭しているあいだ、これまで二人を乗せてがむしゃらに駆けとおして来た馬さえも、じっとその場にたたずみ、その場に茂っていたキイチゴの枝を静かにひっぱったので、熟したみずみずしいイチゴが、若いヒルガの両の手に落ちかかり、おのずとさわやかな飲み物となった。

　ヒルガは馬の背におとなしくまたがった。眠っているけれども、そこにじっと動かない夢遊病者の風情だった。キリスト教の修道士は、木の枝を二本皮ひもでむすんで十字架をつくり、それを高くかかげた。そうして、二人はますます深くなっていく森に馬を走らせていった。道はどんどん細くなり、やがて道なき道となった。リンボクの藪《やぶ》が道をふさいでいるような場所では、遠まわりをしなくてはならぬほどだった。こんこんと湧き出している泉は川をつくらず、じっと動かない沼になっていたので、さすがにそこはさけて通らねばならなかった。それでも、清浄な森の空気は元気をよびもどす力があった。信仰とキリストの愛について語るおだやかな言葉と、呪《のろ》われた人を光と命のもとにみちびこうとするせつなる願いも、それにまさるともおとらぬ力があった。

点滴石をもうがつという。たえまなく落ちる水のしずくでも、しまいには固い岩にも穴をあけてしまうものだ。打ち寄せる海の波は、時をかけてとがった岩をなめらかにけずってしまう。若いヒルガのための恵みのしずくは、強情な心に穴をあけ、トゲトゲした角をまるくけずっていった。それは目には見えなかったし、ヒルガ自身にも自覚はなかったろう。地中に眠っている種子《たね》にある芽は、命をめざめさせる水と温かな日の光にふれさえすれば、おのが身に花を咲かせる力が宿っているなんて知らぬものだから。

母親の歌が、自然に幼子の心のうちにしみこんで、その言葉のきれはしを子どもがたどたどしくまねしているうちに、その意味などわからぬながらも、後になってから頭のなかでまとまってきて、しだいにはっきりしてくるのに似て、ヒルガにも造り主の生みだす力をもつ言葉がはたらきはじめていた。

深い森をぬけ、荒野を横ぎり、道さえ知れぬ森をいくつも通りぬけたときだった。日暮れに、二人は盗賊どもにでくわしてしまった。

「おい、そのきれいな娘っ子をどこからさらってきたんだ！」

盗賊どもは、わめきたてながら、二人の乗る馬をひきとめ、乗っていた二人をひきずりおろした。数ではかなう相手ではない。そのうえ、修道士にはヒルガからとりあげたナイフのほかには武器はないときていた。そのナイフをふるうほかはない。盗賊の一人が斧《おの》をふりあげてうちかかってきた。修道士はあやうくわきにそれをさけた。もうすこしで一撃を食らうところだった。斧はそのかわり、二人が乗ってきた馬の首にグサッと食いこんだ。馬は血しぶきをあげて、ドウッと倒れこんだ。そのとき、ずっと我を忘れたようにつったっていたヒルガが、はっと我に返って、いま目ざめたように、まだ苦しみもがいていて喉《のど》をゴロゴロさせている馬にとりすがった。修道士はヒルガを守ろうとして、その前にたちふさがった。その瞬間、盗賊のふるう重い鉄のハンマーが彼のひたいにうちおろされた。修道士はひたいを砕かれ、血と脳みそがそこらじゅうに飛び散って、地面にくずれ落ち、そのまま息絶えた。

盗賊どもが、ヒルガの白い腕をむんずとつかんだときだった。ちょうど日が沈んで、最後の光が消えていった。すると、ヒルガはたちまちにしてみにくいヒキガエルに変身しはじめた。顔の半分が青白い口となり、腕は細くやせて、ヌラヌラとしめり、水かきのついた手が扇のように広がっていく。

盗賊どもは肝をつぶして、ヒルガの腕をはなした。美しかった娘は、みにくい化物となり、盗賊たちのまえから、カエルさながらに高く、人の背丈より高くとびあがり、藪の中に姿を消した。盗賊たちは、呆気《あっけ》にとられ、こいつは魔神ロキの悪だくみか、底知れぬ魔法にちがいないと、おそれをなして蜘蛛《くも》の子を散らすようにバラバラと逃げていった。

満月がのぼった。月は光の輪をひろげていた。若いヒルガは、あわれなカエルの姿で藪からようやくはいだした。修道士のなきがらと、死んだ馬のまえに立ちつくし、かなしみにあふれた目でじっとそれをみつめていた。ふいに、子どもが泣き出すように、わっとうめくような声を発した。修道士と馬のなきがらに、かわるがわるとりすがると、そのくぼんだ水かきの手で水をすくって来て、ふたつのなきがらにふりかけた。どちらも息絶えていたのだし、もうどうしようもなかったのに！

それでもそうするしかなかったのだ。やがて、森の獣たちが集まってきて、ふたつの死骸《しがい》を食べてしまうだろう。いや、そんなことゆるせるわけがない！　ヒルガは、できるかぎり深く土を掘ろうとした。墓をつくってやろうと思ったのだが、土を掘るとしても固い木の枝と両の手しかないのだ。指のあいだの水かきはやぶれて血がにじんできた。しばらくそんなことをしていたが、やがて十分な穴を掘るのをあきらめなくてはならなかった。そこで、もういちど水をすくってきて、死者の顔を清めてやり、彼らにやわらかな緑の葉をかぶせ、その上に大きな木の枝を積みかさねてやることにした。すきまに木の葉を散らすと、その上に持てるかぎりの大きな石を運んできては積みかさね、石のあいだにはコケをつめてやった。そうすることで塚はかたまって、死体が荒らされないだろうとの思いだったのだ。

そんなことをしているうちに夜はたちまちすぎゆき、太陽がのぼってきた。——若いヒルガは、再び美しい姿をあますところなくとりもどし、じっとその場に立っていた。両手からは血がしたたり、赤くほてった頬に生まれてはじめて熱い涙がつたっていた。

このような成り行きのあいだ、ヒルガの中に宿っている二つの性質が戦っていたようだった。身をふるわせ、ヒルガは苦しい夢からさめたようにあたりを見まわした。目についた背の高いブナの木に走りよると、身をささえようと木の枝にしがみついた。それから木のてっぺんまで猫のようにスルスルとよじ登って高枝にすがりつき、何かにおびえているリスの風情で、深い森の静寂につつまれてみじろぎもしなかった。森はまるで死んでいるような静けさにつつまれていた。

それでも、蝶《ちょう》が二匹ばかり、たわむれたり、競ったりするように、ヒラヒラと舞っていた。近くにあるアリ塚からは、何百というアリたちが、いそがしそうに働いて出たり入ったりをくりかえしていた。空には数え切れぬほどのブヨの群れも舞っている。テントウムシやトンボ、そのほかにも羽を持った小さな生き物たちが、羽音をさせながら飛びすぎていった。土の中からモグラがひょっくり顔をだし、土を穴の外に運びだしてもいた。そのほかは、まことに静かで、すべてが死に絶えたように感じられた。そういうほかに言い表せなかったのだ。ヒルガがとりついている梢《こずえ》のそばを、うるさく鳴きかわしながら飛んでいくカケスたちのほかは、若いヒルガに気づくものとてない。

カケスたちは好奇心いっぱいで、こわがることもなく、枝の上をチョンチョンとはねて、ヒルガのほうへ近づいてきた。それでも、ヒルガがまばたきしただけで、カケスたちはサッと逃げてしまった。――カケスたちにはヒルガのことなんてわかるわけもなかったし、ヒルガ自身も自分のことがわからなくなっていた。

また、夕方となり、日が沈むと、再びあの変化がはじまり、ヒルガの中で何かが活発に動きだした。ブナの木からすべりおりると、太陽の最後の光が消えた。たちまちにして、破れた水かきを持ったカエルへと姿が縮んでいく。目だけは、美しい娘のときには見られない輝きを見せるようになっていた。カエルの仮面の背後から輝いていたのは、このうえなく優しくて、信心深い乙女のもつ瞳《ひとみ》だった。そのうえ思慮ぶかく、人間らしい情けに満ちていた。その美しい目に、洪水のように涙があふれでていた。しかし、それは、心を軽くする重い涙でもあったのだ。

真新しい墓の上には、木の枝を皮でむすんだ十字架がのっていた。いまは死んで、むなしくなった人の最後の仕事だった。それを手にしたとたん、ヒルガにひとつの思いがわきあがった。十字架を修道士とうち殺された馬の上に積み重ねた石のすきまに立ててやる。悲しみが新たになり、また涙があふれだす。そんな気持ちなのだった。おなじ十字のしるしを、墓のまわりにいくつも描いてやった。ちょうど、美しい囲いのようだった。——両手でいくつもいくつも十字を描いているうちに、ヒルガの両手の水かきは、手袋のようにスルリとはがれ落ちた。湧き水で洗ってみて、はっとした。美しい白い手だった。ヒルガは思わず自分と死者のあいだに十字をきった。すると、今度は唇がふるえ、舌がなめらかに動きだし、馬で森をぬけていったときに聞いた歌や説教に出てきた聖者の名前が自分の口からすらすらと出てくるのがわかった。「イエス・キリストさま！」と、ヒルガはわれ知らず呼びかけていた。

すると、たちまちにして、カエルの皮がはがれ落ち、若く美しい娘になっていた。

しかし、その瞬間、身を支えきれない疲れをおぼえ、からだが休息をもとめていた。――ヒルガは眠りに落ちていった。

だが、その眠りは短く、真夜中ちかくには目がさめた。目を開くと、死んだはずの馬が生き返って元気よく目の前に立っているではないか。その目と傷ついた首からは光がほとばしっていた。そのとなりに、これも死んだはずのキリスト教の修道士も立っていた。「バルドゥルよりも美しい！」と、ヴァイキングのおかみさんなら言っただろう。修道士はさしずめ炎の中からよみがえって来たようでもあった。

まことに大きな慈愛に満ちたまなざしには、真摯《しんし》に正義をつらぬく強い意志がこもっていた。そのまなざしは射るように強く、試されている人の心の隅々までも照らしだすかのよう。ヒルガは身をふるわせた。これまでのすべてのことが、最後の審判の日のような力でよびもどされた。彼女が受けた情けや、語りかけられた愛に満ちた言葉が、どれも命を持ってよみがえってきたようでもあった。魂と泥から生を受けた者が、苦しみもがいた試練の日々に、自分を支えてくれたものは愛であったのだ。ヒルガはいまそれをさとった。自分はただその愛に励まされてここまで来たにすぎず、みずからはなにひとつしていなかったことにも気づかされた。すべては与えられたもの。いわば自分はみちびかれたにすぎなかったこと。心の隅々までもくまなく読みとることのできる人のまえで、ヒルガは身を縮め、恥じ入り、こうべをたれるほかなかった。そのとき、魂を浄化する清めの炎の雷《いかずち》にうたれたように、聖霊の炎をその身のうちに感じたのだった。

「泥の娘よ！」と、修道士は呼びかけた。「汝《なんじ》は泥の中より、土の中より来た者なのだ——いまこそ、ほんとうに土の中からよみがえるがいい！　汝の心にしみこんだ太陽の光は、肉のうちにも届き、その来るところへ帰るだろう。その光は太陽そのものから出たものではなく、神から来るものだったのだ！　魂は不滅だが、生命が永遠の王国へとんでいくには、長い時が必要だ。わたしは死者の国からもどった者だ。汝もいつかは深い死の谷を通って、恵みとまったきものが実現されている輝かしい山々を登ることだろう。わたしは、まだ汝をヘズビューへともなって、キリスト教の洗礼を受けさせるわけにはいかない。汝はまず深い沼の底をおおっている水の盾をくだき、汝の命とゆりかごであった生きた根をひきぬき、汝のなすべき業《わざ》を成就せねばならない。さもなくば、汝は清められないのだ」

そう宣言すると、修道士はヒルガを馬上にだきあげ、黄金に輝く香炉をわたした。かつてヴァイキングの館《やかた》でも目にしたような香炉から、甘い香りが強くたちのぼっていた。盗賊どもに殺されたときに割られた修道士のひたいの傷が、いまは輝く王冠のように光っていた。修道士は墓から十字架をぬきとり、高くかかげた。すると、またがった馬は空高くかけあがり、その昔、戦いで倒れた勇士たちが騎馬のまま葬《ほうむ》られた丘の上を越えて飛んでいった。勇士たちのたくましい姿が、墓から立ち上がってきて、馬にまたがり丘の上に集まっているのが見えた。頭につけた金の環《わ》が、月光を浴びて輝き、マントが風になびいていた。

宝のうえに横たわって番をしているドラゴンが、頭をあげて、飛んでいく二人を見送っていた。丘や耕地の畝《うね》のあいだからは、小人のドアーフたちが空を見上げ、手にした赤、青、緑の明かりの群れがいりみだれて揺れていた。燃えつきた紙の灰が、ところどころまだ光っているように見えたものだ。

森と荒野と小川と沼とを越えて、二人は荒れ沼をめざしていく。沼の上に着くと、大きく輪を描いて飛びまわった。キリスト教の修道士は、ふたたび十字架を高くかかげた。十字架は黄金のように輝いていた。その唇は賛美歌を響かせている。ヒルガも子どもが母親にあわせて歌うように、その声に和して歌っていた。香炉をふると、祭壇のかおりがたちのぼった。その香には強い奇蹟の力が秘められていたので、沼に生えるアシの花が一斉に開いた。ありとある水草の芽が、深い沼の底から伸びあがってくる。命あるものはみな成長をはじめ、スイレンの花がまるで絨毯《じゅうたん》の花模様のごとく水の面にひろがった。そのスイレンの花のうえに、輝くばかりの美しい女の人が眠っていた。ヒルガは水の鏡に自分が映っているような気持ちになった。しかし、彼女が見たのは自分の母親だった。どろ沼の王の妻で、もとはナイル川の流れる王国の姫さまだった。

死んだキリスト教の修道士は、眠っている女の人を馬上にだきあげようとした。しかし、馬はその重みでいまにもくずれ落ちそうだった。風にはためく死装束さながらに力なく揺れ動いた。だが、このときも十字架が、まぼろしの馬に再び力をあたえた。三人はようやく地面におりたつことができた。

その刹那《せつな》、ヴァイキングの館で一番鶏《いちばんどり》が鳴いた。すると、まぼろしの姿はあっというまに霧の中にきえ、その霧も風に吹きとばされていった。しかし、母と子だけは、むかいあったままその場所にたっていた。

「わたしが深い水の中に見ているのは自分なのかしら?」と、母親はいった。

「わたしのほうこそ、光る盾に映っている自分の姿を見ているのかしら?」と、娘はさけんでいた。

そして、二人は歩み寄り、抱きあった。相手を腕でだきよせ、胸をあわせてしっかりと抱擁しあった。母親の心臓が強く高鳴っていた。そのわけはわかっている。

「わたしの娘よ！　わたし自身の心の花！　深い水の中から咲きいでたスイレンの花！」

　母親はわが子を抱いて泣いた。母親の涙のしずくは、ヒルガにとっては新しい命をふきこむ洗礼とおなじだった。

「ハクチョウの毛皮を着て、この沼まで飛んできて、ここでそれを脱いだのよ！」と、母親は言った。「そして、どろ沼の中を、深く沈んでいったわ。泥が壁のようにわたしをとりかこんだわ。でも、すぐにきれいな流れを感じたわ。見えない力にひっぱられ、そのまま深く沈んでいき、まぶたが重くなってそのまま眠ってしまったの。そして夢を見たのよ――エジプトのピラミッドの中にいるのかしらと思ったけれど、揺れる沼の上でわたしを驚かせたハンノキの幹が目の前に立っていたの。木の皮のさけ目をみつめると、さけ目がいろいろな色に光りだして、象形文字のように見えたわ。見ていたのはミイラを覆《おお》う棺《ひつぎ》だったらしくて、中から千年も年を経た王さまが出てきたわ。ミイラのなりをしてね。真っ黒で、森に棲《す》むカタツムリか、肥沃《ひよく》な土地の黒い泥みたいに黒光りしていたものだから、それがどろ沼の王さまかピラミッドのミイラかわからないほどだったわ。そいつが、腕をのばしてきて、わたしを抱きしめたので、死ぬかと思ったわ。それから、わたしの胸があたたかくなり、胸の上で小鳥が羽ばたきながらさえずり歌っているのに気がついて、やっと命がもどってきたのを感じたのよ。その小鳥はとびあがって、暗く重い天井までも昇っていったけれど、長い緑色のリボンでわたしとつながられていたの。小鳥が外に出たがって、あこがれ、囀《さえず》っているのを聞いて、わたしにはその気持ちがわかったわ。自由よ！　日の光よ！　お父様のいらっしゃるところへ行きたい！　と、歌っていたのですもの。――わたしは、故郷の太陽の国にいらっしゃるお父様のことや、自分の命や、愛というものを思い出したのよ！　わたしはリボンをほどいてやって、小鳥をはなしてあげたわ――お父様のもとに帰れるようにと。それからさきは、もう夢も見ないで、ただ眠っていたのよ。長い重い眠りだったわ。それがいま、賛美歌と甘い香りが、わたしをひきあげて、救ってくれたというわけよ！」

母親の胸から小鳥にむすばれていた緑色のリボンというのは、実は緑の茎のことで、その結び目は輝く花だったのだ。赤んぼうだったヒルガのゆりかごになっていたあの花だった。いまやその赤んぼうは、美しく成長して、母親の胸でふたたびやすらいでいた。

二人がしっかり抱きあっているあいだ、コウノトリの父親はその上の空で輪を描いて飛んでいたのだが、やがていそいで自分の巣にもどっていき、長い間かくしておいたハクチョウの毛皮をとってきて、母と娘のあいだに一枚ずつ投げ落とした。二人がが毛皮をつつむと、たちまち二羽のハクチョウとなって空に舞い上がってきた。二人

「すこしばかりお話しせねばなりませんな」と、コウノトリの父親は二羽に声をかけた。「おたがいの言葉がわかるようになりましたよね。クチバシの形はちがっても、おなじ鳥の仲間になったのですから。――今夜、ここに来てくださったのは幸運でした。明日になれば、わたしたちは、つまりわたしの女房と子どもたちのことですが、旅立っていくことになっていましたからね。南の国に飛んでいくのです。さあ、わたしのことをよくごらんくださいな！　わたしたちは、ナイルの王国の古い友人です。女房もそうですよ。もっとも、女房のほうは口にはださず、心にしまっておくたちですが。女房のやつは、姫さまはきっと切りぬけられるだろうってずっと信じていましたよ。

その毛皮も、わたしとわたしの子どもたちがこちらに運んでまいったのです。いや、なんとめでたいことです！　わたしたちが、まだここにいたのはなんて幸運だったのでしょう！　夜が明けたら、すぐに出発してしまうのでしたから。コウノトリの大きな群れとして！

わたしたちが先にたって飛んでいきますから、ついてらっしゃればいい。そうすれ

ば、道をまちがえることはありませんよ。わたしも子どもたちも、お二人から目をはなさぬようにいたします！」

「わたしが父親のもとに運ばねばならないスイレンの花というのは」と、エジプトの姫さまは言った。「いまやハクチョウの毛皮をまとってわたしのとなりを飛んでおります！　わたしの心の花をともなってまいるのです！　これでわたしの役目が果たせます！　故郷へ、故郷へ帰るのです！」

ヒルガは、それでも出発のまえに自分の育ての母親であるヴァイキングのおかみさんにひと目会わぬうちは、デンマークの地をはなれるわけにはいかないというのだった。彼女の心のうちには、美しい思い出の数々が、やさしいおかみさんの言葉の数々が、そしてその涙の一粒一粒が花開いているのだから。いまこそ、育ての母親への強い愛が感じられたのだ。

「ごもっともです。ヴァイキングの館にまいらねばなりますまい！」コウノトリの父親もうなずいた。「わたしの女房や子どもたちもそこで待っていますからね。みんなきっとびっくりして、クチバシをカタカタ鳴らすはずです。そうですとも、たしかに女房は無口なほうですが、きりもりは上手でしてね。つまり、根はいいやつなんでね！　わたしたちがもどってきたのを知らせるために、わたしがまずクチバシを鳴らしてやりますよ！」

　コウノトリの父親は、そのとおりクチバシを鳴らしてみせると、二羽のハクチョウを連れてヴァイキングの館にむかった。

　ヴァイキングの館は寝静まっていた。おかみさんは、なかなか眠れず、ようやく床についたばかりだった。囚われていた修道士とともに、ヒルガのゆくえも知れなくなっていた。もう三日三晩もただただ気をもんでいるばかりだったのだ。ヒルガがあの修道士を逃がしてやったにちがいなかった。馬小屋からヒルガの馬も消えていたのだ。

　どんな力がはたらいて、ヒルガにそんなまねをさせたのだろう？　ヴァイキングのおかみさんは、救い主イエス・キリストみずからによって、また、彼を信じてしたがっていた使徒たちによってなされた奇蹟のことを思い出していた。あれこれ考えたことが、夢の中で生きた姿で現れてきた。眠ってなどおらず、目覚めて考え事をしているような気もするのだった。外はまったくの闇だった。

　嵐《あらし》がおとずれた。西からも東からも荒海がとどろいていた。北海とカテガット海峡の両方から響いてくる。海の底で大地をとりまいている大蛇であるヨルムンガンドが、のたうちまわっているようだった。神々の夜がせまっている。異教徒たちがラグナロクと呼んでいる最後の審判のときだ。万物が、神々さえもついに滅びねばならぬときだ。戦の角笛が吹き鳴らされ、神々は最後の決戦に勝利をえんとして、鋼鉄のよろいをまとい、虹をまたいで馬を走らせていく。先導するのは、翼をもった女戦士ワルキューレたちだ。しんがりは、死せる勇士たちの群れ。オーロラが空いっぱいひろがって輝いている。しかし、最後の勝利をおさめたのは闇だった。おそろしい瞬間だった。

おびえているヴァイキングのおかみさんのそばに、みにくいカエルの姿をした小さなヒルガがうずくまっていた。ヒルガもふるえていて、育ての母親にしがみついてきた。姿かたちはみにくかったが、母親はヒルガを膝のうえにのせ、愛情深く抱いてやった。

空では剣とこん棒とが打ちあいせめぎあう音や、風をきってとんでいく矢の音がこだましている。嵐の晩に、あられが吹き飛んでいくのにも似ていた。そして、ついに最後のときがおとずれた。天と大地がふたつに裂け、天から星が墜《お》ちてくるときがきた。すべてが炎の巨人スルトの劫火《ごうか》に焼きつくされるだろう。そしてまた、そのあとで新たな天と地が生まれるのだ。そのさだめを、ヴァイキングのおかみさんは知っていた。いまは不毛な砂地のうえに、波だけがうちよせている土地に、やがては麦の穂が波うつようになるはずだ。なんとも名づけられない神が、この世を支配することになる。その神のおわすところへ、愛にあふれた神であったバルドゥルが、死者の国から救済されてのぼっていくだろう。——そうだ、バルドゥルの神がおとずれたのだ。ヴァイキングのおかみさんは、その顔におぼえがあった。あのキリスト教の修道士ではないか。

「かしこきキリストさま！」と、おかみさんは大声でさけんでいた。その名前をとなえながら、みにくいカエルの子に口づけしてやった。すると、カエルの皮がはがれ落ち、小さなヒキガエルであった者が、美しい姿に変わってそこに立っていた。いつもとはちがい、目にはやさしさが輝いていた。ヒルガも育ての母親にキスをして、苦しみに明け暮れた試練の日々に受けた彼女の心遣いに感謝し、祝福をとなえた。彼女が自分の中にかきたて、よびさましてくれた人間らしい気持ちのことを感謝し、いく度となく「キリストさま！」と、よびかけ祈ってくれたことへのお礼を言うのだった。と、見るまに、ヒルガは大きなハクチョウの姿になっていた。翼を大きくひろげ、羽ばたいた。ちょうど渡り鳥がとびたつように。

ヴァイキングのおかみさんは、そこで外の音に気がついて目覚めた。戸外からも強い羽ばたきの音がしていた。コウノトリだ。いよいよ渡りの時がきたのだ！　おかみさんは、出立するコウノトリたちをひと目見て、別れを告げたいと思った。すぐさま立ち上がって、バルコニーへ出てみた。すると、となりの建物の屋根にコウノトリがならんでとまっているのが見えた。中庭の高い木の上では、べつのコウノトリの群れが大きく輪を描いてまわっていた。けれども、それよりもなによりも、すぐ目の前の、かつてヒルガがよく腰かけて、お転婆《てんば》をしてはおかみさんをおどろかせた井戸のふちに、二羽のハクチョウがとまり、かしこそうなまなざしで、こちらをみつめているではないか。おかみさんは、さきほど見た夢のことを思いだした。まざまざとその夢がうかんできた。ハクチョウの姿になったヒルガと美しい修道士のことも。そして、ふいに心がはればれとして、楽しくなった。

ハクチョウたちは羽をバタつかせ、まるでおかみさんにあいさつするみたいに頭をたれてみせた。その気持ちがわかるように思い、ヴァイキングのおかみさんは涙をながし、ハクチョウにむかって手をさしのべた。さまざまなことを思いめぐらし、いつしかほほえんでいた。

そのときだった。コウノトリがいっせいに羽音をたて、クチバシを鳴らし、空に舞い上がると、南をめざして旅立っていった。

「ハクチョウたちをまってはいられないわ!」と、コウノトリの母親は、待ちかねていたのだ。「いっしょに行きたいのなら、いま来なくちゃね! チドリたちが出発するまで、ここで待ってはいられませんもの。アトリやシギたちとはちがって、家族みんなで連なって旅をするのは、なんといってもすばらしいことなんだから。あの鳥たちは、オスとメスとで別々に渡りをするんでしょ。正直いって、ちょっと見苦しいわね！　だけど、あの二羽のハクチョウたち、なんであんなふうに羽をふっているのかしらねえ？」

「みなそれぞれ、自分たちの流儀で飛ぶにこしたことはないさ！」コウノトリの父親はおだやかにそういった。「ハクチョウはななめに飛ぶし、ツルたちは三角形をつくって飛ぶ。チドリなんかはヘビみたいにまがりくねってヒョロヒョロとぶんだ！」

「あら、飛んでいるときにヘビのことなんか口にしちゃこまりますよ！」と、コウノトリの母親がいった。「子どもたちが食べたいなんて言いだすかもしれないもの。そんなこと言われたって、無理ですからね！」

「下の方に見えるのが、話してくれた高い山なのかしら？」ハクチョウの姿になったヒルガが母親にたずねた。

「あれはね、わたしたちの下に浮かんでいる雷雲よ！」と、母親が教えた。

「それじゃあ、あんなに高いところまでのびあがってる白い雲は？」

「あれこそが、万年雪をいただいた高い山よ！」

二人はアルプスを越えて、青い地中海にむかっていた。

「いよいよアフリカよ！　エジプトの海岸だわ！」

はるか高みから、うすい黄色い帯が、波のようにうねっている土地が、いよいよ自分の故郷だとわかって、ナイルの娘はよろこびの声をあげた。

ほかの鳥たちも、それを目にすると、いっそうはやく羽ばたきはじめた。

「ナイル川の泥や、ぬらぬらしたカエルのにおいがもうすぐしてくるわよ！」と、コウノトリの母親は子どもたちをはげましていた。「もうお腹《なか》がムズムズしてきたわ。そうよ、おまえたちも、もうすぐおいしいものが食べられるからね！　ハゲコウなんてお仲間の鳥も見られますよ。それから、トキとかツルなんかもね。どれもわたしたちの親類なんだけど、わたしたちほどかっこうはよくないわね。それにトキなんかは、ちょっとおたかくとまっているわ。エジプト人たちにちやほやされているもんだからよ。トキはねえ、ミイラにされて、からだのなかに良いにおいのする薬草なんかをつめこまれるのよ。わたしに言わせりゃ、いっそのこと生きたカエルでもつめてもらったほうがありがたいわね。おまえたちもそう思うでしょ！　きっとそう思うようになるわ！　死んで飾りになるよりも、生きているあいだにお腹いっぱい食べるほうがいいに決まってるものね！　それがわたしの意見だわ。いつだって、それがまともな考えだもの！」

「とうとうコウノトリがもどってきた！」

ナイルのほとりの豪壮な館の人びとは、空をふりあおいでいた。館の広間には、ヒヨウの毛皮を敷いたやわらかな寝椅子《ねいす》に、年老いた王さまが力なく横たわっていた。生きているのか死んでいるのか、わからないくらい弱っていて、北の国からスイレンの花が届くのをまちわびているようすだった。親族や家臣たちが、そのまわりを心配そうにとりかこんでいた。

するとふいに二羽のハクチョウが広間にとびこんできた。コウノトリたちとともにやってきたのだ。そのハクチョウは、まばゆいほど白い毛皮をぬぎすてた。そこに立っていたのは、たとえようもないほど美しい二人の女だった。ふたりは、二粒の露のしずくのように、ほんとうによく似ていた。ふたりはすぐさま、死がせまり青ざめた年よりの王さまのうえにかがみこみ、その長い髪をうしろにはらいのけた。そして、ヒルガが顔をよせると、老王のほおに赤みがさし、目にも光がもどってきた。こわばっていた手足にも、命のきざしがみるみるもどってきた。王さまは、精気をとりもどし、若返ったようになって身をおこした。王さまの娘と孫娘は、長くて苦しい夢からさめて、よろこばしい朝のあいさつをするかのように、老いた王さまを抱きかかえたのだった。

館じゅうの者たちが、それにコウノトリの巣の中にいるものたちまで、みながよろこびでいっぱいだった。コウノトリたちのほうは、カエルが山ほどいて、ごちそうにありつけるからだったのだが。

ひかえていた学者たちが、二人の姫さまとともに、王家にとっても、国にとっても、大きな出来事であり、幸運をもたらした救いの花について、なにはともあれ大急ぎで、これまでのいきさつを書きとめているあいだ、コウノトリの両親たちは、いかにもコウノトリらしく家族のものに話して聞かせていた。それも、彼らがお腹がいっぱいになってからのことだったけれど。そうじゃなかったら、親の話なんか聞いてもくれなかったろうし。

「これであなたも、たいしたコウノトリになったわけね！」と、コウノトリの母親は、つれあいにささやいた。「当然のことですよ！」

「わたしがどうなったって？」と、コウノトリの父親はクチバシをふってみせた。

「わたしがなにをしたというのかね？　たいしたことじゃないよ」

「いいえ、あなたはとてもすごいことをなさったのよ！　あなたと子どもたちがいなかったら、姫さまたちだって二度とエジプトを見ることはできなかったでしょうし、年をとった王さまをおたすけできなかったはずですからね。あなたは、たいした出世をするはずですよ！　たぶん博士の称号だってもらえるわ。うちの子どもたちは、これからは博士号をもって生まれてきて、そのまた子どもにも受けつぐわけだから、ずっと先までそうなるのよ。あなた、もう博士さまのように見えましてよ——わたしの目にはそう見えるもの！」

学者や賢者たちは、このたびの出来事の奥にひそむ深い思想を解き明かそうと一生懸命だった。こたえはあいかわらず「愛は命のみなもと！」ということだったけれど。様々な説明が付け加えられもした。「太陽があたたかく照らす光の国のエジプトの姫さまがいて、姫さまは一度どろ沼の王のもとに下り、二つの愛の花がそこから咲きいでた——」と、いうわけだ。

「あの人たちの言っていることを聞いたまま正しく話せといわれても無理だなあ」と、コウノトリの父親はため息をついたものだ。学者や賢者たちの議論を屋根の上で残らず聞いて、巣に帰って話してほしいといわれていたのだ。「学者先生の話は、そりゃあ細かく考えぬかれていて、知恵もたっぷり注ぎこまれているというわけだから、みんなすぐに位をあげられ、ごぼうびもたんといただいたよ。料理番でさえ、すごい勲章をもらったくらいさ。――そっちは、スープのできがよかったせいだろうがね！」

「それで、あなたはなにをいただいたわけ？」と、コウノトリの母親は身をのりだした。「一番の功労者を忘れるわけはないでしょう？　あなたのことよ！　学者のかたたちは、あれやこれやと無駄におしゃべりをつづけていただけなんですものね！　きっとあなたも、これからなにかいただけるはずよ！」

夜がふけて、あらたに幸福につつまれ家がやすらかな眠りにつつまれていたとき、まだ眠っていないものがいた。コウノトリの父親のことではない。彼は巣のなかで、片足でしゃんと立ったまま、見張りをしながらうたたねをしていたのだから。そう、起きていたのはヒルガだった。バルコニーから身をのりだして、夜空に大きな星がまたたいているのを眺めていた。同じ星ではあったが、北の国で見ていたときより、いっそう大きく美しく輝いていた。ヒルガは、荒れ沼のほとりのヴァイキングのおかみさんのことを、つまり育ての母親のやさしいまなざしを思い出していたのだった。あわれなカエルの子のために流してくれた涙のことを。その娘は、いまはナイルの岸辺で、かぐわしい春の風に吹かれ、たとえようもなく美しい星の光をうけて立っているのだ。

異教徒の女の胸のうちに芽生えた愛のことを、ヒルガは思い出していた。人間のなりをしているときは邪悪な心をもっていて、動物のなりのときには見るもけがらわしかったのに、そんなヒルガに、あの母親がしめしてくれた愛情のことをなつかしんでいたのだった。それから、輝く星をあおぎながら、森や沼地をこえてとんでいったときに、死せる修道士のひたいに輝いていた光のことも思い出していた。その記憶のうちに、ひとつの響きがよみがえってきた。彼女が馬の背で魔法にかかったようになっていたときに、胸のうちに響いてきたあの言葉だ。おおいなる愛のみなもとを語る言葉だ。すべての人間をつつみこむ至上の愛の言葉だった。

そう、この愛によって与えられないものが、そして、かなえられないものがあるはずがない！

ヒルガのこんな愛への思いは、昼も夜も、幸福な身のまわりをめぐりつづけていた。けれども、無邪気な子どもが、お土産をくれた人よりも、もらったお土産のほうに、そして、さらにほかのすばらしいお土産のほうへとびついていくように、いまの幸福に心をうばわれるようになっていた。これからやってくるにちがいないもっとすばらしい幸福のことを考えて、うっとりと心をうばわれてひたるようになった。そう、奇跡のような出来事に、ますますその喜びと幸福な気持ちは高められていったのだ。そんなふうだから、ある日、大事なことをすっかり忘れてしまい、その幸福をあたえてくれた人のことを、もう思い出さなくなってしまった。若い人にはありがちだけれど、そのような恩知らずみたいなことになっていた！

ヒルガの目はたしかに幸福に輝いていたけれども、館の中ではげしい物音がして、はっと我にかえったのだった。部屋の中で、なんと二羽の大きなダチョウがせわしなく走りまわっていたのだ。

初めて見る生き物だった。とてもぶかっこうで、ドタドタ走る大きな鳥だ。翼は切られてでもいるように短くて、この鳥がなにかの罰をうけてこんな仕打ちをされているようにみえた。これはいったいどういう鳥なのかしら、とヒルガはたずねた。それではじめて、エジプト人が語りついでいるダチョウの話を聞いたのだった。

ダチョウの一族は、大昔はからだも大きく立派で、強くて大きな翼を持っていたという。ある夜のこと、森にすむ大きな鳥の仲間が、ダチョウにこんなことを言った。

「兄弟よ！　神さまのおぼしめしがあれば、川まで飛んでいって、水を飲もうではないか！」

「それがいい！」と、ダチョウはすぐさま返事をした。夜が明けると、鳥たちはそろってとびたち、まずは神さまの目である太陽をめざして、どんどん空の高みにのぼっていった。もちろんダチョウはその先頭にたっていた。得意満面で、光をめざして昇っていった。自分の力をたのみとして、その力をお与えくださった者のことなどすっかり忘れていた。ダチョウは、「神さまのおぼしめしがあれば！」という言葉を一切口にださなかった。そのときだった。裁きの大天使が、ギラギラ燃えさかる太陽の熱からまもってくれるベールをとりさったのだ。ダチョウはたちまち翼を焼かれ、地に墜ちていった。それからというもの、ダチョウの一族は翼をうしない、空にあがれなくなってしまったのだった。おくびょうに逃げまわり、せまい場所をドタドタ走りまわることしかできなくなった。ダチョウの話は、思い上がっている人間たちへのひとつの教訓だった。なにを考え、なにをするにしても、「神さまのおぼしめしがあれば！」と、唱えるのを忘れるなということだ。

ヒルガははっと気がついて、頭をたれ、ダチョウのさまに目をこらした。むやみに走りまわっている。おどおどとおびえている。陽のあたる白壁にうつったおのれの大きな影をみつけて喜んでいる。そんな愚かなようすをつぶさに眺めていた。ヒルガの心に、まじめな思いがもどってきた。幸せと豊かさにみちた暮らしを与えられ、それに慣れっこになっていた自分に気がついたのだ。——これからさきのことが、こわくなった。「神さまのおぼしめしがあれば！」と、となえることが一番なのだ。

春のはじめ、渡りの季節が来て、コウノトリたちがまた北の国に旅立つ日に、ヒルガは金の腕輪に自分の名前をきざんだ。コウノトリの父親をよんで、それを首にかけ、ヴァイキングのおかみさんに届けてくれるようにと頼んだ。それを見たら、育ての娘が無事に生きていて、幸せにくらし、それでも育ての母親のことを忘れていないことがわかるはずだった。

「こいつを運ぶとなると、ずいぶん重いなあ！」と、コウノトリの父親は、こっそりつぶやいた。「だが、《金と名誉を道に捨てるな！》と、いうしな。コウノトリが幸福を運ぶということが、北の国の人たちにもこれでわかるはずだ！」

「あなたは金をいだき、わたしは卵をいだくわけね」と、コウノトリの母親はいった。「だけど、あなたは一度だけですが、わたしは毎年のことですからね！　それなのに、だれもわたしのことなんかほめてもくれないわね！」

「いやいや、よきことをなしたと自分でわかってさえいればいいのさ、母さん！」

「まあ！　そんな心がけを首からさげて歩くわけにはいかないわね！」コウノトリの母親はそっけなくそういった。「そんなことしても、いい風が吹いてくるわけじゃなし、エサがとれるわけでもありませんよ！」

それから、コウノトリたちはとびたっていった。

タマリンドの藪でさえずっていたナイチンゲールは、そろそろ北に旅立とうとしていた。北の国の荒れ沼のほとりで、ヒルガはよくナイチンゲールの鳴声を聞いたものだ。そうだ、ナイチンゲールにことづてを頼もう。ハクチョウの毛皮をまとって飛んでからというもの、ヒルガは鳥たちの言葉が話せるようになっていたのだ。それからは、コウノトリやツバメたちと何度も話をしていた。ナイチンゲールも話をきいてくれるだろう。ユトランド半島のブナの森の中に、石と木を積み重ねたお墓がある。そこへ飛んでいってくれないかと頼んでみた。小鳥たちに、お墓を見守ってもらい、歌をきかせてやってほしいと。

ナイチンゲールもとびさっていった。——時も過ぎさっていった！

ワシが一羽、ピラミッドの頂上にとまっていた。秋が来ていた。荷物をたくさん積んだ駱駝《らくだ》の群れが、華やかな隊列をくんで通っていくのをみおろしている。豪奢《ごうしゃ》な衣装をまとい、武器をたずさえた男たちが、荒い息をはきちらすアラブ馬にまたがり、精悍《せいかん》なその隊列のあとについていく。馬たちは銀色に輝き、赤い鼻づらをふるわせ、脚までもとどくばかりの波打つ長いたてがみをなびかせていた。

一見して裕福だとわかる客人たちは、アラビアの王子の一行であった。王子はいかにもそれにふさわしく、りっぱな邸宅のひとつに入っていった。その邸宅の屋根にかけてあったコウノトリの巣はからっぽだった。その巣の主たちは、いまは北の国にいるはずだったが、もうすぐもどってくるはずであった。——ちょうどその日に、この屋敷がよろこびでわいているときに、コウノトリがもどってきた。ちょうど盛大な婚礼のさなかだった。花嫁は、あのヒルガだった。いまは絹と宝石で飾りたてられている。花婿《はなむこ》はというと、若いアラビア国の王子だった。二人は祝宴の席の上座に、母親と祖父にはさまれてすわっていた。

花嫁は、しかし、日に焼けたたくましい花婿の、黒い縮れたひげを豊かにたくわえた横顔など見てはいなかった。瞳はもっぱら外にむけられていた。天から光をそそいでいる星をみつめているのだった。

ちょうどそのとき、強いはばたきの音が外から響いてきた。コウノトリたちが帰ってきたのだ。いまでは、ずいぶん年をとっていたコウノトリの夫婦は、長い旅でどれほど疲れていようとも、どれほど休みたいと思っても、帰るとすぐに、この邸宅のベランダの手すりにおりてくるのがならいとなっていた。コウノトリの夫婦は、エジプトの国境で、王女のヒルガがコウノトリの姿を壁に描かせたことを耳にした。二羽はヒルガのことをずっとみまもっていたのだった。

「それはよい思いつきだったなあ！」と、コウノトリの父親は満足げにうなずいた。

「それほどおおげさに言うほどでもありませんよ！」コウノトリの母親のほうは、あいかわらず、そっけなかった。「それくらいは、当然ですもの！」

コウノトリの帰還に気がついて、ヒルガは立ち上がって、ベランダに出てきて、コウノトリたちの背中をなでた。年よりのコウノトリ夫婦は、うやうやしく首をたれた。コウノトリの小さな子どもたちは、それを見て、とても誇らしく名誉に思ったようだった。

ヒルガはますます明るくなってくる星を見上げていた。星からヒルガにむかってなにかこちらに近づいてくる姿があった。空気のように透きとおって見えるのだが、確かに見える。だんだんとこちらに近づいてくる。それは、あのとき死んだキリスト教の修道士にちがいなかった。彼もまたヒルガの婚礼を祝しに、天国からやってきたようだった。

「天上の光栄と壮麗さは、地上のなにものよりもまさっている！」と、修道士は教えてくれた。

ヒルガは生まれてはじめて心の底から、ほんの一時でもよいから、天国をのぞかせてほしいと懇願した。

すると、修道士はヒルガを連れて、光かがやく荘厳な天上へ、調べと思想の流れの中にのぼっていった。ヒルガの外側だけでなく、心のうちまでも光り輝き、鳴り響きだした。もはやそれを表す言葉がない。

「さあ、もどりなさい。あなたがいなくなっているのが知れてしまう!」と、修道士は言った。

「もうすこし!」と、ヒルガは頼んだ。「ほんの一分だけでよいから!」

「地上にもどらないと、お客さまが帰ってしまうよ!」

「ひと目だけ! これが最後です!」

そして、ようやくヒルガはベランダに下りたった。——庭で燃えていたタイマツはすっかり消えていた。婚礼の明かりも消えていた。コウノトリの姿もなかった。客たちは一人も残っていなかった。すべてが、ものの三分とたたぬあいだに根こそぎ吹きはらわれてしまったかのようだった。

ヒルガは胸騒ぎがして、ガランとした広間をぬけて、次の間に入ってみた。そこでは、見たこともない兵士が居眠りをしているだけだった。せんかたなく、自分の部屋への扉をあけてみた。部屋があるはずのところが、外の庭になっていた。――なにもかも、すっかり変っていたのだ。ようやく夜が白んで、明るくなってきた。

天上でのほんの三分のあいだに、地上ではまる一夜すぎていたとでもいうのだろうか！

そのとき、コウノトリの父親がいるのに気がついた。ヒルガがコウノトリの言葉で呼びかけると、コウノトリは首をひねって、耳をすませ、こちらに近よってきた。

「わたくしども鳥の言葉をお話しになるのですか？」と、コウノトリは驚いているようにみえた。「なにか御用でしょうか？　どうしてここへ？　とんとお見かけしないおかたのようですが」

「わたしです！　ヒルガよ！　わからないの？　三分ほどまえには、わたしたちベランダでお話ししてたじゃないの」

「なにかの思いちがいをなさってますね」と、そのコウノトリはかぶりをふった。

「夢でもごらんになったのでしょう」

「ちがいます、ちがいますとも！」と、ヒルガは叫んで、ヴァイキングの館のことや、荒れ沼のこと、ここまで飛んできた旅のことを思い出してもらおうと必死になった。

コウノトリは、目をしばたたいていた。

「それは、まったくのところ、ずっと昔の話ですね。うちのおばあさんの、そのまたおばあさんの頃の話だと聞いてます！　そうです、たしかにこのエジプトに、デンマークから来たというお姫さまがいらしたけれど、何百年もまえの婚礼の晩に姿を消して、とうとうもどってらっしゃらなかったそうです！　その話の一部始終は、この庭の記念碑にきざまれていますから、ご自分でお読みになるといいです。ハクチョウもコウノトリも刻まれています。一番上には、あなたご自身のお姿も、大理石の像として彫られておりますよ」

ほんとうに教えられたとおりだった。それを見て、ヒルガはすべてをさとり、ひざまずいた。

神々しい太陽がのぼってきた。遠い昔、太陽の光でカエルの皮がはがれ落ち、中から美しい姿があらわれたように、その光の洗礼を受けて、美しい乙女の姿が、空気よりも清らかな、一筋の光へと変っていった——そして、父なる神さまのもとに昇っていった。

肉体は粉々になり、塵《ちり》となり、彼女が立っていたところには、しおれたスイレンの花が一輪残っているだけだった。

「このお話の結末はとても斬新だね！」と、コウノトリの父親は言った。「こういうふうになるとは、まるで思いもしなかったよ！　だけど、なんてすばらしいんだろう！」

「子どもたちが聞いたら、なんというかしら？」

そう言ったのは、コウノトリの母親だった。

「そうだね。それが一番大事なところだね！」

コウノトリの父親は最後にそう言った。

パンをふんだ娘

はいている靴がよごれるのがいやで、パンをふんだ娘の話を聞いたことがあるだろうか。そのせいで、娘がどのようなひどい目にあわねばならなかったかも。――その話は書きとめられているし、ほんとにあったことなのだ。

その娘というのが、貧乏な家の子だったけれど、気ぐらいだけは高くて、生意気な性格だった。世間でよくいわれているように、その娘は性根がよくないというわけだった。

彼女がまだほんの小さな頃のことだ。ハエを捕らえては羽をぜんぶむしりとり、ハエがオロオロはいまわるのをよろこんでいたくらいだ。コガネムシとかセッチンコガネとかも捕まえてきてはピンで刺して動けなくし、虫たちの目の前に緑の葉っぱや紙きれを置いておく。あわれな虫たちは、なんとかピンからぬけたくて、葉っぱや紙きれにしがみついたり、つかんだものをグルグルまわしたり、ひっくりかえしたりしてもがいていた。

「見て！　コガネムシが本を読んでるわ！」と、小さなインゲルは手をたたいた。「ほら、ページをめくってるみたい！」なんていいながら。

大きくなればすこしはまともになるかと思っていたら、それどころか、ますます悪くなっていった。見かけは、きれいな娘さんだったけれど、それがかえってわざわいしたのかもしれない。そうでなかったら、もっときびしくしつけられたかもしれない。

「おまえには、もっときびしく叱《しか》ってやったほうがよかったかもしれないね」と、インゲルの母親はことあるごとにそういったものだ。「小さいときに、おまえったら、よく母さんのエプロンを平気でふみつけたりしていたけれど、おとなになったら、わたしの心だってふみつけにしそうで心配だわ」

そのとおりになってしまった。

娘は、大きくなると上流階級の家で奉公するために、家をはなれて田舎にいった。奉公先のお屋敷では、ほんとうの子どものように大事にされ、その家の子どもたちとおなじ服もあてがわれたほどだ。そのためか、きれいになったはいいのだが、高慢ちきな性格は日増しに強くなっていくばかりだった。

一年がすぎた頃、お屋敷の主人が娘に言った。

「インゲルちゃん、そろそろ御両親に一度顔を見せてあげてはどうかね」

娘は言われたとおり、里帰りしていったが、それは実家に帰って、自分のきれいなようすを見せびらかしたいという気持ちからだったのだ。どんなに娘らしく美しくなったか自慢したいだけだった。

自分の村のてまえまで来ると、村の若者や娘たちが池のほとりにすわっておしゃべりしているのが見えた。自分の母親が、ちょうど森で集めた薪《たきぎ》を一束前において、石の上に腰かけて休んでいるのも見えた。すると、インゲルはひょいと向きをかえて、もときた道をひきかえしてしまった。せっかくきれいな身なりをしてきたのに、自分の母さんが、あんな粗末なみなりで、薪ひろいをしているのを見られるのが恥ずかしかったのだ。

インゲルはそんな親不孝なことをしても、悔やむどころか、ただもうむかっ腹をたてていただけだった。

それから、また半年がたった。

「お里帰りをして、年取ったご両親に会っておいで、インゲルちゃん！」と、今度はお屋敷の奥様がすすめた。「大きな白パンがあるから、それをご両親へのお土産にね。おふたりは、あんたに会えたら、さぞかし喜ぶでしょうからね」

インゲルは、一番いい服を着て、新しい靴をはいていくことにした。スカートを高くたくしあげ、服も靴も汚れないように、用心しながら歩いてでかけた。まあ、それくらいは、娘さんのことだから無理はないし、だれもとがめることはなかったろう。
細い田舎道が沼地に入り、水たまりやぬかるみがある場所にさしかかったときだった。インゲルときたら、あろうことか、持っていた白パンをぬかるみに投げこんだかと思うと、それをふんで靴をぬらさずに渡ろうとした。片方の足をパンの上にのせ、もう片方の足をうかせたときだった。パンはインゲルをのせたまんま、ズブズブと深く沈みはじめた。そのまま娘もろともすっかりもぐってしまって、そこにはもうあとかたもなかった。あとには、ブクブクと不気味な泡をはいている黒い沼があるだけだった。

と、つまりは、こんなお話なのだ。

さて、この高慢ちきな恥知らず娘はどこへ消えたかって？　沼の底で酒を醸《かも》している沼の魔女のところへおりていったのだ。その魔女は、沼の妖精《ようせい》の父方のおばさんということだった。沼の妖精たちのことは、歌にうたわれていたり、絵にもかかれているから、よく知られているが、沼の魔女というものがどういうものかは、人びとが知っているのは、夏になって草原から湯気が立ち上るのは、彼女が沼の底でビールを作っているからだといわれていることくらいだった。

娘は、その魔女の酒造りの厨《くりや》に沈んでいったのだ。そこは、人が長い間しんぼうできるような場所じゃなかった。下水溜《げすいだ》めでさえ、沼の魔女の醸造所にくらべたら、よほど明るいぜいたくな場所に思えるだろう！　どの酒樽《さかだる》もくさいことときたら、気をうしないそうなくらいだった。しかもその酒樽がビッシリ積み重ねられていた。どこか無理にでもはいりこめそうなすき間でもあれば、そこにはベトベトしたヒキガエルがはりついていたり、ヌルヌルしたヘビがとぐろをまいていた。とても人がはいっていけるようなところじゃなかったのだ。そんなところに、インゲルは来てしまった。気味の悪い生き物たちは氷のようにヒンヤリとしていた。インゲルはからだじゅうガタガタふるえ、だんだんこわばっていくのを感じた。ふみつけていたパンはインゲルにしっかりくっついてはなれなかった。ちょうど琥珀《こはく》の玉が細い糸を引っぱるように、パンはインゲルを下へ下へと引っぱっていったのだ。

沼の魔女は家にいた。ちょうど、そこへ地獄のばあさんと悪魔とが醸造所をみまわりにきたところだった。ばあさんは、それは虫唾《むしず》がはしるような毒気のある年よりで、どんなときも手を遊ばせておくことをしない性質《たち》だった。なにかしら手仕事を持たずに外出するなんてことはなく、その日も手ぶらなんかじゃなかった。人間の靴の中敷にする革をつくろっていた。その中敷をこっそり靴に入れられようものなら、人間はもう休むことも、落ち着くこともできなくなってしまうのだ。

ばあさんは、そのほかにも「うそ」を縫い合わせたり、道ばたにころがっていた「ぞんざいな言葉」を集めてカギ針編みをしたりもした。できた織物を使って、人間を傷つけたり、怒らせたりするためだ。ばあさんは、ほんとうに縫ったり、刺繡《ししゅう》したり、カギ針編みをするのがうまかった！

ばあさんはインゲルをみつけると、メガネをかけて、もう一度とくと品定めした。「この娘はなかなかスジがいいね！」と、ひとりでうなずいている。「ここへ来た土産に、この娘をぜひにもいただきたいものだ！　わたしの玄孫《やしゃご》の館《やかた》の廊下の台座にのせておくのにちょうどいい！」

こうして、ばあさんはインゲルを沼の魔女からもらいうけ、わがものとした。あわれなインゲルはいよいよ地獄に連れて行かれることになった。地獄へはだれでもまっすぐに落ちていけるものではない。だが、素質さえあれば、遠まわりをしてもやがてたどりつけるものなのだ。

玄孫の館といわれた地獄の廊下は、気が遠くなるほどながくながくつづいていた。

前を見ても、振り返ってみても、目がくらむほど。そのながい廊下には、やせさらばえた亡者《もうじゃ》の群れが、天国への慈悲の門がひらかれるのを待って立っていた。それはもう、気の遠くなるほど長く待たねばならなかった！　その立っている足もとでは、まるまると肥え、モゾモゾとはいまわっては、亡者の足に千年の巣をかけている大蜘蛛《おおぐも》がいた。蜘蛛の巣は、ちょうど罪人の足かせよろしく、鋼《はがね》の鎖のように、しっかりと押さえつけているのだった。それればかりか、どの亡者の心のうちにも、永遠に苦しめる不安が巣くっているのだ。たとえば、欲ばりな男がそこにいたとする。男は地獄に落ちるまえに、おのれの金庫の鍵《かぎ》を置いてきてしまったことを悔やんでばかりいた。しかも、その鍵は金庫にさしたままであった。

この地獄の廊下に立っている亡者たちの受けている苦しみや悩みごとを数えあげたら、ほんとうにきりがなかったろう。インゲルは、まさしくこんなおそろしい場所に立像にされて立っていたわけだ。足でふみつけたパンで、しっかりと、まるでネジでとめられたかのようにつなぎとめられていた。

「それもこれも、足をよごしたくないって考えたせいなのだわ！」と、インゲルはため息をついた。「まあ、なんてこと！　みんながあつかましく、わたしのことを見ているわ！」

そのとおり、亡者のだれもかれもが、インゲルのことを見ていたのだ。そのどの目にも、よこしまな欲望がギラギラしていた。声にこそださなかったが、その目がそれを語っていた。見返すだに、ぞっとするまなざしだった。

「きっとわたしのことを見て楽しんでいるんだわ！」と、あわれなインゲルは合点した。「顔だってきれいだし、服も上等なんだもの！」

首はこわばったまま動かなかったので、目だけをあちらこちらと動かしていた。だから、自分があの沼の魔女の醸造所で、すっかり汚くよごれてしまったことには気がつかなかった。服は泥を浴びたようだったし、髪にはヘビがからみつき、首もとでブラブラたれさがっていた。ドレスのひだというひだからは、ヒキガエルが顔をのぞかせ、息ぎれしたふとっちょのパグ犬みたいな声で鳴いていた。気味悪いことといったらなかったのだ。それなのに、インゲルときたら、「ここにいる人たちって、みんなゾッとする身なりばかりだわ！」と、勝手に思うのだった。

しかし、なによりもひどかったのは、おそろしく飢えていたことだった。かがみこんで、自分がふみつけているパンに手がのばせなかったのかって？　いやいや、背筋がカチカチにこわばっていて、すこしも動けはしないのだ。腕や手さえ硬くかたまっていた。すっかり石の柱のようになっていたのだ。目だけが動かせたので、すこしは後ろのほうを見ることくらいはできたが、そこはそこで、吐き気をもよおすような眺めだった。そのうえ、ハエどもが集まってきて、インゲルの目の上をあちこちはいまわり、いくら目をしばたたいても逃げもしなかった。というのも、ハエたちは羽をちぎられていて、はいまわることしかできなかったからだ。そんなままで、インゲルはたえがたかった。そのうえ、空腹にさいなまれていた。しまいには、はらわたが自分で自分のからだをむさぼりはじめたような気がしてきた。からだの中がすっからかんに食いつくされ、おそろしいほどからっぽになった気分だった。

「ずっとずっとこのままだったら、たえられないわ!」と、嘆いてもみた。しかし、たえるほかはなかったのだ。苦しみはえんえんと続いていた。

そんなときだった。ふいに、熱い、燃えるような涙がひとしずく、インゲルの頭の上に落ちてきて、顔から胸につたい落ち、ふみつけたパンの上にまでしたたった。それから、またひとしずく。つぎつぎにたくさんの涙が落ちかかった。あわれな娘、インゲルのために、地上でだれかが泣いていたのかもしれない。地上の母親だろうか?母親がわが子のために流す悲しみの涙は、かならずやその子に届くものだという。

けれども、だからといって、それで救われるものではなかった。熱く燃えるような涙は、インゲルの苦しみを大きくするばかりだった。そして、またたえがたい飢え。

しかし、どれほど飢えても、自分がふみつけているパンには手が届かない！　ついには、自分のからだのなかのものを食いつくしてしまったような感じがした。ちょうど中ががらっぽで、どんな物音でもすいこんでしまいそうなアシの茎みたいだった。

　そうなると、地上で自分のことを噂《うわさ》しているようすが、残らず聞こえてきた。耳にするのは、悪口や、情けないことばかりだった。母親は、心の底からなげき悲しんで泣いていたが、こうもいっていた。「なにもかもが、おまえの高慢のせいなのよ！　それが、おまえの不幸のもとだったのよ、インゲル！　おまえという娘は、どれほど母さんを悲しませたことか！」

　インゲルがパンをふみつけた罰で地下に沈んでしまったことを、母親も地上の人たちも、みなよく知っていたのだ。牛飼いの男が、山の斜面からそれを見て話したのだった。

「おまえがどれほど母さんを悲しませたかわかるかい、インゲル！」と、母親は嘆いていた。「ほんとうに、いつかこんなことになるんじゃないかと思っていたわ！」

「いっそのこと、生まれてこなきゃよかったわ！」と、それを聞いたインゲルは考えた。「そのほうがましだったかもしれない。母さんがあんな泣き言をいっても、なんにもならないもの！」

　すると、今度は、両親のように大事にしてくれた奉公先の夫婦が話しているのが聞こえてきた。

「あの娘は、罪深い子だったのだよ！　主のお恵みくださった食べ物をおろそかにして、足でふんだのだからね。お慈悲の門が開くのはむずかしかろうな」

と、主人はいっていた。

「ご主人は、もっときびしく叱ってくれたらよかったのに」

　インゲルは、そんなふうに思ったものだ。

　さらに、インゲルは自分のことをうたっている歌を耳にした。『靴が大事でパンをふみつけた高慢ちきな娘』という歌が、国中で歌われていた。

「どうして何度も何度も聞かされるのかしら！　あんなことで、これほど苦しい目にあわなきゃならないなんて！」と、インゲルは憤慨した。「ほかの人だって、罪の報いを受けなきゃならないのに！　そうよ、ほかにも罰をうけねばならないことはたくさんあるのに！　ああ、なんて苦しいの！」

　すると、インゲルの心は、からだよりもさらに硬くなっていくのだった。

「こんな場所で、あんな連中といっしょにいたのでは、よくなれったって無理な話よ！　わたしには、そんな気もないけれど！　みんな、なんてまぬけな顔をして大口あけて私を見ているばかりなの！」

インゲルはなんにでも八つ当たりして、意地悪な気持ちになっていた。

「あら、また地上でなにか話しているわ！　ああ、なんて苦しいんだろう！」

地上では、人びとが子どもたちにインゲルの話を聞かせているのだった。小さな子どもたちは、罪深いインゲルとよぶようになっていた。

「とってもひどい人だったんだよ！」と、子どもたちは口をそろえた。「とってもバチあたりだったんだって。だから、とってもひどい罰で苦しめられるのはあたりまえなんだよ！」

子どもたちは、こうしていつもインゲルの悪口を言いあっていた。

けれども、ある日のこと、うらみつらみと、飢えとがからだじゅうをかけめぐっているときだった。インゲルは自分の名前がよばれるのがわかった。また、自分のことが小さな子どもに話されているのだ。ところが、高慢ちきでみえっぱりなインゲルの話をきかされていた小さな女の子が、ふいにワッと泣き出したのが聞こえた。

「その人、二度とこの世にもどってはこられないの？」と、その子はたずねていた。

するとすぐさま「二度と上がってこられやしないよ！」と、返事があった。

「でも、ごめんなさいってあやまって、二度としませんと誓っても？」

「あの娘はあやまりはしないよ！」そばで、だれかが口をはさんだ。

「ごめんなさいって、いえばいいのにね！」小さな女の子はいいながら、とても悲しそうだった。

「その人が地上にもどってこられたら、わたしのお人形箱あげるわ！　かわいそうなインゲルはとってもこわい目にあったのですもの！」

小さな女の子の言葉は、さすがにインゲルの心にしみた。そして、なにかが変ったようだった。だれかが「かわいそうなインゲル」といってくれたのは、初めてのことだったのだ。インゲルの罪については一言もいわないで。幼い、無邪気な女の子は、泣きながらインゲルのために祈ってくれた。すると、インゲルのほうでも、不思議な心持ちになって、自分も泣きたくなった。だが、泣くわけにはいかないと思った。それも苦しいことにかわりはないのだから。

地上では、まことに長い年月がすぎた。しかし、地獄ではなんの変化も起こらなかった。——そして、上の世界の騒がしさも遠のいた。インゲルの話はもうあまり聞かれなくなっていた。

そんなある日のことだ。地上から深いため息が聞こえた。

「インゲルや！　インゲルや！　おまえは、どんなにわたしを悲しませたことだろう。

あれほど、いって聞かせたのに！」

それは、死をまえにした母親の声だった。

また、あるときには、昔の奉公先のご主人が、インゲルの名前をよぶのが聞こえた。

そして、その奥様がつぶやいたいちばんやさしい言葉はこんなふうだった。

「いつかまたあなたに会えるかしら、インゲルちゃん！　いったいどこへ行ってしまったか、わからないけど」

インゲルにはわかっていた。親切な奥様が、自分のいる地獄などには来るはずもないことを。

そして、また長くつらい月日がすぎていった。

あるとき、インゲルはふいに自分の名前がよばれたのに気がついた。

小さな星に似た光がふたつ、上のほうで光っていた。それは、地上でいましもとじられたふたつのやさしい瞳《ひとみ》だった。あの小さな女の子が、「かわいそうなインゲル」のことを思って、せつなく泣いたときから、すでにもう長い年月が過ぎ去っていて、女の子は老女となり、いまや主に召されようとしていたのだ。いま、このとき、一生のことをあれこれ思い出しながら、幼い日にインゲルの運命を知って、かわいそうでたまらずに泣いたことが心にうかんできたのだった。そのときのことが、死をまえにして老女の目の前にあざやかによみがえってきて、思わず大きな声でその名前をよばずにはいられなかったのだ。

「主よ、わたしもインゲルとかわらず、あなたのお恵みたもうたものをいくどもふみつけにしはしなかったでしょうか。高慢な心を抱いていることにも気がつかなかったかもしれません。それでも、主はあわれみをかけてくださり、わたしは地獄に落とされることもなく、お支えいただきました。死のまぎわにも、わたしをお見捨てになりませぬように！」

老女は目をとじたが、魂の目は開かれた。その目で、かくされていたものが見えるようにもなった。臨終にのぞんで、インゲルのことをはっきり思い出したので、インゲルの様子がその目にうかび、インゲルがどんなに深い地の底にひきおろされたかを知ったのだ。それを見て、信心深い老女は、こらえきれずに泣きだし、天国に入ってもなお、子どものときとおなじように、かわいそうなインゲルのために涙を流すことになった。

その涙と祈りが、こわばり、身動きもならず苦しんでいる魂を抱いたインゲルのからっぽのからだの中に、こだまのように響いてきた。インゲルは、天上からの思いがけない愛に身をふるわせた。主の天使となった人が、インゲルのために泣いてくれていたのだ！

どうして、そのような恵みがあたえられたのだろう？　苦しんでいた魂は、この世で自分がおかした罪を、ひとつ、またひとつと数えあげた。これまでどうしても出なかった涙があふれ、インゲルは身をふるわせた。自分の身をあわれむばかりでは、お慈悲の門は決して開かれないことも感じた。けれども、心の底から悔いる気持ちがわきだして、そう悟ったとき、ふいに一筋の明るい光が、地獄の底にさしこんできた。その光は幼い男の子がこしらえた雪だるまをとかす陽射《ひざ》しよりも強い力をもっていた。そして、雪があたたかい子どもの口の上に落ちて、たちまちとけてしずくになるよりもはやく、石のようにかたまったインゲルのからだはときはなたれ、インゲルは一羽の小鳥となって、稲妻《いなずま》のようにジグザグと人間の世界へとかけのぼっていった。

けれども、小鳥となったインゲルは、なにもかもがおそろしく、ふるえていた。自分のことを恥じるあまり、すべての生き物たちに顔むけができず、くずれかけた壁にできた暗い穴に急いでひきこもってしまった。その穴の中でうずくまり、からだじゅうをふるわせ、じっとなりをひそめているほかはなかった。声をだすことができなかったのだ。

長い間ひきこもっていたすえに、ようやく落ち着いて外界の美しさを見たり感じたりできるようになった。外の世界はほんとうにすばらしかった。空気はさわやかで、おだやかだった。月が明るく地上を照らし、森の木々も茂みもかぐわしいかおりをはなっていた。そればかりか、小鳥がとまった枝もここちよく、自分の羽も清らかで美しかった。いや、命あるものはすべて、なにもかもが神の愛と栄光とのうちに創造されたものなのだ！

小鳥の胸にわきあがった思いが、自由に歌いたがっていたが、それがうまくできなかった。春にカッコウやナイチンゲールが囀《さえず》るように、小鳥も歌いたかったのに。しかし、小さな虫たちの声なき賛美歌でさえお聞きとりになる主は、このとき、さまざまな思いの和音となってわきあがってくる賛美歌をお聞きとどけになった。ダビデの胸で賛美歌が言葉とメロディになって口をついて出てくるまえに、はやそれが聖霊によって響いていたように。

なんにちか、何週間かすぎるうち、この声なき賛美歌は、大きくふくらんでいった。それは、よき行いにむかって最初の羽ばたきをはじめるや、せきを切ってほとばしるものにちがいなかった。よき行いは実行されねばならないのだ！

さて、いよいよ聖なる降誕祭の祝日がめぐってきた。農夫たちは、垣根のそばに棒を立て、モミのままのカラスムギの穂をそれにつるした。空の小鳥たちにも楽しいクリスマスとキリストの祝いの御馳走《ごちそう》にあずかれるようにと。

クリスマスの朝、日がのぼり、カラスムギの穂に日がさした。小鳥たちはさえずりながら、エサのつるされた棒のまわりをとびまわった。壁の穴の中からも、「ピー！ピー！」と鳴声がした。あふれる思いが声となって、かぼそき声がやがてよろこばしき賛美歌となり、よいおこないをしようという考えがうまれた。小鳥は隠れ家からとびだしていった。天国にいる人たちは、それがどんな小鳥なのか知っていた。

それから厳しい冬がはじまった。湖や川に厚い氷がはった。鳥たちや森の動物たちには食べ物がなくなる季節になった。あの小鳥はというと、街道に飛んでいって、ソリが通ったあとをさがしまわり、落ちていたムギの粒をみつけてまわった。旅人が休む場所で、パンくずもいくらかはみつかった。小鳥は、そのうちの一粒だけを食べ、残りは飢えているスズメたちをよんで、与えてやった。町に飛んでいって、やさしい人の手が、窓辺で小鳥にエサをまいてくれると、自分ではひとかけだけついばみ、あとはほかの鳥たちにゆずってやった。

その冬の間じゅう、小鳥はたくさんのパンくずを集め、仲間たちに分け与えた。それをすっかり集めると、あわれなインゲルが靴をよごすまいとふんづけたパンとそっくりおなじほどの大きさになったようだった。

最後のパンくずをみつけ、仲間の鳥たちに分けてやったとき、小鳥の灰色の羽が白くなり、大きくひろがっていった。

「あそこに、カモメが一羽、湖のむこうに飛んでくよ!」

白い鳥をみつけた子どもたちがさけんでいた。カモメはすこしだけ湖のほうにおりていったかと思うと、明るい光のなかをのぼりはじめた。お日様がキラキラ輝いていたので、カモメがどこに飛んでいったか見えなかった。

「その鳥は、お日様にむかって、まっすぐにのぼっていったんだよ」と、子どもたちはそういっていた。

アンネ・リスベス

アンネ・リスベスという女は、たとえていうならば血とミルクのようだった。若くて、ほがらかで、みためもそれは美しい。歯は白くかがやき、瞳《ひとみ》もすんでいた。歩き方といったら、ダンスでもするようにかろやかで、心はもっとかろやかだったのだ。それがどんな結果をもたらしたろうか。なんと、「みにくい子ども」が生まれたのだ！

そのとおり。かわいくもなんともない子だった！　その子は、生まれてすぐに、みぞ掘り人夫の奥さんにあずけられてしまった。

アンネ・リスベスのほうは伯爵《はくしゃく》家に奉公していた。シルクとビロードの服を着て、贅沢《ぜいたく》このうえない部屋をあてがわれていた。風にあたってもいけなかったし、きびしい言葉もかけてはならなかった。そんなことをすればからだにさわるし、つらい目にあってはならなかった。それというのも、アンネは伯爵の赤ん坊の乳母になったからだ。赤ん坊は、王子さまのように気品があって、天使のように美しかった。アンネは、それはもうその子をかわいがっていた！

アンネのほんとうの子どもは、みぞ掘り人夫の家にいた。その家では、鍋《なべ》がふきこぼれることはなかったけれど、赤ん坊が口から泡をふいていた。家にはほとんど人がおらず、男の子はしきりに泣いていたが、それが聞こえなければ、だれもなんとも感じはしないし、ほったらかしだった。だから赤ん坊は泣き寝入りするしかなかった。眠ってしまえば、ひもじさも、渇きも感じない。眠りとは、ほんとにいい発明だ。

何年かたつと——そう、時がたてば、どんな雑草だってのびてくると人は言う——アンネ・リスベスの男の子も成長していた。けれども、他人はこの子は発育が悪いといったものだ。それでも、その子はすっかり人夫の家の子になっていた。なにしろ、夫婦はその子の養育費をちゃんともらっていたのだから。

アンネ・リスベスは、子どものことなんかまったく忘れてしまい、町のレディとなり、なに不自由もない生活をし、外出するときには帽子をかぶった。みぞ掘り人夫の家なんかには、ついぞ足をむけたことはない。町からは遠いし、そこにはなんの用事もないというわけだ。男の子は、もうそこの夫婦のものだった。食べる物に不自由はさせなかった、とその家の人たちはいっていたが、そうはいっても、自分の食べるぶんくらいは稼がねばならない。男の子は、マス・イェンセンという男の赤い牝牛《めうし》の番をすることになり、家畜の世話に精をだしたので、すこしは家の役にたっていた。

農場の洗濯物のさらし場にいる番犬は、陽当たりのいい小屋のまえでえらそうにすわり、人がとおりかかるたびに誰かれかまわずほえかかった。雨が降ると、小屋の中にもぐりこんで、かわいたところでぬくぬくと寝そべっていた。

アンネ・リスベスの息子は、溝のそばの日なたにすわって杭《くい》をけずっていた。春先にイチゴが三株ほど花をつけているのをみつけて、その実がなるのを楽しみにしていた。それがいちばんの楽しい夢だった。しかし、イチゴはついに実をつけなかった。天気が悪い日でも、雨風にふかれたままで、雨が肌までしみとおった。強い風がぬれた衣服をかわかしてくれるだけだ。農場のお屋敷にいけば、ぶたれたり、こづかれたりだった。使用人たちからは、やれ汚いの、みっともない子だのとなじられた。だが、それもなれっこになってしまった。——つまり、ほんとうに愛されたことなど一度もなかったのだ！

アンネ・リスベスの息子は、それからどうなったろう！　どんな運命がまちうけていただろう！　それは、愛されることがない者の運命だった。

彼は陸からなげだされ、オンボロ船に乗りこんで海に出ていった。船長が酒をくらっているときには、舵《かじ》とりまでさせられた。うす汚れて、きたなくて、凍えているか飢えているかのどちらかだった。お腹《なか》いっぱい食べたことなんてないように思えたが、はたしてそのとおりだった。

年の瀬がせまって、天気は時化《しけ》て荒れもようだった。厚い服を着ていても、さすような冷たい風がからだにしみわたる。海の上ではなおさらだった。みすぼらしい船が一艘《そう》、帆をひとつだけはって、船乗りふたりだけを乗せて走っていた。ひとりと半分といってもよかったろう。船長とその少年だったのだ。空は一日中どんより曇り、ますます暗くなり、寒さもますます身にしみてきた。船長は、からだを温めようと、強いウオッカをあおっていた。ビンもグラスも古ぼけていた。グラスのほうは、まだましだったが、足がおれていた。足の代わりに、けずって青く塗った木ぎれにさしこまれていた。強い酒は、一杯飲めばよくきいてくる。二杯飲めばなおさらだろう、と船長は考えた。少年はタールで真っ黒によごれ、かじかんだ手で舵をしっかりにぎっていた。みにくい少年で、髪もモジャモジャで、なにかにおびえているようにちぢこまっていた。みぞ掘り人夫の子どもだったが、教会の戸籍にはアンネ・リスベスの子として書かれていた。

風がまるで草原をなぎたおすような勢いで吹きつけてきて、船は海をきりさくような勢いで走っていた！　風をうけて帆はふくらみ、船はとぶように走っていく。海ははげしく荒れ、船は水びたしになったが、さらにひどいことになってきた。突然、船がとまってしまったのだ！　どうしたのだろう？　なにかぶつかったのか？　なにかがとんだのか？　なにかが船をおそったのか？　船は回転しはじめた。スコールが襲ってきたのか？　高波がなぐりかかったのか？　舵をにぎっていた少年は、「ああ、神さま！」と、さけぶほかなかった。

船は暗礁《あんしょう》にぶつかって、村の池に落ちた古靴のようにブクブクと沈んでいった。文字どおり、人もネズミも根こそぎ沈んでしまった。ネズミはたくさんいたが、人間は一人半だけだった。見ていたのは、鳴き騒ぐカモメたちと水の中の魚たちだけだった。彼らだって、ほんとに見たわけじゃない。沈んでいく船のなかに海水がドッと流れこんだとき、カモメも魚もおどろいて逃げていったからだ。船は沈み、海面の下二メートルほどのところにとまった。二人は水の中にほうむられ、誰からも忘れられた。青い木ぎれのついたグラスだけは沈まずに、波間をただよい、流されて、やがてくだけて浜に打ち上げられた。——どこの浜辺にだろう？　そして、いつ！　いや、そんなことたいしたことではない。グラスはそれなりに十分に役目をはたして、大事にされたのだから。アンネ・リスベスの息子のほうは、まったくちがう！　しかし、天国ではいかなる魂も「この子は一度も愛されなかった！」とは、いわれないだろう。

アンネ・リスベスはあいかわらず町にいた。もうその暮らしも長く、マダムと呼ばれていた。むかしの話をするときには、とくにほこらしげに胸をそらせたものだ。馬車に乗ったり、伯爵夫人や男爵夫人がたとおしゃべりをした伯爵家時代の話だった。愛くるしい伯爵のぼっちゃんは、天使のようにとてもやさしい子だった。ぼっちゃんは、アンネにとてもなついて、アンネもかわいがっていた。ふたりはキスしあったり、じゃれあったりそれは仲がよかった。ぼっちゃんは、アンネの喜びだったし、命の半分といってもよかった。

いまはもうりっぱに成長し、十四歳になったぼっちゃんは、賢くてハンサムだった。アンネは、ぼっちゃんを腕に抱かなくなってからは、もうしばらく会っていなかった。伯爵家のお屋敷にもご無沙汰《ぶさた》だった。行くにしても長旅をしなくてはならなかったからだ。

「思いきって出かけてみなくちゃね！」と、アンネ・リスベスは決心した。「すてきなぼっちゃん、かわいい伯爵さまのあとつぎのところへ行かなくちゃ！　そうだわ、ぼっちゃんも、きっと乳母のわたしに会いたがってるわ。むかしのように、わたしを大事に思ってくれてるはずよ。むかしは天使みたいに小さな腕で、わたしの首にぶらさがっては、『アン・リス！』と、呼んでいたわね。バイオリンみたいな声で。そうよ、思いきって行かなくちゃ。ぜひにもお会いしなくては」

アンネ・リスベスは、子牛にひかせた車に乗ったり歩いたりして、伯爵のお屋敷にやってきた。お屋敷はむかしのままで、大きくてりっぱだった。庭園もむかしのままだった。けれども、お屋敷の使用人たちは、みんな知らない人たちになっていた。だれひとりアンネ・リスベスを知っている者はいなかった。むかし、アンネがどれだけ大事な役わりをつとめていたかも、知らないふうだった。でも、伯爵夫人がみなにそれをいってくださるはずだ。ぼっちゃんだってきっと。と、アンネは考え、一刻もはやくぼっちゃんに会いたかった。

とうとう、アンネ・リスベスはお屋敷にはいった。長く待たされることになった。待つ時間はとりわけ長く感じられるものだ。ご主人たちが食卓につくまえに、アンネは伯爵夫人に招き入れられ、親しく声をかけてもらった。かわいいぼっちゃんとは、食事のあとに会えるということだった。そして、やっと、お声がかかった。

伯爵のぼっちゃんは、なんとりっぱになっていたことだろう！　背はすらりとして、やせてはいたけれど、人をひきつけずにはおかない瞳と、天使のような口もとはあいかわらずだった！　しかし、ぼっちゃんは、アンネのことをしげしげとみつめているだけで、一言も発しなかった。おそらく、乳母のアンネだということがわからなかったのだ。そのままクルリと背をむけて、行ってしまおうとした。アンネはあわてて、ぼっちゃんの手をとって、その手に口づけをした。「ああ、もう気がすんだよね！」と、ぼっちゃんはそっけなく部屋から出ていってしまった。アンネの愛するなつかしい人が、あんなに愛情をそそいだ人が、人生のほこりだったその人が。

アンネ・リスベスはお屋敷を出て、広い街道を帰っていった。ひどくみじめな気持ちだった。ぼっちゃんは、とてもよそよそしく、彼女のことなど覚えてもいないようで、言葉ひとつかけてはくれなかった。むかしは、昼も夜もだっこしてやったというのに、そして、いまでもずっと心では抱いてあげているつもりだったのに。

すると、目のまえの道に大がらな黒いカラスがまいおりてきて、一声、二声、カアと鳴いた。

「あら、いやだ！　なんて不吉な鳥なんだろう！」と、アンネはぞっとした。

帰り道、あのみぞ掘り人夫の家のまえを通りかかった。ちょうど奥さんが戸口に立っていたので、ふたりはひさしぶりに話をした。

「あんたは元気そうじゃないか！」と、人夫の奥さんはいった。「ずいぶん太っちまってさ！　景気がよさそうだね！」

「いえ、まあね！」と、アンネはこたえるしかなかった。

「だけど、ふたりの乗った船は沈んじまったよ！」と、奥さんはいった。「船頭のラルスさんとうちの息子は、ふたりともおぼれ死んじまった。一巻の終わりだよ。あの子が、すこしはかせいで、家の助けになるかと思ったのにさ。あんたのほうは、あの子のためにお金がかからなくていいけどさ、アンネ・リスベスさん！」

「そうですか、海でおぼれてしまったんですね！」と、アンネ・リスベスはいった。それから、もうふたりとも、そのことは話題にしなかった。アンネ・リスベスは、伯爵のぼっちゃんが、自分のことなどなんとも思っていなかったこと、ぼっちゃんかわいさにはるばる長旅をしてここまできたのに、声もかけてくれなかったことで心がふさいでいた。お金もかけてわざわざやってきたのに、それで得た喜びは大きくはなかった。しかし、そんなことはおくびにもださなかった。みぞ掘り人夫の奥さんに、それを話して心を軽くしようとは思わなかった。話せば、自分がもう伯爵家では相手にされていないと白状するようなものだから。すると、そのとき、またしても、頭のうえでカラスが鳴いた。

「あの黒い悪党め！」と、アンネ・リスベスは悪態をついた。「あいつは、今日はほんとにいやな気分にさせるよ！」

アンネはコーヒー豆と、コーヒーに苦みをつけるチコリを持ってきていた。それを奥さんに心づかいとしてあげることにした。奥さんは、さっそくコーヒーをいれてくれ、アンネもいっしょに飲めるはずだった。

奥さんはコーヒーをわかしにいってしまった。ひとりになったアンネ・リスベスは、椅子《いす》にすわっているうちにうとうとしてしまった。すると、一度も会ったことのない人が夢に現れた。ほんとうに不思議だった。この家で、お腹をすかせて泣いていても、まったくかまわれなかった自分の子どもが夢に出てきたのだ。その子は、だれにも知られぬ深い海の底に横たわっていた。

夢の中でも、アンネはみぞ掘り人夫の家のなかにすわっていた。奥さんがとなりでコーヒーをいれていた。コーヒーのかおりがしていた。戸口に、美しい人が、伯爵のぼっちゃんによく似た人が立っていた。その子どもがこういうのだった。「いま世界が滅びようとしている！　わたしにしっかりつかまりなさい！　あなたは、わたしの母さんなんですから！　あなたは天国に天使を持っているのです！　しっかりおつかまりなさい！」

天使はそういって、アンネのほうに手をさしだした。その瞬間、ガラガラとなにかがくずれる音がした。たしかに世界がくずれおちたのだ。天使は母親をしっかりつかまえながら、高くのぼりはじめた。アンネは自分が上にひきあげられるのを感じていた。ところが、足が重い。なにかがアンネの足にぶらさがっているのだ。それが背中にもはいあがってきた。まるで、何千何万人もの女がアンネにしがみついているようだった。その女たちは「おまえが救われるなら、わたしたちだって、救われなくちゃ！　ぶらさがるよ！　ぶらさがるよ！」と、口々にさけんでいるのだった。そして、みんなが、いっせいにアンネにぶらさがってきた。あまりにも多すぎた。メリメリ、バリバリ！　と、すごい音がして、アンネの袖《そで》がちぎれた。アンネ・リスベスは、まっさかさまに落ちていった。すると、そこで眼がさめた――すわっていた椅子といっしょに、もうすこしでひっくりかえるところだった。なにがどうしたのかわからず、どんな夢だったかも思い出せなかったが、悪夢にはちがいなかった。

それから、コーヒーを飲んだり、おしゃべりをしてから、アンネ・リスベスは馬車に乗れるいちばん近い町へもどっていった。その夜のうちに自分の町にもどりたかった。夜どおし走ってでも帰りたかった。ところが馬車の業者は、明日の晩まで出発の便がないというのだった。そこで、彼女はその町に一日泊ったらどれだけかかるか、帰りの距離はどうだろうかとよく考えてみた。馬車の走る街道ではなくて、海岸づたいに歩けば、だいたい二マイルは近くなることに気がついた。天気も悪くなく、満月の晩だった。アンネ・リスベスは思いきって歩いていくことにした。そうすれば明日には帰れるはずだ。

日は沈んだけれど、夕べの鐘はまだ鳴っていた。——いや、鐘だと思ったのは、沼地で鳴いている大きなウシガエルだった。しかし、それも鳴きやみ、あたりはしんとしずまりかえった。カラスも鳴かなかった。フクロウたちもまだ巣に帰ってはいなかった。森の中も、アンネが歩いている海沿いの道も、物音ひとつせず、砂をふみしめる自分の足音だけがキュッキュと聞こえた。寄せてくるさざ波も静かで、はるか沖の深い海のうえもおだやかだった。海の底のものたちは、生きている者も死んでいる者も口をきかなかった。

アンネ・リスベスはなにも考えずにひたすら歩きつづけていた。なにも考えまいとしていたのだ。しかし、考えのほうは、人からはなれることはない。半分まどろんでいるだけのことなのだ。さかんに動きまわる考えがいっとき眠っているにしても、まだ目覚めぬ考えがまどろんでいるとしても、いずれそれは目をさまして、胸のうちや頭のなかでうごめきだして、ぼくたちにつかみかかるものなのだ。

「よきおこないは、祝福された実をつける」と、書かれている。「罪には死がやどる」とも、書かれている！　多くのことが書かれ、いわれている。人はそれを知らず、にはっきりと心にのぼってくることだってあるのだ！

　道にはずれた心やおこないも、また正しい心やおこないも、つまり悪徳も美徳も、すべてぼくたちの心のうちにあるのだ。きみの心のうちにも、ぼくの心のうちにもだ。ちょうど、目にみえない小さな粒のようにかくれている。そこへ、外から陽の光がさしたり、反対に悪い手がさわったりする。すると、きみたちは曲がり角をまがることになる。右へ、または左へと。それで決まってしまうのだ。小さな種子《たね》はゆりうごかされ、ふくらみ、はじけて、そのエキスがきみの血液のなかに流れこむ。そうなったら、もう歩きだすほかはない。夢うつつで歩いているときには、はっきりわからなかった不安な気持ちも、たしかに動きだしているのだ！

　アンネ・リスベスは、夢うつつで歩いていたが、思いはグルグルと心をめぐっていた。聖母マリアのお清めの祝い日からつぎの年のその日まで、心にはたくさんの清められぬ罪がつもるものだ。だから一年間の清めをせねばならない。神さまや隣人や自分の良心にたいして、言葉にしたり、心のうちでおかした罪などは、忘れてしまうこともたくさんある。ぼくたちはそのことを悔いもしない。アンネ・リスベスも同じだった。アンネは、法律や規則にそむくような悪事は何ひとつしていなかった。自分は人から尊敬される、心がけのよい、まっとうな人間だと信じて疑わなかった。

　さて、そのアンネ・リスベスが浜にそって歩いていくうちに――そこに横たわっていたものはなんだったろうか？　波が浜辺にうちあげてきたものは、なんであったろうか？　古ぼけた男物の帽子がころがっていた。どこかで、船からとばされたのだろうか。アンネはそばによって、じっとみつめた。――「あら、いったいなにかしら！」と、アンネは心底おどろいた。しかし、おどろくほどのこともなかったのだ。それは、大きな長細い石にからみついていた海藻とアシにすぎなかった。それが人間のようにみえたのだ。アシと海藻だったのに、アンネはおどろいたのだ。また歩きだしたとき、子どもの頃に聞いたさまざまなことが思い出された。「浜の幽霊」についての迷信ばかりだった。人里はなれた海岸に打ち上げられて、ほうむられなかった人たちの幽霊のことだ。「水死体」とよばれる人の死骸《しがい》はなにも悪いことはしない。しかし、それが化けてでた「浜の幽霊」というやつは、ひとりで歩いている旅人についてきて、しがみつき、教会の墓地へ連れて行き、キリスト教徒の土のなかに埋葬してくれとすがるのだ。「すがりつけ！　すがりつけ！」と、幽霊たちはいうのだ。

　アンネ・リスベスは、この言葉をつぶやいてみたとき、ふいに昼間見た夢がそっくり目のまえに現れた。あの母親たちがあの叫び声をあげて彼女にすがりついてきた。

世界が沈んで、「すがりつけ！　すがりつけ！」と、女たちがわめいていた。袖がひきちぎられ、最後の審判のときに、彼女をひきあげようとしてくれた子どもからひきはなされ、落ちていったさまが、ありありとよみがえってきた。かつて愛しもしなかったアンネの血をわけたほんとうの子どもが。いや、思いだしもしなかった子どもだ。その子が今や海の底にいて、浜の幽霊となって浮かんできて「すがりつけ！　すがりつけ！　おいらをキリスト教徒の土にほうむってくれ！」と、たよってくるかもしれなかった。そう思うと不安が自分の弱点である踵を刺したので、アンネは思わず足をはやめた。冷たく、しめった手のような恐怖がやってきて、みぞおちにくらいついたので吐きそうになった。海のほうに眼をやると、海はどんどんにごりはじめ、ふくらんでくるようだった。深い霧がおしよせてきて、茂みや木にまとわりつき、奇妙なすがたに形を変えていた。アンネがふりあおぐと、後ろに昇っていた月が、光のうせた青白い円盤のように見えた。なにか重い物がからだじゅうにのしかかってくるような感じがした。「すがりつけ！　すがりつけ！」と、自分でもつぶやいて、また月をふりあおぐと、青白い顔がすぐそばでこちらをのぞきこんでいるような気がした。霧が白い布きれのようにアンネの肩に落ちかかってくる。「すがりつけ！　すがりつけ！キリスト教徒の土にうめておくれ！」と、またも聞こえてくる。するとまた、べつの音が、うつろで、奇怪な声が聞こえてくるような気がした。沼地のカエルの声でもなく、ワタリガラスや大ガラスの声でもない。そんなものは見えなかった。「ほうむってくれ！　ほうむってくれ！」と、こんどははっきり聞こえた。それは、海の底に見捨てられた子どもの幽霊だった。墓場に運ばれ、キリスト教徒の土に墓を掘ってもらわぬうちはうかばれないのだ。「行こう、行って墓を掘らなくっちゃ」と、アンネはそう思って、教会のある方角へ歩きだした。すると、重荷がすっとかるくなり、やがて消えてしまったような感じがした。アンネはまたむきをかえて、いちばんの近道にもどり、家に帰ろうとした。するとまた、重荷がのしかかってきた。「すがりつけ！　すがりつけ！」と、カエルの鳴き声のようでもあり、カラスたちの悲鳴のようでもあった。しかし、まちがいなく「ほうむってくれ！　ほうむってくれ！」と、聞こえた。

霧が冷たくしめりけをおび、アンネの手も顔もおそろしさのために冷たくしめっていた。外からはおそろしいものがせまってきて、心のうちでは、これまで考えもしてこなかったような思いをうけいれるだけのすきまが広がりだした。

この北国では、ブナの森は春になると一夜のうちに芽をふき、昼の太陽をあびて、生き生きとかがやくものだ。罪深い考えとか、悪いおこないの種子は、ぼくたちのふだんの暮らしのなかにまかれていると、一瞬にして心のうちで芽をふき、みるみる大きくなる。すると、ぼくたちが考えもしないときに、神さまが良心を呼びおこす。そうなると、いいのがれはできない。悪いおこないが目のまえに証人よろしく現れて、証拠をつきつけるのだ。悪い考えは言葉となり、その言葉は世間に知れわたることになる。

ぼくたちは、自分の中にあった悪いものや、そいつをおし殺してしまわなかったことに驚くのだ。思いあがって、愚かにもまきちらした言葉にもおどろくのだ。心の中には、すべての美徳といっしょに、あらゆる悪徳もかくれている。そういうものは、どんな不毛な土地でも生え育つのだ。

アンネ・リスベスは、ここでぼくたちが言葉にしたことを、すべて自分の心のなかで考え、それにうちのめされ、へたりこむと、先へすこしだけはっていった。「ほうむってくれ！　ほうむってくれ！」と、またしても声が聞こえた。むしろ自分がほうむられてしまったほうがましな気がした。もしも、墓にはいることで、なにもかも永遠に忘れられるものならば。それは、おそれと不安にみちた、厳粛なめざめの瞬間だった。迷信が熱いと同時に冷たく彼女の血の中に流れこんでいった。これまで一度も口にしようとしなかったたくさんの言葉が、アンネ・リスベスの心にわいてきた。明るい月の光をさえぎる雲の影のように、むかし耳にしたひとつのまぼろしが、音も立てずに彼女のそばをとおりすぎていった。四頭の馬が、鼻息荒くそばをかけぬけていった。馬の目と鼻からは炎がふきだしていた。四頭の馬は赤く炎をふきあげる馬車をひいていた。馬車には、百年以上もむかし、この地方に君臨していた悪い領主が乗っていた。真夜中になるといつも、この領主は彼の屋敷にもどってきては、すぐに去っていくといわれていた。死神は白いといわれていたが、この領主は白くはなく、いや、黒炭のように真っ黒だった。燃えつきた炭のようでもあった。彼はアンネ・リスベスにむかってうなずき、手招きをしていた。「すがりつけ！　すがりつけ！　さすれば、また伯爵さまの馬車に乗り、おまえの子どもなんか忘れてしまうぞ！」

アンネは息せききって走りつづけた。そして、やっと墓地にたどりついた。ところが、黒い十字架と黒いカラスのすがたが、目のまえでぼやけて見わけがつかなかった。カラスは昼間のように鳴いていた。しかし、いまはカラスのいうことがわかるのだった。「わたしはカラスの母親だ！　わたしはカラスの母親だ！」と、口々にカラスたちはさわいでいた。アンネ・リスベスには、自分もカラスの母親の同類だとわかった。自分もあんな黒い鳥になってしまうかもしれない。もしも、墓を掘ってやらなければ、あのカラスたちがさけんでいることを、永遠にさけびつづけなくてはならぬかもしれないと。

アンネは、地面にたおれこむようにして、両手でかたい地面をほじくり、墓をつくった。爪《つめ》からは血がふきだしてきた。

「ほうむってくれ！　ほうむってくれ！」と、たえまなく聞こえてきた。オンドリが鳴いて、東の空が赤くなりはじめてからではおそい、とアンネはわけもなくあわてていた。そのまえに墓ができていなければ、と思うのだ。ところが、オンドリがときをつくり、東の空が白みはじめた――墓穴は半分ほどしか掘れていなかった。冷たい氷のような手が、アンネの頭から顔をなで、心臓までおりてきた。「墓は半分だけだよ！」と、ささやく声がして、声の主はスッとその場をはなれ、海の底へもどっていってしまった。まさしく、浜の幽霊だったのだ。アンネ・リスベスはガクリと膝《ひざ》をついてしびれたようにすわりこんでしまった。なにも考えられず、感覚もうせていた。

はっと気がつくと、もう明るい昼間になっていた。ふたりの男が、たすけてくれようとしているところだった。アンネは墓地ではなく、浜辺にたおれていたのだ。砂に深い穴を掘り、われたグラスの破片で指を切ったらしく血が流れていた。青くぬられた木の台にさしてあるグラスのとがった破片で切ったのだ。

アンネ・リスベスは、すっかり病人のようにやつれていた。良心が、迷信のカードをまぜて、彼女のまえにならべてみせたのだ。そのときから、アンネには魂が半分なくなってしまった。もう半分はおぼれた子どもが海の底へもっていってしまったのだ。深い海の底にしばりつけられた魂の半分をとりもどさぬうちは、たとえ天国にいっても、主のお恵みをうけることはできないだろう。

アンネ・リスベスは家に帰ると、それまでとはまったく人がちがってしまった。頭の中はもつれた糸の玉のようにごちゃごちゃだった。たった一本だけ、ほぐれた糸があった。その糸というのは、彼女の浜の幽霊、すなわち、自分の子どもを墓地に連れていき、そこに墓をつくってやり、そうすることで自分の魂をとりもどそうという思いだけだった。

いく夜もいく夜も、アンネは家を出ていった。そして、いつも、浜辺で幽霊を待っているところを見つけられて連れもどされた。そんなふうに一年がすぎた。すると、ある夜にふたたびいなくなってからというもの、とうとう見つからなくなった。翌日も捜索されたけれど無駄だった。

ある日の夕暮れ、役僧が夕べの鐘をつきに教会にやってきて、祭壇のまえにアンネ・リスベスが横たわっているのをみつけた。アンネは早朝からずっとその場にいたので、もうほとんど力つきたようすだった。けれども、眼だけは輝いていて、ほおもバラ色の光をおびていた。沈みゆく太陽の最後の光が、アンネを照らし、祭壇のうえにそそぎ、聖書のかざり鍵を輝かせていた。聖書は預言者のヨエルの言葉のページが開いてあった。「あなたがたは、その衣服ではなく、心をひきさくがよい！　あなたがたは、主なる神のもとへと帰るがよい！」――「それは、まったくの偶然だった！」と、人びとはいったものだ。ほんとうに、たくさんのことが偶然であるように。

日に照らされたアンネ・リスベスのおもざしには、平安と恵みがみてとれたという。心は平安にみちております！　と、アンネはいったそうだ。いまや、自分はやすらぎをみいだした、と。昨夜《ゆうべ》、浜の幽霊になったわが子がたずねてきて、「母さんは、ぼくに半分しかお墓を掘ってくれなかったけど、母さんはぼくをこの一年のあいだずっと心のなかのお墓に入れてくれていた。そこでこそ、母親は子どもをいちばんまもってくれるのです！」と、そういってくれた。それから、子どもはわたしに、失った半分の魂を返してくれ、この教会にみちびいたのだ、とアンネはいった。

「いまや、わたしは神の家にいます！」と、アンネ・リスベスはいったそうだ。「そこでこそ、人は至福のときをむかえられます！」

太陽がすっかり沈んだとき、アンネ・リスベスの魂は天国に昇っていった。そこには、もうおそれというものはなかった。この世でたたかいぬいたのであれば。そして、アンネ・リスベスは、たたかいぬいたのだ。

おばさん

きみも、そのおばさんのことを知っていたらよかったろう！　そのおばさんというのが、とてもチャーミングだったんだから！　でも、ひとがいうチャーミングという言葉からすると、ちょっとばかりずれてしまうかもしれない。それでも、かわいらしくて、善人だったたし、それなりに面白い人だったのだ。誰かを話のタネにしたり、ちょっとからかってみたくなるようなとき、彼女こそうってつけの人だともいえる。それこそあっというまに、彼女を喜劇のまっただ中にほうりこむことができたのだ。なにしろ彼女ときたら、芝居小屋とその中でおこることのためだけに、ただそれだけに生きているような人でもあったのだ。おばさんは、とてもきちんとした人だったけれど、おばさんが、〝あの礼儀知らず〟とよんでいた代理業者のファーブ氏は、おばさんのことを芝居狂とよんでいたほどなのだ。

「お芝居がわたしの学校なのよ」と、おばさんはいっていた。「わたしの知恵のみなもとです。そこで、わたしは聖書の物語をまた心によびもどされたのですもの。モーゼとか、ヨゼフとその兄弟たちとかをね。みんなオペラになってますよ。わたしは、お芝居で世界の歴史や地理や人情ってものを知りました。フランスのお芝居をみれば、パリの生活がわかりますでしょ。ちょっとふしだらですけど、とっても面白くてよ。『リクヴール家』にはとても泣かされたものよ。奥さまが若い恋人と逢引《あいびき》するために、夫のほうが死ぬほどお酒をのまされるんですからねえ！　ええ、お芝居の常連になってからというもの、五十年このかた、どれだけ涙を流したかしれないわ。おばさんは、どんなお芝居の脚本も、どんな舞台の背景も、そして舞台に登場した人物ならば、どんな役がらでもおぼえていた。おばさんは、お芝居の上演される九カ月のあいだのために生きているといってよかった。興行のない夏のあいだは、おばさんはひとつ年をとってふけてしまうみたいだった。ところが、お芝居が真夜中までつづく夜間興行がはじまると、おばさんの寿命がぐんとのびたように若返った。人びとが、よく「ようやく春が来ましたね！　コウノトリが渡ってきましたよ」とか、「イチゴの初物が出たって新聞にのってましたね」とかいうようなことはいわず、秋口のあいさつには、「御覧になりまして？　お芝居の桟敷席《さじき》が売りだされましたわ。ようやく興行がはじまるのね！」と、口にしたものだ。住居の価値とか、立地のよしあしは、芝居小屋、つまり劇場にどれだけ近いかが決めてだった。劇場のすぐ裏の横町をはなれて、すこしだけはなれた大通りに引っ越さねばならなかったときなど、本気で心底悲しがった。「自分の家の窓がわたしの桟敷席みたいなくらいじゃなくちゃだめよ！　じっとすわって、自分のことにかまけてもいられないくらいがいいのよ！　人間、やっぱり人を見てなくちゃね！　でも、いまは、まるで田舎にひっこんだみたいで、人間を見ようとしたら、台所までおりていって、流しにでもすわらなくっちゃならないの。そこでやっとお隣の人と顔をあわせることができるんです。もとの横町にいたときなんか、荒物屋の中までのぞけたものなのに。それに、劇場までほんの三百歩も歩けばよかったわ。いまじゃ、三千歩も、近衛《このえ》の兵隊さんみたいに行進をしなくちゃならないんです」

おばさんとて、病気になることもあったけれど、どんなに具合が悪くても、ぜったいにお芝居にはでかけていった。あるときなど、お医者さまが、夜寝るときには足の下にパン種をしいてやすむようにと処方したことがあった。おばさんは、そのとおりにしたけれど、劇場にでかけていっても、足の下にパン種をおいてすわっていたものだ。その場で死にでもしたら、さぞかし満足だったろう。デンマークの彫刻家のベルテル・トルヴァルセンは劇場で亡《な》くなった。おばさんときたら、それを『幸福な死に方だわ』と、言ってはばからなかった。

天国にお芝居というものがないなんて、おばさんには想像もできなかった。なるほど、わたしたちには、はっきりそうと約束されているわけではないけれど、そう思いこむのも無理からぬことだ。天に昇ったたくさんの名優とか大女優たちには、あの世でもきっと活躍の場があるはずだから。

おばさんは、劇場から自宅の部屋まで電線をひいていた。それを伝って電報が日曜日になると、コーヒーを飲みにでかけてきた。おばさんの電線というのは、「劇場の道具係のシベルセン氏」のことだった。彼は、幕や書き割りの上げ下げ、出し入れを号令する係だった。その人から、おばさんは、こんどのお芝居のかんたんにして的を射た説明を、まえもって聞くのだった。シェイクスピアの『あらし』のことを、この人は「のろわれたガラクタ」と呼んだものだ。「まったく、いろんな小道具をゴタゴタならべにゃならんのですからな。そのうえ、最初の書き割りからして、水ではじまるんです！」これはつまり、大波がずっとまえのほうまで押し寄せてくるからだ。そのかわり、全五幕をとおして、おんなじ舞台装置ですむようなときには、「筋がとおってよく書けている落着いた作品で、舞台装置なんぞなくたって演じられる」と、いうのだった。

「むかしは」と、おばさんは三十年くらいまえのことをそういっていたのだけれど、その頃は、おばさんもシベルセン氏もまだ若かった。シベルセン氏は、もうその頃、劇場の道具係だった。おばさんは、彼のことを恩人だといっていた。そのとおりだった。その時分は、町にひとつきりの大劇場の夜の公演のときには、道具をつりあげる屋根裏部屋にまで見物人をいれる習慣があった。道具係なら、だれでも、その屋根裏部屋の席の一つや二つは自由にできたのだ。そういう席が、しかし、しょっちゅう満員になった。それも、たいへん上品な観客もまじっている。ある将軍の夫人もいたし、商業顧問官の夫人もいたくらいだ。舞台の背景である書き割りの裏側をのぞいたり、幕がおりたあとで、役者がどんなふうに立ちふるまうかを見るのは、とてもゆかいなことだったのだ。

おばさんは、たびたびその天井桟敷ともいうべき場所に陣どった。悲劇であれ、バレエであれ、かまいはしなかった。登場人物がたくさんいる出し物のときは、屋根裏部屋からの眺めがいちばんおもしろかったからだ。ずいぶん高い場所にあり、とても暗かった。ほとんどの見物客が、夜食にパンを持参していた。あるときのこと、リンゴが三個とソーセージつきのバタパンが、ウゴリーノという囚人が飢え死にしそうになっている牢屋《ろうや》のなかに落ちてきた。それで見物人はどっと笑って大かっさいした。このソーセージの落下事件が、劇場のお偉方さんたちが、屋根裏部屋の見物席をすべてなくしてしまうことにした最大の理由のひとつだった。

「でも、わたし、三十七回もそこでお芝居を見たのよ」と、おばさんはいった。「だから、シベルセンさんのご恩は決して忘れません」

その屋根裏部屋の席が、見物人に開放された最後の晩のことだった。『ソロモンの裁き』が上演されていた。おばさんは、いまだによく覚えている。おばさんは、恩人のシベルセンさんをとおして、代理業者のファーブ氏に切符を一枚手配してやった。この旦那《だんな》は、いつだって芝居をけなしたり、おばさんをからかうので、切符なんてもらえる資格なんてなかったけれど、とにもかくにも、おばさんは面倒をみてやったのだ。ファーブ氏の言葉をかりると、舞台装置を裏側からよく見ておきたいそうだった。いかにも、彼らしい言いぐさだわ、とおばさんはいっていた。ところが彼ときたら、『ソロモンの裁き』を上から見物しているうちに、うとうと眠りこんでしまった。ごちそうをたらふく食べ、たらふく酒を飲んできたにちがいない。それで、眠ったまんま、劇場にとじこめられてしまったという。真っ暗な屋根裏部屋にすわったまま眠っていて、目が覚めてみるところりゃどうだ、と彼はいったものだ。おばさんは、そんなことてんで信じはしなかったけれど。彼がいうには、『ソロモンの裁き』はとっくに終わっていて、照明はすべて落とされ、上にも下にも人っ子一人いなくなっていたのだが、そのとき、ほんとに芝居がはじまったのだ。エピローグというべきものだったけれど、それがいちばんよかったと代理業者はいったものだ。つまり、道具たちに命がふきこまれたというのだった！　演じられたのは『ソロモンの裁き』なんかじゃなくて、『芝居小屋での最後の審判』だったという。こんなふうに、あることないことでっちあげて、ファーブ氏は、あつかましくも、おばさんを煙《けむ》にまこうとした。つまりそれが屋根裏部屋に入れてもらったことへの御礼らしかった。ファーブ氏が語ったことは、聞けばなるほど愉快なことだったけれど、その裏には、意地悪で人をばかにするような悪意がかくれていた。

「屋根裏はほんとに真っ暗でしてね」と、ファーブ氏はいった。「でも、そこで魔法の大芝居、『芝居小屋での最後の審判』が、おっぱじまったわけです。案内人がドア口にひかえていて、観客はといえば、それぞれ自分の精神的素行証明書を見せなくてはならないというしまつで、それによって、中に入るには、手が自由でいられるか、しばられるか、口輪をはめられるか、なしでもよいか決められてしまうのですよ。芝居がはじまってから、おくれて来た人々や、時間にだらしない若者なんぞは、外で鎖につながれて、次の幕のはじまるときに静かに入るように、足のうらにフェルトをつけられたり、口輪をはめられたりしたものです。さて、そんなこんなで、『芝居小屋

った。

「なんてまあ、神様もあきれるばかりの意地悪だこと！」と、おばさんはあきれてい

の最後の審判』の開幕とあいなりましたわけで」

絵描きが天国へ入ろうとしたら、自分の描いた階段をのぼらねばならなかった。しかし、絵に描いた階段なんて、だれにものぼれやしない。第一、遠近法がなってないのだから。道具方の親方は、植物や建物をもともとでたらめな場所に、たいそう苦労してすえつけていたので、気の毒に、そいつを正しい場所に置きなおさなくちゃならなかった。そのうえ、天国に入ろうとするなら、いちばん鶏《どり》がなく前にやっつけなけりゃならなかったのだ。と、そう言っていた。

ファーブ氏こそ、自分が天国に入るのを見ればよかったのだ。喜劇といい、悲劇といい、歌にしろ、ダンスにしろ、彼が劇団について吹聴《ふいちょう》したことがらは、ファーブ氏がとびきり悪意をこめたところばかりだった。そんな男は、屋根裏部屋にあがる資格なんてこれっぽっちもなかったのだ。おばさんは、ファーブ氏の話したことを口にしようとはしなかった。それでも、「わたくしはすべてを書き留めてありますよ」と、そのあつかましい男は平然としていたものだ！　たぶん印刷されるはずだが、それは自分が死んでからでないとね、ともいっていた。彼にしたって、生きているうちに、

生皮をはがされたくはなかったのだろう。

さて、おばさんは、自分の最高に幸福な神殿ともいうべき劇場で、一度だけぞっとするような目にあい、あわててふためいたことがあった。それは、冬のある日に起きた。昼間明るかったのは二時間たらずで、陰気な天気の日だった。寒かったし、雪も降っていたけれど、おばさんはお芝居にいかずにはいられなかった。ヨーゼフ・フォーグラー作の『ヘルマン・フォン・ウンナ』が上演中だった。短いオペラと派手なバレエと、序曲とエピローグのおまけがついていた。上演は夜中までかかったはずだ。でも、おばさんは、でかけないでは気がすまなかった。下宿人が、内側も外側も毛皮張りのブーツを貸してくれた。膝《ひざ》にとどくほどのやつだ。

さて、劇場につくと、ボックス席に陣どった。ブーツはあたたかかったので、はいたままでいることにした。すると、突然、「火事だ！」というさけび声がした。舞台の書き割りから煙がもくもくと出たかとおもうと、屋根裏部屋からも煙が出てきた。みんな、びっくりして、あわてふためいた。観客たちは外に走り出していった。おばさんはボックス席に残された最後のひとりだった。「三階の左側の席でね、そこからは実際、舞台装飾がいちばんよく見えるのよ。王様の席からがいちばんよく見えるようにはなっていたのですけれどね」と、おばさんはいっていた。

おばさんも、外に出ようとしたけれど、先に出た人があわてたものだから、うっかりドアをしっかりしめきってしまったのだ。おばさんはすわったまんま、出るにも入るにも進退きわまった。中に入るというのは、となりのボックス席に移ることなのだけれど、あいだにある手すりが高すぎるのだ。おばさんは金切り声でさけんだが、だれの耳にも届かないようだった。下の階をのぞきこんでみた。二階席はからっぽだった。それに、下のボックスは低くて、すぐ近くにある。おばさんはせっぱつまって、自分が昔みたいに若くて身軽な気でとびおりようと思い、手すりに片足をかけ、もういっぽうの足を椅子《いす》のうえから高くあげた。花模様のスカートがフワリときれいに広がり、馬にでもまたがるような感じだった。ところが、ブーツをはいた片方の足が、桟敷の外に宙ぶらりんになっていた。なんという光景だったろう！　その姿が人目についていて、おばさんの金切り声も聞こえたので、おばさんはなんとか焼け死なずにすんだわけだ。ほんとうのところ、劇場は焼け落ちたりしなかったのだし。

生涯忘れられない晩だったわ、とおばさんはいっていた。あられもない自分の姿を、自分で見られなかったのが幸いだった。さもなくば、恥ずかしさのあまり死んでしまうところだと。

道具係をしている恩人のシベルセンさんは、日曜日になるとあいかわらずおばさんのところに訪ねてきた。とはいえ、月曜から次の日曜まで、おばさんにはとても長く感じられた。近頃では、おばさんは、一週間の真ん中の日に、小さい子どもを「お残り料理」とやらに招待していた。昼食であまった料理をふるまってやるためだ。呼ばれたのはバレエを踊っている女の子で、育ちざかりの食べざかりだった。その女の子は、妖精《ようせい》やお稚児《ちご》さんの役で舞台に出ているのだった。そのなかで、いちばんむずかしい役は、『魔笛』に出てくるライオンの後ろ足の役だった。それでも、すこし大きくなって、いまは前足に昇格していた。でも、それだけでは、三マルクほどしかもらえなかった。後ろ足のときは、一リークスダラーだったが、そのかわり、ずっと中腰でかがんで歩かねばならず、息をするのもらくではない。そんな裏話を聞くのがとても愉快だと、おばさんはいうのだった。

劇場がつづくかぎり、おばさんは生きている資格があったろう。しかし、そんなときまで、生きてはいられなかった。亡くなったのは劇場なんかではなく、ちゃんと自分のベッドで、上品にお行儀よく死んだのだ。それはそうと、彼女の最後の言葉は、とても考えさせられるものだった。おばさんは、「明日のだしものはなにかしら」と、たずねたのだ。

おばさんは、死んで五百リークスダラーほど遺産を残した。遺産への税金が二十リークスダラーほどだったから、ざっとそのくらいになったはずだ。おばさんは、その遺産を身寄りのない独身の婦人に贈ると遺言していた。遺産は三階の左の席を毎年予約するために使われることになっていた。しかも、いちばんよい出し物が観《み》られる土曜日の席だった。そのかわり、遺産の恩恵をうけた人は、土曜日になると劇場で、お墓にはいったおばさんのことを思い出す義務が課せられた。

いってみれば、それがおばさんの宗教だったわけだ。

木の精のドリアーデ

さて、ぼくたちは、パリの博覧会に行くことにしよう。

さあ、もう着いてしまった！　あっという間にひとっとびだ。なにも魔法を使っているわけではない。蒸気の力で、海と陸とを移動してきたのだ。

そう、ぼくたちの時代はまさに夢のメルヘンの時代といえるだろう。

いまはパリの中心街の大きなホテルにいる。階段は上から下まですっかり花で飾りたてられ、フカフカの上等な絨毯《じゅうたん》もしきつめられている。

部屋はとても快適で、バルコニーへの開いた扉からは、大きな広場が見渡せた。眼下には春が滞在していた。春も馬車に乗ってパリへやってきて、ぼくらと同時についたらしい。若々しく素敵なマロニエの姿で、咲いたばかりの花かざりをして訪れたわけだ。マロニエは、なんとまあ美しい春の装《よそお》いをして、ほかのどの木にもさきがけて広場で輝いているのだろう！　ところで、べつにもう一本、もはや生きている木とはいえず、根こそぎ引っこぬかれて、地面にながながと横たわっている木がある。その木があった場所に、いまにマロニエの若木が植えられて、大きく育つはずだ。

新しい木は、大きな荷馬車に乗せられて高々と頭をたてていた。ここから何マイルもはなれた田舎から、今朝がた馬車でパリまで運ばれてきたのだ。そのマロニエは、田舎では大きなカシの木のとなりに何年も立っていた。そのカシの木の下では、やさしい年よりの神父さんが、しばしば腰をおろしては、熱心に耳をかたむけている子どもたちにいろいろなお話をしてやっていた。若いマロニエの木も、いっしょに聞いていたものだ。この木の中に宿っていた木の精も、まだ子どもだったのだ。木の精は、マロニエの木がまだ小さくて、高く茂った草とシダのあいだから、ほんのすこしだけ首をだした時分のことをまだよく覚えていた。草やシダは、せいいっぱいのびて、のびきってしまったけれど、マロニエのほうは、もっと大きく成長し、年ごとに高くなり、空気と日光とを胸いっぱいすいこんで、露と雨をうけ、強い風にもゆすぶられてきたえられた。それは、必要なことだった。マロニエへの教育のひとつなのだった。

木の精は生きる喜びを感じ、日の光や小鳥たちの歌を楽しんでいたけれど、なによりも、人間の話し声を聞くのが楽しみだった。木の精には、動物の言葉とおなじくらい人間の言葉もよくわかったのだ。

チョウやトンボやハエといった飛べる生き物は、みんな訪ねてきては、おしゃべりをかわし、村での出来事やブドウ園のこと、森のことや河と池のある公園の中にある古いお城のことをうわさしあっていた。水の中にも生き物はいて、かれらの流儀で水中を泳ぎ回っていた。彼らもたくさんのことを知っていて、考えることもできたのだけれど、何も言いはしなかった。まあ、それだけ賢かったわけだ。

それから、ツバメもいた。水にもぐってきたツバメは、きれいな金魚とか、まるまる太ったフナとか、コケが生えるほど年とったコイの話などをしたものだ。ツバメはとてもくわしく語ってくれたが、「でも、そういうものは、自分の目でみなくちゃね」と、言うのを忘れなかった。けれども、木の精がどうしてそんなものが見られるだろう！　木の精は、美しい風景を眺めたり、人間たちがせっせと働いている様子をじっと観察することで、我慢しなければならなかったのだ。

それだけでもすばらしいことだったけれど、いちばんすばらしかったことは、年をとった神父さんが、カシの木の下でフランスや、歴史の中で名前をあげられ、尊敬すべき人たちの偉業について話してくれるときだった。

木の精は、ヒツジ飼いの娘のジャンヌ・ダルクや、フランス革命のときにマラーを暗殺したシャルロット・コルデーのことを耳にした。それから、たいそう昔のことを、アンリ四世やナポレオン一世の御世《みよ》のことを聞き、さらに最近のことにまで話がおよび、人間の知性やその偉大さも聞いた。フランスは世界の強国にして、自由の精神がふきだす噴火口をもつ天才たちの産地である。それを諸国の民に知らしめた人たちの名前があげられた。

村の子どもたちは熱心に聞いていた。木の精もおなじだった。子どもたちといっしょに学校の生徒になったみたいだった。空をわたっていく雲の形のなかに、たったいま聞いた話が絵姿になってあらわれるのをうっとり眺めたものだ。

空にうかぶ雲は、木の精にとっては絵本とおなじだった。

フランスに生まれたことを、木の精はとっても幸福だと思っていたけれど、鳥みたいに空を飛べる生き物たちは自分よりずっとめぐまれていると感じてもいた。ハエでさえも、木の精の目がとどかないずっとさきまで飛んで、あたり一帯を見てこられるのだから。

フランスは広くて美しい国だったが、木の精はそのうちのほんのわずかしか知らなかった。ブドウ園や森や大きな町を持つこの国は、大きな世界として広がっているのだ。その中でもパリは、いちばん大きくて立派だといわれていた。鳥であれば、そこへも飛んでいけもしようが、木の精にはかなわぬことだった。

村の子どもたちのなかに、小さな女の子がいた。貧しくて、服もみすぼらしかったけれど、とてもかわいらしかった。女の子は、いつも歌ったり、笑ったりしていて、その黒い髪に赤い花を一輪さしていた。

「パリなんかに出るもんじゃない！」と、年よりの神父さんはいっていた。「おまえみたいな女の子が行けば、きっと身をもちくずすのがせきのやまだ！」

それでも、女の子はパリへと出ていってしまった。

木の精は、よくその女の子のことを思い出した。大都会に出たいとあこがれていたのは、自分もいっしょだったからだ。

春が来て、夏が来て、秋となり、また冬がやってきた。そうして、二年の月日が過ぎていった。

木の精が宿ったマロニエの木はまた花を咲かせていた。小鳥たちが、陽をあびて、さえずりながら木のまわりを飛んでいる。そのとき、りっぱな馬車が街道をこちらにむかってやってきた。貴婦人がみずから手綱をとり、かろやかに走る馬を御していた。その後ろには、派手な衣装をきた小柄な騎手がすわっていた。それが誰だか木の精にはわかった。年よりの神父さまにもわかったようだ。神父はかぶりをふって、悲しげにいったものだ。

「おまえは、やっぱりあそこへ行ったのだね！　それが身の破滅のもとなのに。かわいそうな、マリー！」

「彼女がかわいそうですって！」と、木にはよくわからなかった。「でも、なんて変わってしまったのかしら！　公爵《こうしゃく》夫人みたいなドレスを着て。きっと魔法の町でみつけたのね。ああ、わたしも、あの光り輝く町に行きたいわ！　あの町は、夜になっても雲までも光り輝いているのよ。空をあおげば、どちらの方角にあの町があるのかわかるくらいですもの」

そのとおり、木の精は夜が来るたびに、毎晩空をあおいでいた。地平線に輝く靄《もや》のようなものが見えるのだ。月明かりの晩には、それが見えないのが残念だった。そんな晩には、あの町と歴史の絵姿を描きだしているような流れ雲が見えないのがくやしかった。

子どもは絵本に手をのばす。木の精も、雲の世界を、彼女の思い描く都の描かれた本をほしがっていたのだ。

暑くて、雲ひとつない夏の空は、木の精にしてみれば何も描かれていないページだった。もういく日も、そんな白紙のページばかりを見てすごしていた。

暑い夏のさかりで、雲ひとつなく、太陽にジリジリ焦《こ》がされるような日がつづいていた。木の葉も花たちもみんな、死んだように眠っていた。人間たちもおなじだった。

いる方角からだった。

そのとき、突然、雲がわいてきた。それも、夜に輝く雲が、パリのありかをつげて

雲はしだいに高く成長し、大きな峰のすがたになり、空のただなかを、木の精が見わたせるかぎりの野山の上を押しわたっていった。青黒い岩のかたまりのような雲が、いくつも重なりあいながら流れていく。ときおり、雲の中で稲光が光っていた。「あれもまた神さまの召使いなのだよ」と、年をとった神父さまがいった。こんどは目のくらむような青い稲妻が走った。岩をもくだく、太陽そのものみたいな光だった。稲妻は地上に落ちて、古いカシの巨木を、その根っこまで打ちくだいてしまった。こずえも幹もサッと裂けて倒れかかり、まるで光の使いをいだこうとでもするかのように腕をひろげたままだった。古いカシの木が倒れたとき、空と地上をとどろき渡った雷鳴は、王子の誕生を告げる大砲の響きなど足もとにもおよばないくらいすさまじいものだった。おくれて、はげしい雨が地をたたき、すずしい風がなにもかもよみがえらせた。そして、雷雨はとおりすぎた。あっというまに、日曜日のようにさわやかに晴れ渡った。村人たちは、倒れた古いカシの木のまわりに集まってきた。年をとった神父さまが主を讃《ほめたた》える祈りをささげ、画家は永遠に残る記念としてカシの木をスケッチした。

「なにもかもが過ぎていくわ！」と、木の精はため息をついた。「雲のように過ぎ去って、二度と戻っては来ないのね！」

年をとった神父さまは、もうこの場所には来なくなった。カシの木がなくなって、いわば学校の屋根が落ち、教壇がなくなったようなものだったのだ。子どもたちにしてもそうだった。それでも、秋はやってきた。冬が来て、春だってめぐってきた。時がたえまなく流れるうちにも木の精は、毎晩、はるか遠い地平線で輝く靄のように光っているパリの方を眺めていた。その町からは、機関車がつぎつぎと発車し、列車がものすごい音をたてながら、昼夜の区別なく走り出ていく。宵の口も、真夜中も、昼も、列車は旅立っていった。どの列車も、あらゆる国の人たちが乗り降りしていた。新世界の奇跡ともいうべきものが、人びとをパリにひきつけていたのだ。

この奇跡はどんなふうに世にあらわれたのだろう。

「芸術と工業の華やかな花が、練兵場の不毛な砂の上に咲いた！」と、人々は言いあっていた。「それは、巨大なヒマワリの花のように、その花びらからは、地理や統計を読みとることができ、同業組合の会頭の知識を手に入れることができ、それが芸術や詩に高められ、諸国の偉大さや力を知ることができる」と。

「メルヘンの花だ」と、いう人もいた。「まるでビロードの絨毯のような緑の葉を砂地の上にひろげている美しいスイレンのようだ。早春に芽吹き、夏には美しさをほしいままにする。秋嵐《あきあらし》が吹きすぎる頃にはしかし、根も葉もなにひとつ残らないだろう」とも。

戦争がないときには、士官学校のまえに、練兵場がもうけられる。草が一本も生えていない広場で、アフリカの砂漠を切り取ってきたような砂地だった。そこに、蜃気楼《しんきろう》が、風変わりな空中楼閣や空中庭園を見せてくれるのだ。この練兵場では、それらがとりわけ立派に、驚くべき姿をとって立っていた。人間の知恵によって、現実に作られたものだったからだ。

「新時代のアラジンの城がたてられた！」と、いわれ、「日毎《ひごと》に、刻一刻と、その城は豊かに、そのすばらしい姿をますます増して広がっていく」大理石と、華やかな色彩とで、広大なパビリオンが輝いていた。《血のかよわない職人親方》、つまり機械が、巨大な円形の機械が、鋼鉄の手足を動かしていた。金属と鉱石と織物などの美術品は、世界じゅうのすべての国々で営まれている文化的生活をあらわしていた。華やかな花のごとき絵画館は、人間の精神と手がアトリエで作りうるすべての作品を展示してみせていた。古い城や泥炭地《でいたんち》で発掘された古代の記念物も集められて陳列されていた。

そしてその人類の文明を再評価し、その全容を再現したり、目にみえるようにする

ために は、おそろしく大きくて、色とりどりの陳列物を、小さく縮め、玩具《おもちゃ》のように小さくしなくてはならなかった。

練兵場は、さしずめ巨大なクリスマスプレゼントを置くテーブルのように、工業と芸術のアラジンの宮殿をのせているのだ。そのまわりには世界中の国々のこまごまとした装飾品が並べられている。それぞれが、誇るべきみごとな装飾品というわけだ。それを見て、どの国民も自分の故国を思い出すことができるのだ。

エジプトの王の城があるかと思うと、こちらには砂漠の隊商の宿が作られていた。太陽の国からやってきたベドウィンがラクダにまたがり、通り過ぎていく。そうかと思うと、ロシアの馬小屋では、原野を走りまわる気性の荒い馬たちが轡《くつわ》をならべてつながれていた。藁《わら》葺き屋根のデンマークの小さな農家が、デンマークの旗をかかげ、ダーラナ地方のグスタフ・ヴァーサのすばらしい木造建築のすぐわきに立っていた。アメリカの小屋、イングランドのコテージ、フランスのパビリオン、売店に教会、劇場といったものが、そこらじゅうに散らばっていた。それはすばらしい眺めだった。建物のあいだには、青々とした芝生があって、清らかな川も流れていて、背の低い木には花が咲き、めずらしい植物や、まるで熱帯のジャングルにまよいこんだような気がする温室までできていた。ダマスカスから運ばれてきたようなバラが、温室の屋根の下で咲き誇っていた。すばらしい色どりだ！　なんと、かぐわしい香りなんだろう！　人工の鍾乳洞《しょうにゅうどう》まであって、その内部には淡水と塩水がもちこまれ、魚たちの世界をのぞかせてくれている。人は海底に立ってでもいるように、魚たちやイソギンチャクのあいだに立つこともできるのだ。

これらのすべてを、練兵場はそっくりかかえこみ、人々の見世物にしていた。こうした、あふれんばかりのご馳走《ちそう》がのった巨大なテーブルの上を、はたらきアリの群れみたいに、人間たちがぞろぞろひしめき歩いたり、小さな馬車に乗って移動していた。こんなにとほうもなく広い会場をくまなく見てまわるなんて、とても歩いてなんかいられやしない、と人びとはいったものだ。

観客は朝早くから夕方おそくまで、おしかけてきた。こぼれるほどに人間を乗せた蒸気船が、セーヌ川を次から次へと下ってくる。馬車がひっきりなしに走りこんでくる。歩いたり馬に乗った人たちの大群もどんどん押しよせてくる。市電と乗合馬車がすし詰め状態で走ってくる。なにもかもが、みんな、「パリ万国博覧会」という目的地めざして流れこんでくるのだ。

会場の入口には、どこもフランス国旗がはためいていた。各国のパビリオンのまわりには、万国旗がひるがえっている。機械の展示場からは、ブンブンと機械のまわるすさまじい音が響いていた。あちこちの塔から鐘が鳴り響き、教会の聖堂ではパイプオルガンが演奏されていた。小アジア風のカフェからは、鼻にかかったハスキーな歌声が聞こえてきて、それにまざりあった。まさに、あのバビロニアのバベルの塔の言葉の混乱よろしく、不思議な世界ができあがっていた。

さよう、そのとおりなのだ。ニュースではそんなふうに言っていた。それを聞かない者なんていやしなかった。都会のなかの都会で、「新たな奇跡が起こっている」と、報道されるのを、木の精ものこらず聞いて知っていた。

「鳥たちよ、飛んでおいき！　飛んでいって、とくと眺めて、帰ってきたら話してちょうだい！」と、木の精はたのんだものだ。

都へのあこがれは、ますますつのり、切なる願いとなり、ついには命をかけての思いとなっていた。——すると、あるとき、満月が照らしている静かな夜のことだった。木の精は、月の光の輪から火花がとびだすのを見た。火花は地上に落ちてきて、流れ星のように輝いた。とつぜんのはげしい風に吹かれて枝をふるわせていた木のすぐそばに、光輝く姿が立っていた。その光る姿は、優しいけれど力強い声で話しかけてきた。その声は、まるで、キスによって命をよみがえらせ、裁きの庭に呼びださんとする最後の審判の日のラッパもかくやと思われた。

「おまえは魔法の都へ入るであろう。おまえはその地に根をおろし、さんざめく流れと空気と太陽の光とを浴びるのだ。けれども、そのために、おまえの命は短くなる。この自然のなかでおまえがすごす長い年月は、あの都ではわずかな年月に縮まるだろうから。あわれな木の精よ、あの土地はおまえの身の破滅をもたらすものだ！　おまえのあこがれはつのり、欲望と願いとはますます強くなる！　こんどは木そのものが、まるで牢獄《ろうごく》に感じられ、おまえは自分の殻を脱ぎ捨て、本来のありかたをかなぐりすて、外にとびだして人間たちとまじわるだろう。そうなれば、おまえの寿命は、カゲロウの寿命の半分ほどに、たった一夜に縮まってしまうのだ。おまえの命は一瞬で吹きけされる。葉もしおれ、吹き散らされ、再び緑になることはないだろう」

そんなふうに聞こえ、歌われた。そこで光はフッと消えてしまったけれど、木の精のあこがれと、欲望は消えるどころではなかった。ますますはげしい期待と感情の熱にうかされるようになった。

「わたしは都会の中の都会に行くわ！」と、木の精は喜びの声をあげた。「ほんとの生活がはじまり、雲のようにふくらむのよ。それがどういうことなのか、だれにもわからないわ」

月が白み、朝焼けに雲がそまる頃になって、予言が果たされる時がおとずれ、約束の言葉が現実のものとなった。シャベルや杭《くい》をもった人びとがやってきて、マロニエの木の根のまわりを深く掘り始めた。荷車が馬に引かれてきた。根っこがしっかりと抱いている土といっしょにひきぬかれて、アシのむしろを足をあたためるケープのようにしてつつまれると、馬車に乗せられ、ロープで固定された。これから旅をして、パリにむかうことになったのだ。パリで、フランスの偉大さをほこる大都会で、都会の中の都会の真ん中で、その根っこをおろし、さらに大きくなるのだ。

いよいよ馬車が動きだすと、マロニエの枝も葉も身をふるわせた。木の精もこれから先のことを思い、喜びにうちふるえていた。

「進め！　進め！」と、心臓の鼓動といっしょになってそんな声が響いていた。「進め！　進め！」と、なにかにゆすぶられるような言葉が響いていた。木の精は、生まれ育ったなつかしい故郷に、ゆれている草の茎やヒナギクたちに、さよならを告げるのさえ忘れていた。神さまのおつくりになった花園にすまう貴婦人や、広々とした野原で、羊飼いの娘になって戯《たわむ》れている若い姫君にそうするように、尊敬をこめて彼女をみあげてくれていた草花たちであったのに。

マロニエの木のほうは、馬のひく荷車に乗せられて、枝をゆすって、まるでうなずいているようだった。それが「さよなら」といっているつもりか、「進め！」と、いっているのか、木の精にもわからなかったけれど。これから目のまえに現れるすばらしく、そして新しいことを、すでに知ってはいたけれど、そのことだけを木の精は思い描いては夢を見ていた。このとき、パリへむかった旅立つ木の精には、どんな無邪気な子どもの心でも、どんな情熱にうかされ、血をたぎらせた若者であっても、そのめくるめく思いはきっとかなわなかったろう。

「さよなら！」の言葉にかわって、「進め！　進め！」と、唱えていたのだ。

馬車の車輪が一回りするごとに、遠い世界が近づいてきて、故郷は遠ざかっていった。空の雲が変化するように、景色も変わっていく。マロニエの木は進んでいった！木の精もいっしょに進んでいった！　機関車がすさまじい音をたてて次々と走りぬけていったり、すれちがったりしていた。機関車がもうもうとはきだす煙が雲となって、パリの様子を語ってくれていた。機関車たちがやってきたその場所へ、自分も行こうとしているのだ。

木の精がむかっている場所を、だれもが知っていた。わからないはずはなかったろう。通りすぎるあちこちに立っている木々のどれもこれもが、枝をこちらにのばして、「いっしょに連れていって！　いっしょに連れていって！」と、たのんでいるように見えた。どの木の中にも、あこがれでいっぱいの木の精たちが宿っていたのだ。

すごい変化がはじまっていた！　それもすごいスピードで！　住宅がどんどん増えて、たてこんできた。まるで地面からむくむく生えてくる感じだ。煙突は高くそびえたち、屋根がべつの屋根にかぶさるように、まるで植木鉢みたいに連なっていた。大きな文字の看板が、建物の壁いっぱいに軒下までかかっているのが見えた。

「それにしても、どこからパリがはじまるのかしら？」と、木の精はつぶやいた。人ごみ、騒々しさ、せわしなさ、そうしたものがますます激しくなり、馬車が馬車に連なり、道行く人が馬のうしろを歩いていた。まわりに店が立ち並んでいて、笑い声や音楽や歌、大声でわめく人声や、かまびすしいおしゃべりでにぎわっていた。

いまや木の精はパリの中心にいたのだ。大きなどっしりとした荷馬車が、木の植わっている小さな広場のところでとまった。広場は、窓にバルコニーのついた高い建物にぐるりと囲まれていた。そのバルコニーから、人びとが、ちょうど馬車で到着した若い青々としたマロニエの木を見下ろしていた。その木が、枯れて引きぬかれ、地面にころがされている木のかわりに植えられることになっていたからだ。

人びとは広場でたちどまって、にこやかにほほえみながら、春の緑を眺めていた。まだかたいつぼみをつけているだけの古い木たちは、枝をゆすって「ようこそ！　ようこそ！」と、歓迎のあいさつをしていた。噴水は四方に水を高くふきあげ、水盤にザアザアと降らせていた。まるで新参のマロニエの若木に、風のたすけをかりて水のしぶきを注ぎかけ、歓迎の乾杯をしてくれているようだった。

木の精は、荷馬車からグイと持ち上げられ、いよいよ自分の場所にたてられるのを感じた。根っこは地面のなかに埋められ、その上に新しい芝がしかれた。花をつけた背の低い木や、植木鉢が、マロニエの木とおなじように広場の中央に植えつけられ、ちょっとした庭園のおもむきだった。

煤煙《ばいえん》やよごれた空気や、台所の煙や、植物を窒息させる大都会の悪い空気に殺されて、枯れて引きぬかれた木のほうは、馬車に乗せられてどこかへ運ばれていった。雑踏の中の人びとがそれを見送り、年よりや子どもたちのほうは、緑のまんなかに置かれたベンチにすわりこんで、若々しい木の葉を見上げていた。

この話をしているぼくたちは、例のバルコニーの上に立って、すがすがしい空気のところからやってきた若い春を見下ろして、あの年よりの神父さまが言っていたように「かわいそうな木の精！」と、ささやくだけだ。

「わたし、しあわせよ！　しあわせよ！」と、木の精は思わずそう叫んでいた。「だけど、自分がいま感じていることがよくわからなくて、言葉にならないわ。すべてが想像していたとおりになったのね！　でも、すこしちがうところもあるみたいね」

　建物はとても高く、たがいに寄りそうように立っていた。日の光は片側の壁にしかあたらない。その壁には、貼《は》り紙だとか広告とかが貼りつけてあった。その壁のまえに、人びとが足をとめ、おしあいへしあいしていた。軽快な馬車や大型の馬車がそこを走りぬけていく。人間がぎっしりつめこまれた家みたいな満員の乗合馬車がすごいはやさで行きかい、馬に乗った人も通っていく。荷車や馬車も、わがもの顔で通りぬけていく。

　ひしめきあう高い建物も、やがて動きだして、雲のように形をかえて、パリを見られるように、ずっとむこうのほうまで見通せるようにどいていてくれるのではないかと木の精は考えた。そうしたら、ノートル・ダム寺院やヴァンドームの円柱といった、あまたの外国人をパリにひきよせ、いまもひきよせているすばらしい建物が目にはいるはずだ。

　しかし、建物はじっと動かなかった。

　まだ昼のうちに街灯がともされた。お店の中からはガス燈《とう》の明かりがあふれ出て、木々のあいだを照らしていた。夏の太陽もかくやとおもうほどだ。やがて、星たちが高い空に現れた。故郷の村で見上げたのとおなじ星だった。それを見ると、故郷からすがすがしい風が吹いてくるような気がしたものだ。木の精は、自分が高められ、より強くなったようにおぼえた。木の葉をとおして見る目の力と、根のすみずみまでいきわたるするどい感覚がめばえてきたのを感じたのだ。活気にあふれた人間たちの世界で、自分が親愛のまなざしでかこまれているのを感じたのだ。周囲は、人の群れと華やかさと、そして色彩と光にあふれているのだ。

横丁からはブラスバンドと、ダンスへいざなう手回しオルゴールのメロディが響いてきた。さあダンスへ、ダンスへ！　ほがらかに人生を楽しもうとさそっていた。人も馬も、馬車も木も、家でさえも、ダンスができるものなら、みなそのメロディにあわせて踊らずにはいられなかったろう。木の精の胸に、うっとりするような、まるで酔うようなよろこびがあふれてきた。

「なんて幸せで、楽しいのかしら！」と、木の精はうれしくて、おもわずさけんでいた。「わたしは、パリにいるのだわ！」

ところが、次の日も、その晩も、またその次の日もその晩も、景色は変わらなかったし、通りのようすもおんなじで、変化のない生活がつづいた。すこしも変化がないわけではないけれど、変わりばえはしなかった。

「広場の木や花たちとは、すっかり顔なじみになったわ。どの家もどのバルコニーも、どのお店も見なれてしまったわ。わたしは、きゅうくつな広場のすみに植えられているから、大きなにぎやかな町のほうは見えないけれど、凱旋門《がいせんもん》や目ぬき通りは、世界の奇跡と呼ばれるものはいったいどこにあるのかしら？　そんなものは、なにひとつ見えないわ！　これじゃ、籠《かご》の中にとじこめられているのも同じよ。こんな高い建物にかこまれているんですもの。どの建物だって、壁に書いてある大きな文字や広告や看板といっしょに、すっかりおぼえてしまった。どれもこれも、うわべだけのご馳走みたいなもので、ちっともうれしくないわ。

これまで聞いて知っていて、とっても憧《あこが》れて、それを見たくてたまらなかったものは、みんなどこにあるのかしら？　いったい、わたしは、なにをつかまえ、手に入れ、みつけたというのかしら。いまは、まえとおんなじで、とっても憧れて、ぜひとも手に入れたい生命《いのち》がある。そんなふうに生きなければならないと思う生命がまだほかにあるのを感じるわ。生き生きとしているものたちの中にまじって生きたいのよ！　その場所で動きまわって、小鳥みたいに飛びまわり、見たり、感じたりもする本物の人間にならなくちゃうそよ。何年も味気ない平凡な生活に疲れ果て、病みおとろえて、草原の露みたいにポタリと落ちて消えてしまうのじゃなくて、たとえ半日でもいいから、楽しみたいものだわ。雲のように輝きたいの。生命のお日様にいだかれて輝きたいの。雲みたいにこの世のすべてを見渡して、雲みたいに、だれも知らないところへ流れていってしまいたい！」

その思いは、木の精のため息とともに高まって、ほとんど祈りになった。「わたしの寿命がうばわれてもかまいません。そして、あのカゲロウの命の半分ほどの命さえ与えてくれれば。わたしを、この牢獄のようなところから救いだしてください！　人間の命を、人間が味わう幸福をお与えください。ほんの一瞬でもかまいません。どうしてもというのなら、今宵《こよい》かぎりでもかまわない。わたしの、大それた生命へのあこがれのために、そのために、わたしを罰してくださってもいい！　わたしを消し去ってください。わたしが身にまとっている若々しい木を枯らして、地に倒し、灰にして、風に吹き散らせてくださってもかまわない！」

マロニエの枝という枝がザワザワとゆれ、葉という葉がゾクゾクする感覚をおぼえてふるえていた。木の中を炎が走りぬけ、外にむかってふきだそうとしているかのようだった。一陣の風が梢《こずえ》を吹きぬけたときだった。その風の中から、ひとりの女のすがたが現れでた。それはまさしく木の精のすがただった。いまや、女はガス灯に照らしだされた葉のしげった枝の真下にすわっていた。若く、美しく、そのすがたは、ちょうど「大都会はおまえの身をほろぼすよ！」と、神父さんにいわれた、あのマリーのようでもあった。

木の精は、木の根もとの扉のまえにすわり、扉をしめてしまうと、その鍵《かぎ》を投げすててしまった。そのすがたは、ほんとうに若く、美しかった。星たちが木の精をみおろして瞬《またた》いていた。ガス灯が、パッと明るくなって彼女にウィンクした。木の精は、なんとまあほっそりとしていてスタイルがよかったろう！　ほんの子どものようでもあり、年頃の娘のようでもあった。梢の若葉のような緑色をした、美しいシルクのような衣をまとっていた。クルミ色の髪には、咲きはじめのマロニエの花をさしていた。まるで、春の女神のようだった。

木の精は、ほんのいっときじっとしていたけれど、すぐに立ち上がって、カモシカのようにかろやかにとびだしていった。角をまがり、かけだして、とびはねていった。太陽のもとにだされた鏡が反射する光みたいだった。その光は、右へ左へとびはねていく。その姿をよく見ることができたなら、目の前にあらわれたその姿をちゃんと見ることができたなら、なんて素敵だったろう！　木の精がたちどまると、その場所によって、身にまとうものや彼女自身のすがたが、その場のようすや、照らしている家の明かりのかげんで様々に変化するのだから。

さて、大通りに出た。この通りでは、ランタンやお店やカフェのガス灯から、たくさんの光が洪水のようにあふれていた。通りには若くてしなやかな並木が立っていた。どの木も、それぞれに宿る木の精を、人工の太陽の光からこっそりと隠していた。どこまでも続いているような、とほうもなく長い歩道が、このうえなく大きな社交場の大広間のようだった。テーブルがずらりと並べられ、その上にはありとあらゆる飲み物が、シャンパンからシャルトリューズから、コーヒーやビールまで置かれていた。そうかと思うと、道ばたの露店には花や絵や彫像や本のたぐいから、色とりどりの布までもがならんでいた。

高い建物の下の雑踏にまぎれながら、木の精は並木のあいだを流れてゆくものたちを見渡した。それはまさに大きな波だった。車軸をゴロゴロいわせて走っていく荷馬車に、一頭だての馬車、乗合馬車に辻《つじ》馬車、馬にまたがっている紳士のあとには、連隊の兵隊さんが行進してくる。通りの向こう側に渡ろうとするなら、まさに命がけだった。いまこちらでランタンが輝いたかと思うと、ふたたびガス灯が勢いをまして明るく照らす。突然、花火が打ち上がった。いったいどこから発射され、どこへ飛んでいくのやら知れない。

まさに、世界の都の大通りだった！

こちらでは、やわらかなイタリアのメロディが、むこうではカスタネットにカタカタ伴奏されたスペインの歌が響いていた。けれど、いちばん強く、他のものをおしのけるように響いていたのは、当節はやりのオルゴールミュージックと刺激的なカンカン（訳注　一八三〇年代よりパリを中心として流行した四分の二拍子の音楽で、脚を高くあげるダンスとともに一世を風靡した）だった。このような曲は、オルフェウスだって知らなかった。ヘレネだって、聞いたこともあるまい。たとえ手押し車でも、車輪ひとつで踊れるものなら、踊らずにはいられなかったろう。木の精は空にとびあがって舞い踊り、日光を浴びたハチドリのように色を変えた。どの家もそのまわりも、その輝きに映えていた。

あらゆるものが雲のように、木の精のわきを飛びすぎていく。次々に現れる人の顔のどれひとつ見覚えはなかった。彼女の故郷のものはひとつもなかったのだ。木の精の心に、明るいふたつの瞳《ひとみ》が輝いていた。そうだマリーはどうしたろう。かわいそうなマリーのことが思い浮かんだ。粗末な服を着た陽気な子どもだった。黒い髪に赤い花などさしていた。そう、マリーもこの世界の都のどこかにいるのだ。神父様の家のわきを、木の精の宿るマロニエの木や古いカシの木のそばを、馬車で通っていったときのように、お金持ちで、はなやかな生活をしているはずだ。

耳をふさぎたくなるような騒音のまっただなかで、マリーは主人を待っている豪華な馬車のひとつから降りていったのかもしれない。贅《ぜい》をつくした馬車が何台も、金モールをつけた御者たちや、シルクのタイツをはいた召使とともにとまっていた。馬車から降りてくる主人は女の人ばかりで、それはそれは着飾った貴婦人たちだった。貴婦人たちは、開いている格子《こうし》門《もん》を通りぬけ、何段もある幅の広い階段をのぼって白い大理石の柱の建物へあがっていった。

これが、世界の奇跡というものだろうか。ここに、あのマリーがいるはずだ！「サンタ・マリア！」と、建物の中から歌声が響いてきた。かぐわしいお香の煙が、ほの暗い、はるか上の、天井画が描かれている金色のドームの下で渦まいていた。

ここは、聖マドレーヌ教会だった。

最新のモードで仕立てられた、高価きわまりない布地のドレスをまとい、貴婦人たちが、磨き上げられたフロアーをしずしずと歩いていた。ビロード貼りの祈《き》禱《とう》書《しょ》の銀の留め金と、これも高価なブリュッセル・レースのついた強い香水のかおりをはなつ美しいハンカチに家柄をあらわす紋章が浮きたっていた。祭壇のまえに跪《ひざまず》く婦人。懺《ざん》悔《げ》の席におもむく婦人もいた。

わたしは入ってはならないところかもしれない、と木の精はおびえた。ここは、沈黙の場所であり、秘蹟《ひせき》のおこなわれる殿堂だった。ささやきと、ひそやかな懺悔の声のほかは何も聞こえてこなかった。

木の精も、豊かで、高貴な生まれの婦人たちとおなじように、シルクのベールをまとっているのに気がついた。彼女らも、自分と、木の精とおなじようにあこがれ、切望するような子だったのだろうか？

ため息が、深く苦しげなため息が響いた。それは、懺悔の席からのものか、それとも木の精の胸のなかからのものか？　おもわず、ベールをぎゅっと抱きしめた。教会の香の煙を吸いこんだ。けしてさわやかな空気ではなかった。ここは、やはり彼女のあこがれの場所とはちがった。

先へ、先へ、飛びつづけよ！　カゲロウは休むことを知らぬ。飛びつづけるのが、その命なれば。

木の精は、ふたたびガス灯に照り映えるはなやかな噴水の下にもどってきた。

「いかに水が流れても、ここで流された幾多の罪なき者の血をぬぐうことにはならぬ」

と、そんな言葉がふいに聞こえてきた。

ちょうど外国人が立っていて、ここでさかんに議論をしていたのだった。木の精がいた秘密の聖殿では決して口にされぬようなことを話していた。

地面にはめこまれた大きな石の板がグルグルと動かされた。いったいなにをしようとしているのか。すると、地中深くまでつづく入口が開いたのが見えた。その穴のなかに、みんなが入っていく。星明かりからも、ガスの炎の明かりからも、活気のある生活からもはなれてどこへいくというのだろう。

「ゾッとするわ！」そこにいた婦人のひとりがささやいた。「とてもおりていく気になんかなれないわ！　そこがどんなにすばらしくても、わたしは嫌よ！　どうか、わたしのそばにいてちょうだい！」

「このまま家に帰れというのかね？」と、夫らしい男が言った。「パリから帰れと？　たった一人の男の知恵と意志によってできた驚くべき現代の奇跡を見ずしてか！」

「わたしはおりていかないわ！」というのが夫人の答えだった。

「現代の奇跡」と、いうのが聞こえた。木の精はそれを耳にして、はっと気がついた。自分が最もあこがれていたことに、とうとうたどりついたのだ。

パリの地下深くにおりていく入口がここなのだ。思ってもいなかったが、いまやそうと聞いては、その外国人がおりていくあとについていくほかはなかった。

階段は鋳鉄のらせん階段で、幅が広く、おりるには楽だった。足もとにはランプが燃えていて、ずっと下のほうにも明かりがあった。

はてしなく長い、いりくんだホールやアーチ型通路の迷路のなかに人びとが踏みこんでいった。パリ市内の大小の通りが、曇りガラスをとおしてみるようにわかった。通りの名前が読めたのだ。地上の家のそれぞれが、この地下でも番号をふられていて、その根っこが汚水の流れている人気のない広い下水溝につけられたアスファルトの歩道の下に顔をだしていた。そのずっと上のほうのドームの下は上水道で、きれいな水が流れていた。いちばん上には、ガス管や電線が網のようにぶらさがっていた。遠くから見えるランプは、まるで頭上の世界都市の光の反射のように輝いていた。ときたま、頭上でなにかが転がる轟音《ごうおん》が響いた。それは、マンホールの上を走っていく重い馬車の響きだった。

木の精はいったいどこにはいってしまったのだろう？

ローマの地下墳墓のカタコンベのことを聞いたことがあるだろうか。しかし、それだとて、このパリの新しい地下の世界、現代の奇跡、パリの下水道にくらべたらささやかなものだ。そう、木の精は練兵場の万国博覧会場ではなくて、まさにそこに入りこんでいたのだ。驚き、あきれ、賞賛する人びとの声が聞こえてきた。

「この地下から」と、一行のひとりが言った。「地上の幾千万もの健康と長寿が養われるのだ！　われらの時代は、あらゆる祝福をうけた進歩の時代なのだ！」

それは人間の考えであり、言葉だった。ここで生まれて暮らしている生き物たち、とくにネズミたちの考えではなかった。ネズミが、古い壁のさけめから顔をだしてチュウチュウ鳴いていた。はっきりと聞こえるほどだった。木の精にはそれがよくわかった。

尻尾《しっぽ》がちぎれた一匹の年をとった大きなオスネズミが、自分が感じていることや、息苦しさを、そしてたったひとつの正しい意見を一生懸命うったえて鳴いていた。一族も彼の意見に賛成していた。

「あのミャオという鳴き声を、人間のミャオという鳴き声を耳にすると胸クソが悪くなるわい！　たしかに今じゃ、ガスだの石油だのと重宝なもんだ。だけど、そんなものじゃ、わしらの腹はふくれない。ここは、ずいぶんきれいで明るくなった。ここにいすわっているのが、なんだか恥ずかしいくらいだ。どうしてか、わからんがな。ああ、いっそ獣脂ロウソクの時代に生きていたらよかったろうに。それほど昔のことじゃないさ！　よくいうロマンチックな時代だったのう」

「なんのことをおっしゃってるの？」と、木の精はたずねた。

「古き良き時代のことさ！」と、ネズミたちはこたえた。「じいさんの、そのまたじいさんネズミの頃、ばあさんの、そのまたばあさんネズミの頃のことさ。その時分には、こんなところにおりてくるなんて、それこそおおごとだったよ。ここは、それこそネズミの巣窟《そうくつ》だったのさ。パリとはまったく別世界だよ。ペストのおっかあが、まだそこいらに住んでなさって、人間どもを殺したけれど、ネズミたちにはついぞ手はださなかったな。泥棒だって、密輸犯だって、この地下ではらくらくと呼吸ができたんだ。ここは、いまでは地上の三文劇場でしかお目にかかれないような、とびきり面白い人物たちの隠れ家だったんだよ。ロマン主義の時代てやつは、おいらたちネズミの巣でもとうの昔に過ぎちまったってわけだ。この地下でも、新鮮な空気とか石油とかにありつけるようじゃね」

そんなふうにネズミはチュウチュウ鳴いたものだ。ペストのおっかあのいた古き良き時代をほめたたえ、新しい時代をこきおろした。

そのとき、馬車が一台とまった。小型の精悍《せいかん》な馬に引かれている屋根のない乗合馬車だった。一行はそれに乗り込んで、セバストポル・ブルバールへむかっていった。もちろん、地下を走っていく。頭の上には人通りの多い有名なパリの通りが走っている。

馬車は薄闇《うすやみ》のなかに消えていった。木の精もその場をはなれた。ガス灯の明るくともる地上へとうかびあがり、さわやかな空気のもとに出ていった。地下にある縦横に走るアーケードの息のつまるような空気のなかではなく、ここにこそ、木の精が短い命の一夜にさがしもとめている世界の奇跡はあるはずだから。それは、地上のどんなガス灯の炎よりも明るく、いましも昇ってきた月の光よりも強く輝くにちがいない。そうだ、きっとそうにちがいない！　木の精は、はるかかなたに、それをみつけた。彼女のまえにキラキラと光がまたたいているではないか。まるで、空の金星のように。

小さな庭園に、いざなうように開いている輝く門があった。庭園は光にみちて、ダンスのメロディがあふれていた。庭園の中では、水の動かない池や沼のまわりに、まるで花壇の花のようにガスの炎がともされていた。池の中には、ブリキの板をきりぬいて細工し、色を塗った、みごとな人工の水草が、ガス灯の光をうけて照り映え、その花の萼《がく》からは、数メートルも高く水の柱が四方に噴きあがっていた。美しいシダレヤナギが、まさしく春らしい本物のシダレヤナギが、若々しい枝を、すきとおるような緑色のベールさながらに垂らしていた。こちらの茂みのあいだには、かがり火が燃えていて、赤い光が小さな小暗いひっそりとしずまった東屋《あずまや》を照らしていた。その東屋をとおりぬけるように、耳を甘くくすぐる音楽が流れていた。人の心をうっとりと魅了し、体中の血をかりたてるような調べだった。

木の精は、華やかに装った美しい娘たちを見た。娘たちは、けがれないほほえみと、かろやかで陽気な若々しい心にあふれていた。あのマリーのような娘。髪にバラの花をさしてはいたけれど、馬車もなく騎手もいなかったけれど。それにしても、娘たちはなんと陽気に踊りまわり、はげしいダンスに身をひるがえしていたろう！　すっかり我を忘れたように。毒蜘蛛《どくぐも》のタランチュラにでも刺されたように、娘たちは跳ねあがり、笑い、ほほえみあっていた。まるで、世界じゅうを抱擁するかのように、陽気で、幸せそうだった。

木の精もダンスにひきこまれそうになった。小さな形のよい足には絹のブーツがピッタリとはまっていた。髪からむきだしの肩にまで垂れているリボンとおなじ栗色《くりいろ》のブーツだった。緑の薄衣《うすぎぬ》のドレスが大きなウェーブでヒラヒラ体にまとわりついていたが、美しい脚のすべてをかくしてはいなかった。かわいらしい足先が、踊っている若い人たちの鼻先で、空中に魔法の輪を描こうとしているみたいだった。

木の精はアルミーダ（訳注　イタリアの叙事詩人トルクァート・タッソ［Torquato Tasso. 1544－1595］の『解放されたエルサレム』［1575］に登場する魔女）の魔法の庭にいたのだろうか？　ここはなんという場所だったたろうか？

表のガス灯にその社交場の名前が光っていた。「マビーユ」と。

音楽と拍手と打ち上げ花火、それに噴水、さらにはシャンパンの栓がぬかれる音までが、いっぺんに響き、ダンスはバッカスの饗宴《きょうえん》のごとくはげしさをきわめていた。ただ空の月ばかりが、すこしばかり顔をしかめて照らしていた。雲ひとつなく晴れた空からは、この「マビーユ」のあられもないありさまがすっかりのぞけるようだった。

身が震えるほどの生命のよろこびを木の精は感じていた。まるで阿片《あへん》でも吸ったかのようだった。

その眼も唇も何かを語っていたけれど、その言葉はフルートやバイオリンの響きのためにかき消されてしまっていた。ダンスのパートナーが何事か耳にささやきかけている。ふたりはカンカンのリズムにからだを揺すっていた。いったい何をいわれたのかわからなかった。ぼくたちだって、わかるはずがない。パートナーは腕をのばして、彼女を抱きよせようとはするが、ただ透明な靄のような空気をつかむだけだった。

バラの花びらが風に吹かれるように、木の精も風に流されていった。こんどは目の前の高いところに炎がひとつ、高い塔の上に明かりがきらめくのが見えた。その炎は彼女のめざす憧れの源から輝いていた。練兵場の《蜃気楼》の上にそそりたつ紅《あか》い灯台からの光だったのだ。木の精は春風に運ばれてそちらに近づいていき、塔のまわりを、いく度もグルグルとまわった。塔で働いていた人たちは、春にさきがけてあまりに早くに出てきた蝶《ちょう》が、死んで舞い落ちていくのだろうと思ったものだ。

月が照らしていた。ガスの炎とランタンも、広いホールや、博覧会場に散らばる「世界中の建物」の中で光っていた。芝の丘や人工の岩山の頂上でも光っていた。岩山からは、例の《血のかよわない職人親方》とよばれる機械の力で汲《く》み上げられた水が滝となって落ちていた。海底洞窟と淡水湖の底が、魚の国として展示されていた。深い池の底や深海へ、釣がね型のガラスの潜水器でおりていけるようになっていた。その厚いガラスの壁に、ものすごい水圧がまわりじゅうからかかっていた。腕を広げたほども長く、クネクネ動くウナギみたいな細長い腔腸動物《ポリプ》が、小刻みにふるえ、生きている腸か腕みたいに、伸び縮みしながら海底にしがみついていた。

ヒラメが一匹、なにか考えこんでいるみたいに、そのすぐそばでじっと横たわり、ゆったりと体をやすめていた。その頭の上を、クモのように足の長いカニが歩いている。かとおもうと、エビたちが海中のガチョウさながら、せわしなくあちらこちらとはねまわっていた。

淡水のほうには、スイレンやイグサの類《たぐい》が植えられていた。金魚が牧草地の紅い雌牛みたいに列をなして泳ぎ、流れる水をみな口に入れようと同じ方向に頭をならべていた。まるまる太ったフナが、まのぬけた目を見開いてガラスの壁をにらんでいた。フナは、パリの万国博覧会に展示されているのを、水をはった樽《たる》に入れられ苦労してここまで来たいきさつや、人間が海で船酔いするみたいに、自分が陸で陸酔いになったことを不愉快に思っているらしかった。

魚たちのほうこそ博覧会を見物に来たのだ。淡水のはられた、または海水のはられたボックス席から見物しているのだ。朝から晩まで、一日中、自分たちの前を通りすぎる人ごみを眺めていた。世界中の国がここに人を送って陳列しているのだ。年よりのフナだとか、活《い》きのいいスズキだとか、コケの生えたコイなどが、そんな人間たちを見物して、その種類を区別できるようにするためだった。

「あいつらはウロコを持ってるね」と、泥だらけのチビのウグイがささやいた。「やつらときたら、日に二回も三回もウロコを着がえ、口から奇妙な音をだして、それを《話》だといっている。ぼくらは、ウロコを脱いだり着たりなんかしないし、もっとかんたんな方法で理解しあうんだ。口をモグモグさせたり、目をみひらいたりしてさ。ぼくらのほうがずっと上等だな！」

「泳ぐことは、どうやら覚えたらしいね」と、こんどはもっと小さな淡水魚がいった。「ぼくは大きな湖から来たんだけど、人間たちはそこで暑いときには水に入ってくるんだよ。まずは、あのウロコを脱いで泳ぐんだぜ。カエルから教わったんだろうな。後足でけって、前足で水をかくのさ。だけど、長くは泳げない。ぼくらの真似《まね》をしたがるけど、とても無理だね。あわれなものだよ！」

　魚たちは目をみひらいた。彼らは明るい昼間に見た人間の大群がこの池にもウヨウヨやってくるんじゃないかと思ったからだ。むずかしくいってみれば、最初に彼らの《知覚神経》を驚かせた人間たちの姿が目に浮かんだというわけだ。

　きれいなトラ縞《じま》とほれぼれするほどまるい背中をした小さなスズキは、「人間たちのごった返し」がまだそこにいて、目に見えるときっぱりと言ったものだ。

「見えるとも。はっきりとね！」と、黄金色《こがねいろ》のコイも同感だといった。「きれいに着飾った人間たちのすがたがはっきり見える！《脚線美》の御婦人とかいうのがね。ぼくたちみたいなぼってりとした唇だったり、ビックリしたような目をした女たちがお尻《しり》にはふくらませた風船を二つもつけ、たたんだ傘をまえに下げ、アオウキクサみたいなペンダントをさげたり、いろんなものをぶらさげてる。そんなもの、みんな全部うっちゃって、ぼくたちみたいに、造り主に与えられたままのすがたで歩いたほうがいいのに。そうすれば、あいつらだって、せいいっぱいやれば、ありふれたコイの仲間のテンチ（訳注　ヨーロッパ種のコイ科の魚。体長二十センチほど）くらいの見栄《みば》えはするさ」

う？」


「ところで、人間たちがひっぱりまわしていたロープにつながれた小男はどうしたろう？」

「あいつは、紙とペンとインクを持って車椅子《くるまいす》にすわってたよ。なんでもかんでも書きとめたり、書き下ろしたり忙しかった。なんのつもりかねえ？　たしか、作家て呼ばれていたけれどね」

「ほら、まだあそこをうろちょろしているわ！」コケのはえたオールドミスみたいなフナがいった。このフナは、ノドにこの世の苦しみをかかえていたので、声がかすれていた。釣りばりを飲みこんでしまって、いまだにノドにささったままで、がまんして泳いでいるのだ。

「作家なんてものはね」と、フナはいった。「わたしら魚にたとえれば、スミをはきだす人間界のイカみたいなもんだよ」

　このように魚たちは彼らなりに話しあっていた。ところが、この人工的に作られ、水をたたえた洞窟にもハンマーの音や労働者の歌声が響いてきた。突貫工事で夜も働かなくてはならないらしかった。その騒音は、木の精の夏の夜の夢の中まで押し寄せて来たのだ。木の精はまた飛びたって姿を隠すために水の中で立ち上がった。

「あら、金魚さんたちね！」と、木の精は気がついて、金魚たちにあいさつした。

「やっとあなたたちにも会えたわね！　そうなの、昔からよく知っていたのよ。故郷でツバメたちがあなたたちのことを話してくれたもの。ほんとに、きれいで、光っていて、うっとりするほどよ。みんなにキスしてあげられたらいいのに。ほかの魚さんたちだって知っているわよ！　あれはたぶん太ったフナさんね。そちらは、美味《おい》しいっていわれてるコイだわ。こっちのは、年をとってコケがはえたコイかしら。わたし、あなたたちのこと、よく知っていてよ。でも、わたしのことなんかわからないわね」

魚たちは目をみひらいていたけれど、木の精の言葉はひとつもわからず、ただ黄昏《たそが》れていく外の光を眺めているだけだった。

木の精はその場所からはなれ、外に出た。そこでは、世界中の《奇跡の花》が、様々な国のかおりをいっぱいににおわせていた。黒パンの国のかおりや、干しダラ海岸のかおり、オー・デ・コロンの川辺のかおり、ローズ油のオリエントの国のかおりがあふれていた。

舞踏会が終わって、なかば眠りながら、馬車にゆられて帰るようなとき、聞いたばかりのメロディがまだ耳の奥で鳴っていて、そっくり歌えるようなことがある。それから、殺された人の瞳には、最後に見た景色がまだしばらく写真のように残っているといわれているけれど、今夜も、昼間の騒々しさと華やかさがまだ残っていて、消えずにいた。木の精もその名残りを聞き、明日もそれがはじまるのだと思うのだった。

かぐわしくかおるバラの花のあいだに立ち、木の精はまるでそれを故郷にいたときからよく知っていたように感じたものだ。お城の庭園と神父さまの家の庭のバラの花だ。ザクロの紅い花もあった。そんな花をマリーはその黒髪にさしていたものだ。

田舎での幼い頃の思い出が、木の精の胸に輝いていた。そうしながらも、熱っぽい不安にうかされながら、不思議な広間をぬけてゆき、彼女の眼は、まわりのすばらしい景色をむさぼるようにみつめていた。

木の精はようやく疲れをおぼえた。それがますますつのってきた。いっそ、やわらかな東洋風のクッションや絨毯のうえに身を横たえるか、シダレヤナギといっしょに、さわやかな水にかがんで、その中にひたりたかった。

けれども、カゲロウは休むことを知らなかった。数分のうちに、一日が終わるのだ。心がふるえた。身もふるえた。そして、水が湧《わ》きでている草のなかに身をしずめた。

「あなたは、永遠の命をもって土の中から湧きでているのね!」と、話しかけた。

「わたしの舌をうるおし、元気をつけさせてね！」

「わたしは生きている泉なんかではありませんよ」と、水はこたえた。「機械の力で湧きだしてるにすぎません」

「あなたがたの活力をわけてください、緑の草さん！」

「わたしたちは、ちぎられると死んでしまいます」と、草や花たちはいった。

「わたしにキスしてください、さわやかなそよ風さん！　たった一度でよいから、生命のキスを！」

「もうすぐお日様が雲にキスをして、赤く染めます」と、風がささやいた。「そうしたら、あなたも死者の仲間になって、ここにある立派な物たちが一年たたぬうちに消え去るように、あなたも消えてしまいますよ。わたしは、この広場の軽い砂をまたもてあそんで、砂ぼこりを地面の上にまきあげたり、はわせたりするだけです。塵《ちり》になるんです。すべてが塵にすぎないんです」

　木の精は、浴室でみずからの手首を切って血を流しながら、それでも生きたいと願った女のようなおそれをおぼえていた。彼女はよろよろと立ち上がり、すこしだけ歩くとまた倒れてしまった。そこは小さな教会のまえだった。扉は開いていて、祭壇にはロウソクがともされ、パイプオルガンが響いていた。

なんとたえなる音楽だろう！　木の精はいまだかつてそのような響きを聞いたことはなかった。それでいて、どこかでなれ親しんだ声がその中にまじっているようにも思えた。その声は、命あるものすべての心の底から発せられていたのだ。あの古いカシの木が梢をゆらすのが聞こえてくるようだった。年とった神父さまが、神の大いなる御《み》わざについて語り、よく知られた聖者の名前をあげるようすが、また、神の造りたもうた者たちが、永遠の生命をえるために、来《きた》るべき時代に贈り物として、自分が残せる精一杯のものを与えねばならぬことについて語るのが聞こえてくるようでもあった。

パイプオルガンの音が高まり、響き、「汝《なんじ》のあこがれと願いが、神が汝に与えたもうた場所から汝をそっくりひきぬいてしまった。それが、汝の破滅となろう。あわれな木の精よ！」と、歌いかけるようだった。

パイプオルガンの音は、やさしく静かに、すすり泣きのように響き、泣き声がしずまるように消えていった。

雲が赤くそまって輝いていた。風がさわぎ、歌っていた、「ゆくがよい、死者たち。いざ、日が昇る！」

朝の最初の光が木の精にさした。木の精の姿は、はじけるまえのシャボン玉のように七色に変わって輝いていた。水滴になって、涙のように地面に落ちて消えてしまうシャボン玉さながらに。

あわれな木の精よ！　ひとしずくの露ほどの、流れて消えていくひとしずくの涙ほどでしかない！

太陽が練兵場の《蜃気楼》の上に、偉大なるパリの上に照り輝いていた。高い建物のあいだに立っている街路樹や、噴水の水がおどっている広場の上を照らしていた。広場にはあのマロニエの木も立っていた。昨日までは、春そのもののように、まだ青々としてたっていたのに、いまや葉はしおれ、枝をたれていた。「枯れちまったね」と、人びとは言い合った。木の精はいなくなっていた。雲のごとくふきはらわれてしまった。誰もそのゆくえを知らなかった。

地面には、しおれたマロニエの花が散っていた。教会の聖水も、命をとりもどすことはできなかった。そうして、人間たちの足が、たちまちに砂利の上でふみにじってしまった。

そう、この話はすべて本当に起こり、実際にあったことなのだ。

ぼく自身がそれを見たのだから。一八六七年のパリ万国博覧会の時代に、ぼくたちの時代に、メルヘンのような偉大な驚くべき進歩の時代に起こったことなのだ。

アマー島のおばさんに聞いてごらん

とってもお年よりのニンジンじいさん、
ひとはいいけど、コブだらけ、
おまけに太って、ずっしり重い。
だけど、若い娘さんを嫁さんにした。
とっても上品な家の娘さんだ。
結婚式ではゆかいにさわいだ。
金では買えないおもてなし、
もちろん誰もはらいはしない。
なめたり飲んだりは月のしずくに露のしずくさ。
草原や畑で花をちぎって、パクリと食べた。
お年よりニンジンじいさん、やおら立ってごあいさつ。
そいつが、やたらと長くてかなわぬ。

とっても幸せはちあわせとつづく。
若いお嫁さん、うんともすんとも笑いもしない。
それこそ、にこりともしてくれぬ。
でも、ほんとにきれいで若かった。
　あんたも来て見てごらんよ！
　じゃなきゃ、アマー島の野菜売りおばさんに聞いてごらん！
赤いキャベツが婚礼の司祭さん。
白ダイコンが花嫁のかいぞえ娘。これはちょっと見ものだ。
キュウリとアスパラが上等なお客さま。
合唱隊はジャガイモたち。
老いも若きも輪になっておどる。
アマー島のおばさんに聞いてごらん！
年よりニンジン、はだしでステップ、
あれあれ、そしたら背中がわれた。
あっというまに一巻の終りだ。
ニンジンの嫁さんそれ見て笑った。

あんまりあっけなかったものだから。
たちまち未亡人なのに、よろこんだ。
あとはきままに暮らせるわけだ。
スープの中で、レディのつもりで泳いでる。
のんびりとまるごと一本。――ほんとうさ。
あんたも来て見てごらん！
じゃなきゃ、アマー島のおばさんに聞いてごらん！

（訳注　アマー島はコペンハーゲンの南にある大きな島。島からは女たちがコペンハーゲンの市に野菜を売りに来る。アマー島のおばさんといえば野菜売りのことだった）

歯いたおばさん

この話はどこからもってきたのか知りたいかい？

実は樽《たる》の中からなんだ。古紙のぎっしりつまった樽からひろってきたんだ。めずらしくて、とても良い本が、食料品屋とか乾物屋にたくさん持ちこまれる。読むためにではない。紙そのものを使うためなのだ。お店では、粉やコーヒー豆をいれる袋とか、ニシンやバター、それにチーズやなにかを包む紙がいるからね。文字が印刷されていたってかまいはしないのさ。

樽とか桶《おけ》なんかにはいってちゃいけないものが、よくその中にまじっている。

わたしには、食料品屋の息子で、いまは八百屋の見習いをしている友だちがいる。彼は倉庫のある地下室から出世して、一階のお店にあがってきた。おどろくほどの読書家だった。といっても、印刷された紙きれや、三角袋に書いてある文章を読みまくるということなんだけれどね。中には大事な文書のたぐいもずいぶんまじっていた。お役所の人が、忙しさのあまり、うっかり屑籠《くずかご》に捨ててしまったようなやつをひろったらしい。女の人どうしの、内緒の手紙などいろいろあった。表にはだせそうもないスキャンダルの報告書なんかもあった。包装紙の樽というのは、いってみれば、捨てるにおしい物語の、とびきり面白い箇所を救済する施設のようだった。そして、そいつは、いろいろな分野にわたっていた。友だちは、親の店と雇い主の店とをいったりきたりしていたから、さまざまな本や、まだもういちど読むべき価値のあるページを救いだしたわけだね。

印刷物や手書きの文書のコレクションを、その友だちは自分の樽のなかからひっぱりだして見せてくれたものだ。いちばん多かったのは、食料品屋の樽からのものだった。ずいぶん大きな帳簿のページまでもが何枚かあった。

なかでも美しい、きれいな手書きの文書がすぐに目をひいた。

「これは学生さんが書いたものさ！」と、友だちはいった。「おむかいの家に下宿していた学生なんだけど、ひと月ほどまえに死んでしまってね。読めばわかるけど、とてもひどい歯痛に苦しめられていたんだ。読むぶんには、とても面白いよ！　ここにあるのは、書いてあったごく一部だ。ほんとは、本一冊分とすこしはあるんだ。ぼくの親が、その学生の下宿の大家の奥さんと、緑色の石鹸《せっけん》半ポンドと交換したんだよ。ぼくそれをぼくが救いだしたわけさ」

そこで、かくいうわたしは、その文書を借りて読んでみた。それじゃあ、その話をしてあげよう。タイトルはこんなふうだ。

歯いたおばさん

1

——ぼくがまだ小さい頃、おばさんは甘いお菓子をぼくにたくさんくれたものだ。ぼくの歯は、それでも悪くはならなかった。いまでは、ぼくは大人になったし、学生になっている。それなのに、おばさんときたら、あいかわらず甘い物をくれ、それでかわいがってるつもりだった。そして、ぼくのことを詩人だというのだ。

ぼくには、詩人の素質がすこしはある。だけど、たいしたことはない。

ところで、ぼくは町の通りを歩いていると、まるで大きな図書館にいるような気分になることがある。家が書架で、それぞれの階が本がならぶ書棚というふうに。あるところには、ありふれた日常の話がおかれ、古き良き喜劇もあれば、いろいろな科学の専門書も並んでいる。こちらには、ちょっといかがわしい本とか、いわゆる良書とよばれているものもある。ぼくは、いろんな本のことを考えて、空想してみるわけだ。ぼくには、詩人の素質がすこしはあるが、まあ、たいしたことはない。ぼくと同じくらいの人はざらにいるはずだ。だから、《わたしは詩人でございい》というレッテルや飾りを首にぶらさげて歩きまわるなんてまっぴらだ。

そういう詩人の素質がある人には、神のおぼしめしがある。自分にとっては、たいへん大きなめぐみだけれど、他人にわけてやるには小さすぎるほどのおめぐみだ。この神さまからのいただきものは、太陽の光みたいにふりそそぎ、ぼくの魂や考えをみたし、花のかおりのように、たえなる調べのごとく、こちらにやってくる。だれにも経験があるだろうし、そんなおぼえがあるはずだけど、それがどこから来るのかわからない。

このまえ、夜のことだけれど、ぼくは自分の部屋にいて、なにか読む物をさがしたけれど、あいにく本も新聞もなかった。そのときだ。ボダイジュから、やわらかい緑の葉が一枚落ちてきた。そよ風がそれを窓からなかに運んでくれた。

ぼくは、葉のうえにはしっているこまかな葉脈をじっと観察した。ちょうど小さな毛虫が、葉っぱのすみからすみまで調べようとするみたいに葉のうえをはいまわった。

そのとき、ぼくは人間の知恵ということに思いいたった。ぼくたち人間だとて、こんなふうに葉の表面をはいまわっているだけで、それだけしかわかっていないのじゃないか。それなのに、すぐに大きな木の全体のことを、根っこや幹や枝のことまでもしたり顔で講演してまわる。神さまとか、世界とか、永遠の命とかといった大きな木については、ほんとうはその一部にすぎない小さい葉っぱしか知らないというのに！

そう考えてすわっているところへ、ミレおばさんが訪ねてきた。

ぼくは、おばさんに、毛虫のたかっている葉っぱを見せて、いま考えていたことを話してやった。おばさんは、目を輝かせたものだ。

「あなたは詩人だわ！」と、おばさんはいった。「この国で最大の詩人かもしれないわ！　それをこの目で見る日が来たら、わたしはよろこんでお墓にはいるわ。造り酒屋のラスムセンさんのお葬式のときから、坊やはもうすばらしい空想でおどろかせてくれたわね！」

そういうと、ミレおばさんはぼくにキスしてくれた。

ミレおばさんとはだれのことかって？　それに、造り酒屋のラスムセンさんとは？

2

ミレおばさん。母親のおばにあたるその人は、子どもたちからも、ただ、おばさんとだけ呼ばれていた。ほかの名前は知らなかったのだ。おばさんは、子どもの歯に悪いのに、ジャムとか砂糖なんかをよくくれた。「かわいい子どもたちの顔を見ると、がまんできないのよ」と、よくいっていた。子どもがほしがるわずかなお菓子を、あげないのはかわいそうだから、と。

だから、ぼくたちは、このおばさんが大好きだった。

おばさんは、オールドミスだった。いつの頃のことを思いだしても、ずっと年をとっていたように思える。おばさんは、年よりのままでとまっていたのだ。

おばさんはとても歯痛に苦しめられていたので、しょっちゅうその話をしたものだ。そのために、おばさんの友だちの造り酒屋のラスムセンさんは、冗談めかして、彼女を歯いたおばさんと呼んでいた。

ラスムセンさんは、年をとるとお酒造りはやめてしまい、貯金の利子で暮らし、よくおばさんのところへ遊びにきた。おばさんより、ずっと年がいっていて、歯なんかほとんどなくなっていて、かけた黒い歯の根っこがすこし残っていただけだった。小さい頃に、甘い物をしこたま食べたものだから、そのせいでこんなになっちまった、とぼくたち子どもらにいっていた。

おばさんのほうは、子どものころには、甘い物なんか口にしなかったという。だから、ほんとにきれいな白い歯をしていた。

あの人は、歯をおしんで、夜は歯といっしょに寝ないんだと、ラスムセンさんはからかった。

それが意地悪ないい方だって、子どもにもわかったけれど、おばさんのほうは、そんなつもりじゃないのよ、といって、気にもしなかった。

ある日の午前、ちょうど朝ごはんのときに、おばさんは夜中におそろしい夢を見たといった。歯が一本ぬけてしまった夢をだ。

「これは、きっと」と、おばさんはうなずいた。「親友か、そうでなければ、親しい女の友だちをなくすって意味だわ！」

「ぬけたのが入れ歯だったら」と、造り酒屋のおじいさんは笑った。「きっとにせものの友だちをなくすってだけですよ！」

「なんてまあ、失礼なじいさんだこと！」と、おばさんはにくらしそうにそういった。

そんなおばさんを見たのは、あとにもさきにもおぼえがない。

あとになってから、「あの年よりの友だちは、ただわたしを怒らせてみたかっただけよ」と、おばさんはいっていた。ほんとうは、この世にふたりといないくらい良い人で、いつか死ぬようなことがあれば、天国で神さまの小天使のひとりになるにちがいないとも。

ぼくは、人間が天使になるとどんな姿になるかいろいろ考えてみた。新しい天使の姿になったとき、あのおじいさんだとわかるだろうか。

おばさんがまだ若くて、あの年よりも若かった頃、彼はおばさんに結婚を申しこんだのだという。おばさんは、ずいぶん長いあいだまよっていたので、とうとう売れ残ってしまった。あまりにも長いこと売れ残っていたので、とうとうずっとオールドミスのまんまになった。それでも、ふたりは、ずっと仲良しだったのだ。

そして、しばらくあとで、造り酒屋のおじいさんは亡《な》くなった。おじいさんは、いちばん上等な霊柩車《れいきゅうしゃ》で墓地まで運ばれた。勲章をさげた人や、制服姿の人たちなど、たくさんの人が葬列に加わっていた。

おばさんは、喪服を着て、ぼくたち子どもたちといっしょに窓際《まどぎわ》に立って葬列を見送っていた。ほんの一週間まえにコウノトリが連れてきたいちばん小さい弟までもいっしょだった。

霊柩車と会葬者がいってしまうと、通りから人がいなくなった。おばさんも窓からはなれようとしたけれど、ぼくはいやだった。ぼくは、天使を待っていたのだ。造り酒屋のラスムセンさんのことだ。おじいさんが、翼をもった天使になって、やってくると思っていた。

「おばさん！」と、ぼくはいってやった。「あの人がいよいよ天使になって来ると思わないの？　それとも、コウノトリが、今度、小さい弟を連れてくるときに、天使のラスムセンさんをぼくらのところに連れてくるのかなあ？」

おばさんは、ぼくの空想力にあっけにとられたらしい。

「この子はすごい詩人になりますよ！」と、ただそれだけいった。その言葉を、おばさんは、ぼくが学校の生徒だったあいだ、何度もくりかえした。ぼくが堅信礼をうけ、大学生になったいまでもだ。

おばさんは、ぼくにはいちばん思いやりのあるやさしい友だちだといっていい。詩人のなやみについても、歯の痛みについてもね。ぼくは、いつもその両方になやまされているんだから。

「自分の考えを、みんな書きとめておくのよ！」と、おばさんはいった。「そしたら、机のひきだしにしまっておくのよ。ジャン・パウルみたいな作家もそうしたわ。そうして、大詩人になったのよ。わたしは、あんまり好きじゃないけどね。だいたい面白くありませんから。あなたは、面白くならなきゃいけないわ！　いえ、そうなれますよ！」

こんな話をしたあとで、夜になると、ぼくはといえば、おばさんがぼくのなかにみつけ、かぎつけた大詩人になるという希望となやみと、せつなる願いと、そのすべてのうっとりした感覚につつまれて床についた。詩人の苦悩とともに寝たつもりが、もっとひどい苦しみにおそわれた。歯痛だ！　そいつが、ぼくをなやまし、苦しめだすのだ。薬袋とスパニッシュフライ（訳注　ツチハンミョウ科の甲虫で、カンタリジンという劇薬成分をもち、古くから媚薬や鎮痛剤にもちいられた）のお世話にならねばならない、のたうちまわるただのウジ虫になりさがってしまうのだ。

「よくわかるわ！」と、おばさんはいったものだ。

おばさんの口もとは、同病あいあわれむほほえみをうかべ、白い歯をひからせていた。

3

それはさておき、ぼく自身の話と、おばさんのために、新しい章をはじめたい。

ぼくは新しい下宿に移って、もうひと月ほどがすぎていた。その部屋のことで、おばさんと話をした。

「ぼくはそりゃもう静かな家に下宿してます。その家族は、ぼくのことなんかてんで気にしません。ベルを三回鳴らしてやっても、うんともすんともいってきません。ところで、その家ときたら、風や嵐《あらし》や人間のたてるうるさい音がやかましい、文字どおりの騒音の家なんです。ぼくの部屋は、ちょうど車寄せのまうえにあって、馬車が出入りするたんびに、壁にかけた絵がガタガタ動くんですよ。玄関のドアがバタンとしまると、地震かなにかみたいにゆれますし。ベッドに横になっていようものなら、体中に振動がくる。神経をきたえるつもりなら、ちょうどいいくらいですよ。風がでてくると、この地方はいつも風があるんですけど、窓の外にぶらさがっている長いとめ金が右左とブラブラ揺れて、壁にあたります。となりの家の中庭にむいた戸についている鈴が、風がふくたびにチリンチリンうるさいのなんの。

そのうえに、下宿人たちは、夕方おそくに、あるいは夜ふけになってバラバラと部屋にもどってきます。ぼくの上の階の住人は、昼間はトロンボーンを教えていますけど、夜もふけて、いちばんおそく帰宅しても、すぐには寝ないで、寝る前に部屋の中でいきつもどりつ散歩をします。靴底に鉄の鋲《びょう》をうちこんだブーツで、ドシドシ歩きまわるんですよ。

　部屋は二重窓じゃなくて、おまけにガラスが一枚われてます。大家の奥さんは、紙をはりつけただけで、はいお仕舞い。そこからすきま風がふきこんできて、キイキイ耳ざわりったらありゃしません。まさに、それが子守歌ていうわけですよ。やっとこさ寝入ったと思ったら、すぐにオンドリの鳴き声に起こされます。地下室に住んでる人の鶏小屋で、オンドリもメンドリも、『もうすぐ朝だ！』と知らせるんです。北国産の小さい馬は、馬小屋がないので階段下の砂置き場につながれているんですが、そいつが、運動したくて、戸やはめ板をしょっちゅうけっとばしている。

　さあ、夜が明けました。すると、屋根裏部屋に家族で住んでいる管理人が階段を足音あらくガタガタいわせながらおりてきます。木のスリッパをバタバタ鳴らし、玄関のドアを思いきりバタンとしめるものだから、家じゅうがグラグラゆれます。それがおさまったと思うと、ぼくの上に住む男が体操をはじめる。重い鉄の球を両手にひとつずつ持って、あげたりさげたりするんです。ながくは持っていられません。鉄の球が、ドシンドシンとつづけて床におっこちる。同時に、学校へでかける子どもたちが、大騒ぎしながら階段を下りていく。ぼくは、せめて新鮮な空気をすおうと、窓をあけにいきます。さわやかな空気さえすえば、人心地がつくというものですから。しかし、それも、裏の家の娘さんが、手袋をしみぬき液で洗っていなければの話です。でも、それが彼女の仕事だからしかたない。そのほかは、とてもいい下宿ですよ。ぼくは静かな家に住んでいます」

下宿についての報告はこんなかんじだった。ほんとうは、もっと生き生きと、うまく書きたかったんだけれど。口ではなしたほうが、もっと真に迫っていたはずだ。

「あなたは詩人ですよ！」と、おばさんは感にたえぬような大きな声でそういった。「いろんな話を書きとめておくのよ。そうすれば、あなたはもうディケンズになったも同然よ！　そうよ。わたしにいわせれば、あなたのほうがずっと面白いわ！　あなたが話すのを聞いているうちに、自然と絵がうかんできますもの。自分の住まいのことを、目にうかぶくらい上手に話してくれましたよ。聞いただけで、ぞっとしましたよ。ぜひ作品をつくりなさい。それには、なにか生きたものを観察するのよ。まず人間ね。なにより不幸な人間のことを書くのよ！」

下宿した家のことを、ぼくはほんとうに、あるがまま書いた。騒がしさも、聞こえる音もぬかりなく入れた。筋というものはなくて、自分自身がいるだけだ。筋のほうは、その後にやってきた！

4

冬のことだった。芝居が終わった頃からひどく吹雪《ふぶ》きはじめて、ほとんど前に進めないほどになっていた。

おばさんは芝居を見にいっていたのだ。ぼくはおばさんをむかえに劇場まででかけた。自分ひとりさえ歩くのにほねが折れるほどだったのに、連れがいてはなおさらだった。貸し切り馬車は、みんな誰かにおさえられていた。おばさんの家はずっと郊外だった。そのかわり、ぼくの下宿は劇場の近くにあった。そうでもなかったら、ぼくたちは、とうぶん町の門の番人小屋ですごさねばならなかったはずだ。

ぼくたちは、深くつもった雪道をよろめくように進んだ。雪がゴーゴー吹雪いていた。ぼくは、おばさんを助けおこしたり、腕をささえてあげたり、後ろからおしてやったりした。二度ほどころんだけれど、たいしたことはなかった。

さて、下宿屋の入口にたどりつき、服の雪をはらった。階段をあがりながら、また雪をはらう。それでも、廊下が雪だらけになるほど服に雪がつもっていた。

オーバーとブーツをぬいだ。ぬげるものはすべてぬいだ。下宿屋の奥さんは、おばさんに長靴下とガウンを貸してくれた。これが必要ね、と奥さんはそういってから——実際そのとおりだったが——もうお宅には帰れませんよ、とつけくわえるのを忘れなかった。うちの居間でしんぼうしてください、と。そして、ぼくの鍵《かぎ》のかかる部屋のドアのまえに置いてあるソファーをベッドにこしらえてくれることになった。

そして、そのとおりに仕度してくれた。

ストーブの火はカンカン燃えていた。サモワールをテーブルの上にすえた。せまい部屋がとても心地よくなった。もちろん、おばさんの家ほどじゃなかった。おばさんの家では、冬は厚地のカーテンがドアと窓にかかっていたし、床は厚い紙を三枚がさねにしたうえに、二重の絨毯《じゅうたん》が敷かれていた。だから家の中は、あたたかい空気をビンにつめて、コルクの栓をしたみたいだった。けれども、ぼくのところだって、いまいったように、居心地は悪くなかった。外ではまだ風が吹き荒れていた。

おばさんは、さかんにしゃべりまくっていた。若い頃のことが思いだされ、あの造り酒屋も思いだされた。昔の思い出がみんなもどってきたみたいだった。

ぼくに最初の歯がはえたときのことを、家じゅうがそれは大よろこびだったことを、おばさんはおぼえていた。最初の歯！　けがれのない歯！　小さな、白いミルクの粒みたいに光っていた乳歯だ。

一本生えると、またいくつも生えてきた。ずらりと一列、つぎつぎにならんで、上にも下にも、とびきりきれいな乳歯だ。だけど、それは先陣にすぎない。一生使うことになる永久歯じゃなかった。

やがて、本隊のほうがやってきた。最後に「知恵の歯」、つまり親知らずという両側の奥歯もやってきた。親知らずのときは痛くて、やっとこすっとこ生えてきた。

その歯がまたぬけていくのだ。一本、また一本と！　お勤めの期間がまだ終わりもせぬうちにぬけていく。最後の一本もぬけていく。祝日どころじゃない、悲しい日だ。

そうなったら、もう老人だ。いくら気持ちは若くても。

そんなことを考えたり話したりするのは愉快じゃない。だけど、ぼくたちときたら、そんなことを残らず話し、子どもの頃の思い出にふけりながら、しゃべりつづけていた。おばさんが、となりの部屋でやすむまえに、時計が十二時をうった。

「おやすみなさい、坊や！」と、おばさんは大きな声でいった。「自分ちのタンスのひきだしで眠るみたいに寝るわ！」

おばさんは横になったが、家の中も外も静かになんかならなかった。雪あらしが窓をガタガタゆすぶり、ブラブラゆれる鉄のとめ金を壁にうちつけ、裏庭の木戸のベルをひっきりなしに鳴らした。上の階の住人は帰っていたが、あいかわらず、いきつもどりつ、夜の短い散歩をしていた。それがすむと、やっとブーツをぬいで、ベッドにはいって眠るのだが、イビキがこれまたうるさいのなんの、耳のいい者には、天井からイビキが降ってくるような気がしたものだ。

ぼくは眠れなくて、やすめなかった。嵐もやまず、荒々しくて、いさましかった。風も思いきりさわぎたて、彼らなりの歌をうたっていた。ぼくの歯のほうも、落着かなくなってきて、うずきだし、彼らなりのやりかたで歌いはじめた。それはひどい歯痛がはじまるまえぶれだった。

窓からすきま風がふきこみ、月の光もわずかにさしこんでいた。雲が嵐にふかれてつぎつぎにとばされてきて、月はかくれたり顔をのぞかせたりしていた。光と影がチラチラいれかわっていた。そのうち、床のうえの影がなんだか形をとりはじめた。なにか形をとって動いているものを見て、ぼくは背すじがつめたくなった。

子どもが石板にいたずらがきをしているみたいな線で、細長いえたいのしれないなにかが床にすわっていた。からだはただ一本の線からなり、手足も四本の線にすぎなかった。頭のほうは多角形だ。

しかし、それもすぐに、もっとはっきりした姿に変わってきた。レースのようにとても薄い、美しい衣をまとっていて、どうやら女の人のようだった。低いうなるような音がしていた。それが、その女からでているのか、われたガラス窓のきしむ音なのかわからなかった。

いや、そこに現れたのは、本物の歯痛の魔女だった！　世にもおそろしい地獄の悪魔につかえる魔女なのだ。神よ、そんな魔女の訪問からわれらをまもりたまえ！

「ここは、いごこちがいいね！」と、魔女はつぶやいた。「このあたりは、いい土地だよ。湿地に沼地、毒針をもったブヨもブンブン飛んでるし。このわたしだって、いまじゃ針を持ってるがね。人間の歯で、この針をといでやるんだ。おあつらえむきに、そんな歯がベッドで寝ているやつの口で白く光っておるわい。その歯は、甘い物や酸《す》っぱい物、熱い物や冷たい物、クルミの殻やらスモモの種をものともしなかった！　だけど、わたしゃ、その歯をゆすぶってやったり、ひっぱったり、歯の根っこにすきま風やら肥やしを注ぎこんで、歯ぐきをたんと冷やしてやるからね！」

おそろしいことをいう、おそろしい客だ！

「ああ、そうだ。おまえさんは詩人だったね！」と、魔女は笑った。「おまえさんを、ひとつ、苦痛のリズムのなかにほうりこんでやろうじゃないか！　そうして、体の中に鉄と鋼《はがね》をキリキリさしこんで、おまえの神経の筋をズタズタにしてやろう！」

真っ赤に熱したキリの先が、あごの骨にさしこまれるようだった。ぼくは、苦痛にのたうちまわった。

「歯ならびはいいね！」と、魔女はいった。「パイプオルガンみたいに弾いてみるかね！　盛大なハーモニカのコンサートさね、ティンパニーにトランペット、ピッコロに親知らずのトロンボーンときた！　大詩人に大音楽会を催してやろうかえ！」

魔女のやつ、ほんとうに演奏をはじめた。ほんとにおそろしい見ものだった。魔女の手のさきしか見えなかったが、灰色の影みたいで、氷のようにひんやりした手で、長い指ときたらとがったキリの先みたいだ。それぞれ指の一本一本が、拷問《ごうもん》道具だった。親指とひとさし指にはペンチとボルトがついている。中指は鋭いキリになり、くすり指はドリルで、小指はブヨの毒液のつまった注射の針だった。

「おまえに韻律てえもんを教えてやるよ！」と、魔女はささやいた。「大詩人には大歯痛、小詩人には小歯痛がにつかわしい！」

「いやだ、ぼくを小詩人にしておくれ！」と、ぼくはわめいた。「詩人なんてたくさんだ！　ぼくは詩人じゃない。歯痛の発作みたいに、詩の発作におそわれるだけなんだ。うせろ！　うせてくれ！」

「詩より、哲学より、数学より、それにどんな音楽よりも、わたしのほうが強いってことがわかったかい！」と、魔女はせせら笑った。「文字にされたり、大理石にほられたりした感情なんかより、よっぽど強いってことがさ？　そんなもの、ぜんぶひっくるめたよりも、わたしのほうがずっと年上さね。わたしゃ、楽園の庭のすぐそばだけど、楽園の外の、風がふく、ジメジメした、キノコがはえているようなところで生れたんだ。わたしゃ、イブが寒いときに、なにか着るように教えたよ。アダムのほうにもね。わたしを信じるがいい。昔から歯痛には力があったのだ！」

「ぜんぶ信じるよ！」と、ぼくはうめいた。「だから、うせろ！　うせてくれ！」

「よかろう。おまえさんが、詩人になるのをあきらめて、紙や石板などに、そして、ほかの文房具にも詩なんて書きつけないと約束するなら、おまえからはなれてやろう。しかし、また詩などこしらえたら、すぐさま舞い戻ってくるからね！」

「誓うとも！」と、ぼくはいった。「二度と来ないでくれ！　影もみたくない！」

「おまえは、わたしの姿を目にするよ。だけど、こんどは、もっとやさしい、おまえが好きな姿でね！　おまえは、わたしのことを、あのミレおばさんの姿で見るようになる。そして、わたしは、おまえに詩をつくりなさい、ぼうや！　あなたは大詩人よ、この国でいちばんの大詩人かもしれないわ！　と、ささやくのだ。だけど、おまえが、それを鵜呑《うの》みにして、またぞろ詩作をはじめたら、わたしゃ、その詩に曲をつけて、おまえのハーモニカで演奏してやろう！　坊や！　ミレおばさんに会ったら、このわたしのことを思いだすといい！」

そういうと、歯痛の魔女は姿を消した。

ぼくは、別れのあいさつがわりに、真っ赤に熱した針をあごの骨にいやというほど魔女に突き刺された。しかし、すぐに痛みはおさまり、やわらかな水の上に浮かんでいくような気分になった。大きな緑の葉をした、白いスイレンの花がおじぎをしながら、ぼくの下へ沈んでいって、しおれ、とけていくのが見えた。ぼくも、おなじように沈んでいき、なにもかもがとけて、安らかになった。

――「死んで、雪のようにとけていくがよい！」と、水の中で歌うのが聞こえた。「蒸発して雲となり、雲のように消えてしまうがよい！」

ぼくにむかって、水の中から、大いなる輝く名が光りでてきた。ひるがえっている勝利の旗にしるされた文字は、不死をゆるす証文だった。カゲロウのはかない羽の上に書かれていた。

それからの眠りは深く、夢のない眠りだった。ふきすさぶ風も、玄関のドアが乱暴にしまる音も、隣家の戸の鈴の音も、上の階の間借り人のぶきっちょな体操もなにもかも聞こえなかった。

まさに至福の時だった！

しかし、突然、風がはいりこんできた。おばさんのいる部屋のしまっていたドアがバタンとあいてしまい、おばさんは、あわてて起きて靴をつっかけると、ぼくの部屋にはいってきた。

ぼくが天使のようにやすらかに眠っているので、起こしたくなかったそうだ。

ぼくは、ひとりでに目をさました。おばさんが、下宿屋にいることを忘れていたけれど、だんだんことの次第を思いだして、歯痛の幽霊のことも思いだした。夢だか現実だか、わからなくなってしまった。

「昨夜《ゆうべ》、おやすみをいったあとで、あなた、なにか書かなかったのかしら？」と、おばさんは、たずねた。「書けばよかったわねえ！　あなたは、わたしの詩人なんだから。いつまでもそうよ！」

おばさんが、なにか意味ありげにほほえんでいるような気がした。そこにいるのが、ぼくをかわいがってくれているミレおばさんなのか、昨夜ぼくに約束をせまったおそろしい女なのかわからなかった。

「詩を書きましたか？　ぼうや！」

「とんでもない！」と、ぼくはあわてて叫んでいた。「それで、あなたはほんとにミレおばさんなんですか?」

「ほかのだれだというの?」と、おばさんはあきれていた。たしかにミレおばさんだった。

おばさんは、ぼくにキスして、それから辻《つじ》馬車に乗って家に帰っていった。

ここに書かれていることを、ぼくは書きとめておいた。詩なんかじゃないし、印刷されることもないだろう。

ここで原稿はおしまいだった。

ぼくの若い友人で、食料品屋の店員は、ほかの断片をみつけられなかった。その紙は広い世間に、ニシンやバターや、緑色の石鹸の包み紙として出ていってしまったのだ。それなりの役にはたったたわけだね。

造り酒屋のラスムセンさんは死んだ。おばさんも、学生さんも死んでしまった。学生の思索の切れ端が樽のなかにはいりこんだのだ。お話は終わりなんだ。――歯いたおばさんについてのお話は、つまりこれでおしまいだ。

解説　女性たちの物語によせて

天沼春樹

アンデルセンは、生涯に数々の恋をし、ことごとく失恋してうちのめされたさまが彼の日記や手紙によって知られています。そして、その恋愛事件の顚末《てんまつ》がほぼ同じような経過をたどります。

まず長い手紙を書き送る。それも頻繁に。その中身がラブレターというより、アンデルセンの自伝といっていいほどの、生い立ちからはじまるマイ・ストーリーが綴《つづ》られていました。つまりは、「ぼくのことをわかって欲しい！」というナルシシズム色の濃いものでした。当然、相手は混乱します。青年時代に彼が女性にその種の手紙を送りはじめると、女性とその家族は警戒し、あわてて別の婚約者をみつけて結婚させてしまうパターンがみられます。または、「あなたのことは尊敬申し上げております。いつまでも良いお友だちでいたいと思います」という返事が返ってくる。「ああ、だめだ。ぼくは独りだ。一生独りだぞ！」と、日記に何度もしたためられることになります。

アンデルセンは、その時代としてはとびぬけて背が高く、一八五センチもあり、声は奇妙に甲高く、突飛なふるまいで周囲を驚かすことが多かったようです。かならずしも容貌《ようぼう》にめぐまれていなかった詩人肌の彼は、まさに失恋王子でした。そして、あまり空気を読むことができず、その瞳《ひとみ》は現実を見るというよりは、詩的世界のほうをうっとりと夢みているようで、女性にしてみれば、等身大の、生身の自分を愛してくれているとはとうてい思えなかったのかも知れません。

さて、そんな彼が書いたメルヒェンには、悲しい運命に翻弄《ほんろう》されたり、世間に見捨てられたり、ほんのすこしの過《あやま》ちで地獄に落ちたりと、そんなにもいじめられなくてもよかろうと思える女性のヒロインが登場します。

これは、数々の女性にふられたことで、女性に恨みでもあるのではないかと初めは思っていました。ところが、アンデルセンが生前に発表した一五六編のメルヒェンをすべて翻訳し、詩人の経歴も知って、気づいたことがありました。それは、最後にお話しすることにして、まずこの巻に収録したメルヒェンについてすこしだけ解説しておきましょう。すべて、女性が主人公の物語を発表年順にならべて選んであります。

親指姫（Tommelise）　一八三五年

この年アンデルセンは『即興詩人』を発表し、これが出世作となりました。処女童話集（『火打箱』、『小クラウスと大クラウス』、『エンドウ豆の上に寝たお姫様』、『イーダちゃんのお花』）を出版しています。『親指姫』は第一集の半年後に出版された第二集で発表されています。このお話でも、親指姫を愛していたツバメが、最後で花の王子様に親指姫をとられてしまいます。親指姫は、いろいろ世話になったツバメから、あっさり王子様にのりかえてしまったかんじで、男性としてはやりきれないところがあります。

人魚姫（Den lille Havfrue）　一八三七年

一八三三年に、アンデルセンは『人魚姫』の前身となる『アグネッテと人魚』を執筆しています。これは失敗作でした。人魚が人間の男性に恋をして報われない話は、ヨーロッパの民話や伝説に数々の元型があり、ほとんどが人魚の恨みで男性が復讐《ふくしゅう》されたり、水に溺《おぼ》れさせたりしています。アンデルセンの『人魚姫』では、王子への愛から身をひいて、自分は泡となって、神の恩寵《おんちょう》にすがる結末になってます。あれほど犠牲をはらったのに、この世では報われませんでした。ついでながら、この年には有名な物理学者・化学者エルステッドの娘、ソフィー・エルステッドに失恋しています。この作品は一八三六年の夏から冬にかけて書かれたものですが、アンデルセンは「執筆中にわたしが涙を流したただひとつの作品です」と友人のインゲマンへの手紙で告白しているように、ひときわ感情移入していたことがわかります。

赤い靴（De røde Skoe）　一八四五年

堅信礼に黒い靴でなく、大好きな赤い靴を履いていっただけなのに、罰として靴を履いたまま踊りつづけなくてはならなくなった少女の物語。あまりにも苛酷《かこく》な罰です。宗教的罪というのでしょうか。最後には自分の両足を切り取らねばなりません。これは、アンデルセン自身が、堅信礼で履かせてもらった新しい靴がうれしくて、靴のことで心がいっぱいになり、大事な儀礼のときに気もそぞろであったことへの罪の意識がもとになっていると語っていますが、それにしてもむごい罰です。靴屋の息子であったアンデルセンにとって、なにか象徴的意味が感じとれる一足の靴をめぐる物語といえそうです。

私生活では、この頃、アンデルセンはスウェーデン出身の歌手イェニー・リンド嬢にいれあげて、いわゆるおっかけの真っ最中でした。とりまきの多い彼女の一挙手一投足にハラハラしている興奮の様子が毎日のように日記にしるされています。しかし、人気商売の歌手のファンの一人としてしか受け入れられていないことに次第に気づいて、心が凍りついた晩もあったようです。

この時期、イェニーによって創作意欲が高まったのも確かで、『みにくいアヒルの子』『ナイチンゲール』『雪の女王』などの大作をものしています。

ところで、一八四四年には、ベルリンでグリム兄弟の家を訪問し、兄のヤーコプと面会するも、話がかみあわず失望して帰郷しています。しかしその年の秋、ヤーコプが北欧旅行の途中コペンハーゲンのアンデルセンを訪ね、そのときの詫《わ》びを言い、長い友人関係がはじまりました。弟のヴィルヘルムともこの年、一八四五年にベルリンで会っています。

マッチ売りの少女（Den lille Pige med Svovlstikkerne）　一八四八年

この話でも、少女は履いていたスリッパを雪道でなくして裸足になってしまっています。片方は、通りがかりの少年にかっさらわれてしまいました。大晦日《おおみそか》の晩に、雪のなかで凍え、家に帰ることもできず、マッチをすった瞬間だけ現れる幻影になぐさめられる少女。天国から亡《な》くなったおばあさんが迎えにきて、その瞬間だけ神の恩寵を感じるのですが、結末は翌朝に町の人たちが凍え死んだ少女のなきがらをみつけるというもの。

ある母親の物語（Historien om en Moder）　一八四八年

死んだ自分の子どもをとりもどそうという母親の愛情が執着にまでたかまって、それが人の道にはずれそうになる瞬間、すべては神の御心におまかせすべきだと悟り、他人の子どもへの配慮もなくなっていた自分に気づかされます。人の子の親であってみれば、だれもがわかる心の動きを描いています。愛するあまり、「執着」になってしまうことへの罪の意識が働きます。このあたりに、壮年四十二歳となったアンデルセンの感慨があるのかもしれません。

あの女は役たたず（“Hun duede ikke”）　一八五五年

母親の面影の濃い作品であるといわれています。夫を失い、洗濯女などをして糊口《ここう》をしのぎ、息子を養っていた母親は、安いブランデーで暖をとりつつ冷たい水の中での作業をしていました。そういった女性の多くは、いわゆるアルコール依存症になって体を壊したり、一方、そのために世間から冷たい目でみられたりもしました。

アンデルセンは、オーデンセの母親にほんのわずかな仕送りをつづけていました。その額一リークスダラーほど。母親からのお礼の手紙が残っていますが。貧乏生活のすこしの足しになる程度の仕送りだったことがわかります。たくさんお金を送ると母親がお酒を飲んでしまうのではないかと危惧《きぐ》したのかとも思えます。

一八三三年、アンデルセンは二十八歳で、国王から八百リークスダラーの旅行奨学金を得て、長期の外国旅行に出ます。ドイツ、フランス、スイス、イタリアとまわり、翌年の八月にコペンハーゲンにもどるという長い旅でした。彼の出世作『即興詩人』は、この旅の途上で書き始められています。その旅行中に母親の訃報《ふほう》が届けられています。母親はやはりアルコール依存症に起因する病気で病院で亡くなりました。

ふたりのむすめさん（To Jomfruer）　一八五五年

アンデルセン童話の斬新さは、これまでとうてい物語の主人公にならなかった事物に命をふきこみ、擬人化して人生の悲哀やありようを描いたことです。たとえば割れたガラスビンの首とか、ボールとか、ガス灯やクリスマスツリーのモミの木とかです。それらに仮託して時代の流れに翻弄されたり、とりのこされていく人間の運命や心をみごとに庶民の目線でとらえています。

ユダヤ人の娘（Jødepigen）　一八五五年

これもアンデルセン特有の強い葛藤《かっとう》があらわれた作品です。そして、またしても、自分をひきつけてやまない神への信仰告白がゆるされないという悲劇。神や信仰を恋人や愛という言葉におきかえてみるとよくわかります。すべて心のうちに秘めているばかりで、教会に足をむけることもかないません。しかし、教会は心のうちにあり、やがて神のほうが娘のところにやってくるのです。

どろ沼の王さまの娘（Dynd-Kongens Datter）　一八五八年

ヴァイキングの国デンマークの歴史と風土とエキゾチックなエジプトをコウノトリの渡りという空の道でみごとに結びつけた作品です。一見、古典的枠組みをもちいていますが、ヴァイキングの母親のこまやかな心理や、ユーモラスなコウノトリの家族の会話、信仰にめざめていく主人公の娘など、ただのお伽話《とぎばなし》からぬけだしています。同年に発表された作品は、『年とったカシの木の最後の夢』『ＡＢＣの本』『鐘が淵《ふち》』『かけっこ』などがありますが、あまり知られていない作品群も味わい深いものがあります。

パンをふんだ娘（Pigen, som traadte paa Brødet）　一八五九年

高慢で、感謝を知らぬゆえに、まるで大罪を犯したかのように文字通り地獄の苦しみに落とされる娘の話。次々におそろしくグロテスクな場面が積み重ねられていきます。やがて、それは娘の悟りや信仰への目覚めの体験に移行していく試練だとわかります。小さな子どもらしい振舞いでさえ、神への冒瀆《ぼうとく》であったかもしれない。そんなふうに、長いこと信仰の足りなさを心に刺さった棘《とげ》のように感じていたアンデルセンならではの展開にも思えます。

アンネ・リスベス（Anne Lisbeth）　一八五九年

およそメルヒェンとか童話の題材にすべきかどうか、いやこれはむしろ小説だろうとジャンルわけしたくなる物語です。アンデルセンは、小説的テーマをもメルヒェンの形式で、つまり神や天使とか亡霊とかを登場させ、その語り口でしか表現しえなかった作家であったのでしょう。私生児を産み、その子どもを養子にだして、勝手気ままに生きてきた女が、死んだ子どもの亡霊におびえ、正気を失っていくさまは、思わずぞっとします。「すがりつけ、すがりつけ」と、ぶらさがる亡者たちの群れの描写

も真に迫ります。けれども、最後には天使が救済に現れてくるのがアンデルセンの物語の変らぬところで、あのドン・ジョバンニのような地獄に引きずりこまれて終わりになるわけではないのです。実は、アンデルセンには父親を異にする、いわゆる私生児である姉がいて、生涯その醜聞をおそれていました。姉があの『赤い靴』の主人公カーレンと同じ名前であるのは、偶然とも思えません。何か心にひっかかり、同じ母親から生まれた姉をないがしろにしていた罪の意識がどこかにあったのかもしれません。こんなふうに、アンデルセンの作品には、どこかに彼の人生の刻印があるようです。

おばさん（Moster）　一八六六年

芝居好きのおばさんの、ユーモラスな一代記。深刻な話がつづくなかで、晩年には若い日の見聞や交際にもとづいた話があって、ほっとさせられます。アンデルセン自身が芝居好き。いや、人生そのものを舞台のように感じていたにちがいありません。その舞台で脚光を浴びたくてオーデンセをとびだして、コペンハーゲンの劇場にとびこんだのですから。桟敷《さじき》席はもちろん、大道具小道具のならぶ舞台裏や裏方のようすなど、とてもリアルに描かれています。

翌年の一八六七年には、故郷オーデンセの名誉市民にむかえられます。

木の精のドリアーデ（Dryaden）　一八六八年

前年、万国博覧会見聞のためにパリに出かけています。新時代の到来と、それにあこがれる旧時代の象徴ともいうべき木の妖精の目をとおして、アンデルセン自身の驚きとあこがれ、そしてさすがに作家らしい文明批評がこめられています。あこがれの世界をのぞき見たいと願ったドリアーデは、その代償としてカゲロウよりも短い一夜の命を覚悟しなくてはなりません。「美《うる》はしきもの見し人は、はや死の手にぞわたされつ」（プラーテン『トリスタン』生田春月訳）とでもいうのでしょうか。アンデルセンもこの十九世紀のドイツの詩人のフレーズを思いうかべていたのかもしれません。

アマー島のおばさんに聞いてごらん（"Spørg Amagermo'er"）　一八七二年

アマー島は、コペンハーゲンの南にある面積六五平方キロメートルの小島です。十六世紀からは、首都コペンハーゲンへの野菜の供給地とされ、十九世紀には同市の一部に組み入れられています。ドイツ語読みではアマガーですが、名称はポピュラーなデンマーク語のアマー島としました。民話調の詩ですが、原詩は脚韻を踏んでユーモラスです。作者も楽しんで書いたようです。

歯いたおばさん（Tante Tandpine）　一八七二年

アンデルセン自身も長年歯痛に苦しめられていました。だから、その痛さの描写がリアルなのです。アンデルセンが故郷のオーデンセの名誉市民にむかえられ、その式典に招かれたとき、ちょうど古い虫歯がズキズキ痛みだし、せっかく少年の頃からの夢がかなって故郷がイルミネーションを灯して歓迎してくれているのに、気もそぞろで閉口したと『自伝』にあります。晩年には、歯がほとんどぬけてしまい、頰がくぼんだ顔が、奇矯《ききょう》なふるまいをして村の子どもたちに石をなげられていた自分の祖父に似てきたので、ぞっとしたともいわれています。

一八七五年八月四日、アンデルセンはコペンハーゲンで七十歳の生涯を終えています。生涯、家というものを持たず、旅が人生であったようなアンデルセンでした。少年期から、はちきれんばかりの空想と夢とはうらはらに、コンプレックスをかかえ、希望と絶望が同居して、その風変わりな頭のなかで数々の独創的な物語が生まれてきました。

アンデルセンの作品には、かならずといっていいほど彼の人生経験や心情がすけてみえます。主人公は男であれ女であれ、すずの兵隊であれ、ネズミであれ、ほとんどが彼の分身なのでしょう。ですから、人魚姫も『赤い靴』のカーレンも、マッチ売りの少女も、みなアンデルセン自身のつらさを抱えこんでいるのではないでしょうか。苛酷な宿命に苦しんでいるのは作者自身だったようです。そういう深刻なコンプレックスの反面、一方では能天気で、自らをたのむところがすこぶる強く、無鉄砲に田舎から大都市コペンハーゲンにとびだしていき、見ず知らずの名士のドアをたたいて、運命を切り開いていったのです。

アンデルセン自身の恋は実りませんでしたが、彼が生まれてすでに二百年以上もすぎても、彼の名と作品はわたしたちに親しまれ、また新たな発見を与えてくれています。

人はかように複雑で矛盾にみちているからこそ面白く、また、そこから何かを新しく生み出す力を秘めているように思えます。それを読みとれるのは、子どもの頃よりも人生の複雑さを経験したわたしたちの「大人読み」なのではないでしょうか。

（二〇一五年五月）

ウィーダ
村岡花子訳
フランダースの犬
ルーベンスに憧れるフランダースの貧しい少年ネロは、老犬パトラシエを友に一心に絵を描き続けた……。豊かな詩情をたたえた名作。

J・ウェブスター
松本恵子訳
あしながおじさん
お茶目で愛すべき孤児ジルーシャに突然訪れた幸福。月に一回手紙を書く約束で彼女を大学に入れてくれるという紳士が現われたのだ。

J・ウェブスター
松本恵子訳
続あしながおじさん
〝あしながおじさん〟と結婚したジルーシャは、夫から孤児院を改造するための莫大な資金を贈られ、それを友人のサリイに依頼する。

T・ウィリアムズ
小田島雄志訳
欲望という名の電車
ニューオーリアンズの妹夫婦に身を寄せたブランチ。美を求めて現実の前に敗北する女を、粗野で逞しい妹夫婦と対比させて描く名作。

T・ウィリアムズ
小田島雄志訳
ガラスの動物園
不況下のセント・ルイスに暮す家族のあいだに展開される、抒情に満ちた追憶の劇。斬新な手法によって、非常な好評を博した出世作。

イプセン
矢崎源九郎訳
人形の家
私は今まで夫の人形にすぎなかった！ 独立した人間としての生き方を求めて家を捨てたノラの姿が、多くの女性の感動を呼ぶ名作。

ヴェルヌ
波多野完治訳
十五少年漂流記
嵐にもまれて見知らぬ岸辺に漂着した十五人の少年たち。生きるためにあらゆる知恵と勇気と好奇心を発揮する冒険の日々が始まった。

ヴェルヌ
村松　潔　訳
海底二万里（上・下）
超絶の最新鋭潜水艦ノーチラス号を駆るネモ船長の目的とは？　海洋冒険ロマンの傑作を完全新訳、刊行当時のイラストもすべて収録。

オールコット
松本恵子訳
若草物語
温和で信心深い長女メグ、活発な次女ジョー、心のやさしい三女ベスに無邪気な四女エミイ。牧師一家の四人娘の成長を爽やかに描く名作。

J・オースティン
小山太一訳
自負と偏見
恋心か打算か。幸福な結婚とは何か。十八世紀イギリスを舞台に、永遠のテーマを突き詰めた、息をのむほど愉快な名作、待望の新訳。

L・キャロル
矢川澄子訳
金子國義絵
不思議の国のアリス
チョッキを着たウサギ、チェシャネコ、ハートの女王などが登場する永遠のファンタジーをカラー挿画でお届けするオリジナル版。

L・キャロル
矢川澄子訳
金子國義絵
鏡の国のアリス
鏡のなかをくぐりぬけ、アリスはまたまた奇妙な冒険の世界へ飛び込んだ――。夢とユーモアあふれる物語を、オリジナル挿画で贈る。

P・オースター
柴田元幸訳

ガラスの街

透明感あふれる音楽的な文章と意表をつくストーリー——オースター翻訳の第一人者によるデビュー小説の新訳、待望の文庫化！

P・オースター
柴田元幸訳

幽霊たち

探偵ブルーが、ホワイトから依頼された、ブラックという男の、奇妙な見張り。探偵小説？哲学小説？　'80年代アメリカ文学の代表作。

P・オースター
柴田元幸訳

孤独の発明

父が遺した夥しい写真に導かれ、私は曖昧な記憶を探り始めた。見えない父の実像を求めて……。父子関係をめぐる著者の原点的作品。

P・オースター
柴田元幸訳

ムーン・パレス

日本翻訳大賞受賞

世界との絆を失った僕は、人生から転落しはじめた……。奇想天外な物語が躍動し、月のイメージが深い余韻を残す絶品の青春小説。

P・オースター
柴田元幸訳

偶然の音楽

〈望みのないものにしか興味の持てない〉ナッシュと、博打の天才が辿る数奇な運命。現代米文学の旗手が送る理不尽な衝撃と虚脱感。

P・オースター
柴田元幸訳

リヴァイアサン

全米各地の自由の女神を爆破したテロリストは、何に絶望し何を破壊したかったのか。そして彼が追い続けた怪物リヴァイアサンとは。

カフカ
高橋義孝訳
変身

朝、目をさますと巨大な毒虫に変っている自分を発見した男——第一次大戦後のドイツの精神的危機、新しきものの待望を託した傑作。

カフカ
前田敬作訳
城

測量技師Kが赴いた〝城〟は、厖大かつ神秘的な官僚機構に包まれ、外来者に対して決して門を開かない……絶望と孤独の作家の大作。

カフカ
頭木弘樹編訳
絶望名人 カフカの人生論

ネガティブな言葉ばかりですが、思わず笑ってしまったり、逆に勇気付けられたり。今までにはない巨人カフカの元気がでる名言集。

P・ギャリコ
古沢安二郎訳
ジェニィ

まっ白な猫に変身したピーター少年は、やさしい雌猫ジェニィとめぐり会った……二匹の猫が肩寄せ合って恋と冒険の旅に出発する。

P・ギャリコ
矢川澄子訳
スノーグース

孤独な男と少女のひそやかな心の交流を描いた表題作等、著者の暖かな眼差しが伝わる珠玉の三篇。大人のための永遠のファンタジー。

P・ギャリコ
矢川澄子訳
雪のひとひら

愛の喜びを覚え、孤独を知り、やがて生の意味を悟るまで——。一人の女性の生涯を、雪の結晶の姿に託して描く美しいファンタジー。

カミュ
窪田啓作訳
異邦人

太陽が眩しくてアラビア人を殺し、死刑判決を受けたのちも自分は幸福であると確信する主人公ムルソー。不条理をテーマにした名作。

カミュ
清水徹訳
シーシュポスの神話

ギリシアの神話に寓して〝不条理〟の理論を展開、追究した哲学的エッセイで、カミュの世界を支えている根本思想が展開されている。

カミュ
宮崎嶺雄訳
ペスト

ペストに襲われ孤立した町の中で悪疫と戦う市民たちの姿を描いて、あらゆる人生の悪に立ち向うための連帯感の確立を追う代表作。

カミュ
高畠正明訳
幸福な死

平凡な青年メルソーは、富裕な身体障害者の〝時間は金で購われる〟という主張に従い、彼を殺し金を奪う。『異邦人』誕生の秘密を解く作品。

カミュ・サルトル他
佐藤朔訳
革命か反抗か

人間はいかにして「歴史を生きる」ことができるか――鋭く対立するサルトルとカミュの間にたたかわされた、存在の根本に迫る論争。

カミュ
大久保敏彦
窪田啓作訳
転落・追放と王国

暗いオランダの風土を舞台に、過去という楽園から現在の孤独地獄に転落したクラマンスの懊悩を捉えた「転落」と「追放と王国」を併録。

ゲーテ
高橋義孝訳
若きウェルテルの悩み

ゲーテ自身の絶望的な恋の体験を作品化した書簡体小説。許婚者のいる女性ロッテを恋したウェルテルの苦悩と煩悶を描く古典的名作。

ゲーテ
高橋義孝訳
ファウスト（一・二）

悪魔メフィストーフェレスと魂を賭けた契約をして、充たされた人生を体験しつくそうとするファウスト——文豪が生涯をかけた大作。

高橋健二訳
ゲーテ詩集

人間性への深い信頼に支えられ、世界文学史上に不滅の名をとどめるゲーテの、抒情詩を中心に代表的な作品を年代順に選んだ詩集。

高橋健二編訳
ゲーテ格言集

偉大な文豪であり、人間的な魅力にもあふれるゲーテ。深い知性と愛情に裏付けられた言葉の宝庫から親しみやすい警句、格言を収集。

テリー・ケイ
兼武　進訳
白い犬とワルツを

誠実に生きる老人を通して真実の愛の姿を美しく爽やかに描き、痛いほどの感動を与える大人の童話。あなたは白い犬が見えますか？

ヘレン・ケラー
小倉慶郎訳
奇跡の人
ヘレン・ケラー自伝

一歳で光と音を失い七歳まで言葉を知らなかったヘレンが、名門大学に合格。知的好奇心に満ちた日々を綴る青春の書。待望の新訳！

サン＝テグジュペリ
堀口大學訳

夜間飛行

絶えざる死の危険に満ちた夜間の郵便飛行。全力を賭して業務遂行に努力する人々を通じて、生命の尊厳と勇敢な行動を描いた異色作。

サン＝テグジュペリ
堀口大學訳

人間の土地

不時着したサハラ砂漠の真只中で、三日間の渇きと疲労に打ち克って奇蹟的な生還を遂げたサン＝テグジュペリの勇気の源泉とは……。

サン＝テグジュペリ
河野万里子訳

星の王子さま

世界中の言葉に訳され、60年以上にわたって読みつがれてきた宝石のような物語。今まで最も愛らしい王子さまを甦らせた新訳。

サリンジャー
野崎　孝訳

ナイン・ストーリーズ

はかない理想と暴虐な現実との間にはさまれて、抜き差しならなくなった人々の姿を描き、鋭い感覚と豊かなイメージで造る九つの物語。

サリンジャー
村上春樹訳

フラニーとズーイ

どこまでも優しい魂を持った魅力的な小説……『キャッチャー・イン・ザ・ライ』に続くサリンジャーの傑作を、村上春樹が新訳！

サリンジャー
野崎　孝
井上謙治訳

大工よ、屋根の梁を高く上げよ
シーモア―序章―

個性的なグラース家七人兄妹の精神的支柱である長兄、シーモアの結婚の経緯と自殺の真因を、弟バディが愛と崇拝をこめて語る傑作。

Author : Hans Christian Andersen

アンデルセン傑作集

マッチ売《う》りの少女《しょうじょ》／人魚姫《にんぎょひめ》

新潮文庫　ア－1－5

Published 2015 in Japan
by Shinchosha Company

平成二十七年八月一日発行

訳者　天《あま》沼《ぬま》春《はる》樹《き》

発行者　佐藤隆信

発行所　株式会社新潮社

郵便番号　一六二—八七一一
東京都新宿区矢来町七一
電話 編集部(〇三)三二六六—五四四〇
読者係(〇三)三二六六—五一一一
http://www.shinchosha.co.jp

価格はカバーに表示してあります。

乱丁・落丁本は、ご面倒ですが小社読者係宛ご送付ください。送料小社負担にてお取替えいたします。

印刷・株式会社三秀舎　製本・株式会社大進堂

ISBN978-4-10-205505-2 C0197